Vingstblüten im Herbst

EinKRIMINAListenROMAN

von Bernhard Hatterscheidt
und Ludwig Kroner

Impressum

Math. Lempertz GmbH
Hauptstr. 354
53639 Königswinter
Tel.: 02223 900036
Fax: 02223 900038
info@edition-lempertz.de
www.edition-lempertz.de

1. Auflage – Oktober 2013

Text: Bernhard Hatterscheidt
info@kriminalistenroman.de
www.kriminalistenroman.de
Find us on Facebook www.facebook.com/kriminalistenroman

Text: Ludwig Kroner
info@kriminalistenroman.com
www.kriminalistenroman.com

Lektorat: Sarah Kassem, Laura Liebeskind
Umschlagentwurf: Ralph Handmann
Titelbild: fotolia

Printed and bound in Germany

ISBN: 978-3-943883-17-6

Prolog

Vor einem Jahr

Theodor Schmidt, genannt Düres – Druckereibesitzer
Harald Michel, genannt Harry – Chemiker
Wolfgang Potreck, genannt Wolle – ehemals leitender Angestellter in einer Papierfabrik
Clemens Moeck, genannt „Die Nas" – IT-Fachmann

Es war schon spät geworden an diesem 11. November. In einem der alten Türme der Kölner Stadtmauer saßen die vier Karnevalsfreunde an einem Tisch im Clubraum des Senats der Karnevalsgesellschaft. Die Beleuchtung war bis auf die Lampe über der kleinen Bar und einen Wandleuchter ausgestellt.
Die „Elften im Elften"-Feier war schon längst vorüber. Nun begann die kleine Fastenzeit; 44 Tage waren es noch bis Weihnachten, da die Adventssonntage nicht mitgezählt wurden. Auf den Tischen standen etliche leere Kölschgläser.
Theodor lehnte sich in seinem Stuhl zurück. Man sah ihm an, dass er sauer war. Clemens, mit seinem Gespür für jede Art von Stimmungsschwankungen, bemerkte das als erster.
„Düres, ist dir eine Laus über die Leber gelaufen? Oder hat dir jemand den Druckauftrag von der Stadt Köln weggeschnappt?", wandte er sich an seinen Freund. Nas hatte in seiner Jugend viel geboxt und dabei viel zu häufig seine Deckung vernachlässigt – seine Nase war stark deformiert und wirkte dadurch sehr voluminös. Bis auf einen Vereinsmeistertitel hatte er sich aber keinen Turniersieg mit seinen Fäusten erkämpfen können. Als Boxer war er im Grunde eine Niete, aber auf dem Gebiet der Computer war er ein wahrer Spezialist. Es gab nichts,

was er nicht programmieren konnte. Offenbar hatte er noch rechtzeitig mit dem Boxen aufgehört. Seine heutigen Markenzeichen waren seine Verschrobenheit und seine auffällige rote Hornbrille, die gut zu seinen schulterlangen Haaren und seinem Kinnbärtchen passte.

„Näh, evver jrad jetz bevür dr Session muss sujet pasere. Su ne Finanztrust us Korea will unbeding ming Druckerei üvvernemme, uns kleene Fisch, mer han doch noch nit ens 50 Lück. Un dat och nur, weil mir eine vun dä winnije Druckereie sin, die die huhwertije Offsetdrucke maache künne. Die han all ming Kredite opjekoof un drije mir jetz spreschwöötlich dä Hahn zo. Isch weed dämnächs nur noch Jeschäfsführer in minger eijenen Druckerei sin. Su jet kann üsch als Anjestellte nit passeere."[1]

Harry, der den ganzen Abend schon sehr schweigsam gewesen war, blickte auf.

„Düres, ich wollte es euch heute Abend nicht erzählen, weil ich euch die Laune nicht verderben wollte. Aber jetzt muss es raus. Seit meinem Studium 1974 habe ich als Chemiker für die gleiche Farbenfabrik gearbeitet. Jetzt will man mich mit 59 Jahren in den Vorruhestand schicken. Weil ich zu alt und den modernen Methoden nicht mehr gewachsen wäre. Finanziell schneide ich dabei zwar ganz gut ab, aber es tut verdammt weh, mit 59 zum alten Eisen geschmissen zu werden. Ich fühle mich noch lange nicht als Rentner."

Wolle hatte sich zwischenzeitlich vom Bartresen ein frisches Kölsch geholt. Als er an dem Glas nippte, wurde sein dunkel gefärbter Schnurrbart weiß.

[1] "Nein, aber ausgerechnet jetzt vor der Karnevalssession muss so etwas passieren. Ein koreanischer Finanztrust will unbedingt meine Druckerei übernehmen, uns kleinen Fisch, wir sind doch noch nicht mal 50 Mitarbeiter. Und das auch nur, weil wir eine der wenigen Druckereien sind, die diese hochwertigen Offsetdrucke herstellen. Sie haben alle Kredite aufgekauft und drehen mir nun den sprichwörtlichen Hahn zu. Ich werde wohl demnächst nur noch Geschäftsführer in meiner eigenen Druckerei sein. So etwas kann euch als Angestellte ja nicht passieren."

„Ihr glaubt doch nicht, dass das mein persönlicher Wunsch war, als ich im letzten Jahr aus der Papierfabrik ausgeschieden bin", sagte nun Wolle. „Unter der Hand nannte man das ‚Bereinigung der Chefetage'. Wir sind ja wirklich ein toller Haufen. Früher nannten wir uns stolz die 68er. Und was ist heute übrig? Scheinbar haben wir Karriere gemacht, sitzen hier beim Bier und in Wirklichkeit gehören wir doch nur noch zum alten Eisen. Was haben wir nicht alles in der Zeit erlebt? Zweimal ist uns fast die Papierfabrik abgebrannt. Von Briefumschlägen und Schreibpapier haben wir uns hochgearbeitet bis zu einem der vier Hersteller von Banknotenpapier in Europa. Und dann stehst du da und sollst plötzlich nur noch Golf spielen oder in der KG den erfolgreichen Ex-Manager geben."

Trotzig leerte Wolle in einem Zug sein Kölschglas.

„Habe ich euch eigentlich schon erzählt, welche Überraschung ich an meinem letzten Tag erlebt habe? Und damit meine ich nicht das Golfschlägerset von der Firma. Als ich meine persönlichen Sachen im Büro ausgeräumt habe, fand ich in meinem Archiv ganz hinten an der Wand ein Paket, darin waren zwei Ries Papier. Es war aber nicht irgendwelches Papier, sondern vorbereitetes Banknotenpapier mit Sicherheitsfaden und mit Wasserzeichen. Kurz vor dem letzten Brand war es aus der Stahlkammer geholt worden. Es sollte, nachdem es ungültig gedruckt, also entwertet, worden war, als Muster an verschiedene Länder bzw. deren Banken verschickt werden. In dem Durcheinander des Brandes hat es jemand in meinem Archiv abgestellt und dann vergessen. In den Büchern ist das nie aufgefallen, weil es ja als entwertet ausgetragen war. Ich kann es aber auch nicht einfach zurückgeben, diese Geschichte glaubt mir doch keiner."

„Wat häs de dann domet jemaat?"[2] Düres wurde hellhörig.

[2] *„Was hast du denn damit gemacht?"*

„Gar nichts. Die beiden Ries liegen bei mir zu Hause im Keller."
Die Nas konnte sich plötzlich vor Lachen nicht mehr halten. Er klopfte sich auf die Schenkel und prustete: „Du hast das dickste Ei im Keller liegen und redest von altem Eisen! Wer von euch hat zufällig im letzten Monat „Die Fälscher" gesehen? In dem Film haben sich 1942 die Nazis im Konzentrationslager Sachsenhausen britische Pfund-Noten von jüdischen Gefangenen fälschen lassen, die so gut waren, dass sie damit fast die englische Wirtschaft ruiniert hätten. Und die hatten für ihre „Aktion Bernhard" nicht das Originalpapier. Ihr seid doch Fachleute. Harry, du hast doch dein ganzes Leben lang nichts anderes getan als Farben zu analysieren und zu synthetisieren. Das ist doch für dich ein Klacks. Düres, du bist mit deiner Druckerei in ganz Deutschland für die Qualität bekannt. Mach doch mal was anderes als wertvolle Faksimilebände. Und ich programmiere ein spezielles Programm, das mit einem Zufallsgenerator die Banknotennummern erstellt."
Wolle ging das alles etwas zu schnell. An so etwas hatte er doch nie gedacht. „Vergesst das doch alles. Das geht gar nicht. Wir leben im 21. Jahrhundert, das können wir nicht mit 1942 vergleichen. So einfach kann man Banknoten nicht herstellen. Ohne Hologramm und den anderen Schnickschnack an Sicherheitsmerkmalen ist das nicht möglich. Und außerdem sind wir doch keine Ganoven."
Die Nas ließ sich von seiner Idee nicht abbringen.
„Wir schaden doch niemandem, außer dem System, das euch in den Hintern getreten hat. Für das Hologramm habe ich vielleicht eine Lösung: Ein Studienfreund von mir, der Mathe und Physik studiert hat, beschäftigt sich seit 30 Jahren damit."
"Nas, den können wir doch nicht da mit hineinziehen. Das ist doch keine Fahrradtour, zu der man jemanden einlädt. Was du da machen willst, ist kriminell. Und am Ende landen wir alle im Knast!", warf Wolle ein.

„Nein, Wolle, der wäre genau der Richtige. Jahrelang hat er für das Holographie-Museum in Pulheim gearbeitet. Dann hat er einmal Hologramme für falsche Casino-Chips gemacht. Sie waren so echt, dass sie keiner unterscheiden konnte. Er ist natürlich aus seiner Stellung im Museum geflogen und jetzt seit Jahren arbeitslos. Er wäre derjenige, der das machen könnte. Lass uns das Ganze noch einmal durchgehen."

Vor drei Tagen

Er lag im Kofferraum. Über den Kopf hatte man ihm einen dunklen Stoffsack gezogen. Er spürte jede kleine Erschütterung. Die Reifen knirschten, als sie über lockeren Untergrund rollten, dann wurde der Wagen immer langsamer und blieb schließlich stehen. Der Kofferraumdeckel wurde geöffnet und er spürte den eisenharten Griff der Männer, die ihn unsanft über die Ladekante aus der Enge zerrten. Mühsam versuchte er, unter dem blickdichten Sack nach frischer Luft zu schnappen. Unbarmherzig wurde er vorwärts geschleppt. Immer wieder versuchte er „Nein!" und „Hilfe!" zu schreien, brachte aber nur unartikulierte Laute hervor, denn bevor sie ihm den Sack über den Kopf gestülpt hatten, hatten sie ihm den Mund mit Panzerband zugeklebt. Langsam verließen ihn die Kräfte.

Als sein Körper weiter gezerrt wurde und er spürte, dass unter seinen Füßen der Boden schwankte, bäumte er sich auf und stemmte seinen Oberkörper mit aller Kraft nach hinten. Er hoffte, dass ihm das helfen könnte. Doch stattdessen spürte er einen festen Schlag in die Magengrube, der ihn ruckartig zusammensacken ließ. Er begann zu würgen, bemühte sich jedoch krampfhaft, seinen Mageninhalt wegen des Klebebands vor seinem Mund wieder herunterzuschlucken. Nackte Angst stieg in ihm hoch. Würde er so enden, an seinem eigenen Erbrochenen erstickt?

Kurz darauf wusste er, dass er sich irgendwo auf dem Wasser in einem kleinen Boot befinden musste. Er hörte das Klatschen der Paddel im Wasser. Das kann nicht der Rhein sein, dachte er.
Plötzlich riss ihm einer der Männer mit hämischem Grinsen den dunklen Sack vom Kopf und das Klebeband ab. Als er sah, wie einer der Männer Schnellbeton anrührte, wollte er weg, nur noch weg. Sein einziger Gedanke war die Flucht. Würde er das hier überleben?
Benommen vor Panik konnte er sich auf die geschrienen Fragen, die an seine Ohren drangen, nur mühsam konzentrieren. Er beteuerte und schwor auf seine verstorbene Mutter, dass er nichts gesagt habe und auch sonst nicht mehr wisse. Auch zwei weitere kräftige Hiebe, einen in den Bauch, den anderen in die Nierengegend, änderten nichts daran. Wimmernd und mit Tränen in den Augen flehte er mit zittriger Stimme um Gnade. Er habe zwei kleine Kinder und eine Frau – er würde garantiert niemandem hiervon etwas erzählen. Sie sollten ihn einfach leben lassen. Leben!
Der schmächtige Fahrer hatte mittlerweile den schnell erhärtenden Montagemörtel vorbereitet. Mit aller Gewalt stemmte sich der schreiende Mann dagegen, in den Kübel zu steigen. Gegen die beiden Männer war er allerdings machtlos. Trotz seiner Gegenwehr hoben sie ihn mühelos in den Kübel, wo er bis zur Mitte der Schienbeine im Beton versank. Die kräftig gebauten Typen hielten ihn so fest, dass es ihm nicht gelang, seine Beine herauszuziehen. Seine Panik steigerte sich ins Unermessliche. Jetzt wusste er, was Todesangst bedeutete.
Immer wieder wurden ihm die gleichen Fragen gestellt. Immer wieder beteuerte er, dass er nichts wisse. Er spürte, dass die Männer ernst machten und die nächsten Momente seine letzten sein würden.
Gemeinsam schoben die beiden Kerle den Plastikkübel an den Rand der Plattform. Das Letzte, was er sah, war ein verschwommener Blick

durch die Wasseroberfläche auf drei schemenhafte Gestalten, die sich immer weiter entfernten.

Sekunden später schlug er mit dem Betonkübel auf dem Seeboden auf und fühlte die Algen, die ihn berührten und ihn nicht mehr loslassen wollten. Er versuchte, seine Arme zu befreien, und zappelte mit den Beinen hin und her. Er hörte sein eigenes gurgelndes Schreien unter Wasser. Sein gesamtes Leben zog wie im Zeitraffer vor seinem geistigen Auge vorbei: Schule, Studium, Hochzeit, Arbeit. Aber er wollte noch nicht sterben, nicht so und nicht jetzt. Also kämpfte er weiter. Als er es schließlich geschafft hatte, sein rechtes Bein aus dem Beton zu ziehen, war es jedoch zu spät. Einige letzte Luftblasen stiegen noch an die Wasseroberfläche. Mit starrem Blick und geöffnetem Mund wurde er Teil des Sees.

Kapitel 1

Samstag, November 2012

Frank Reusch, hauptberuflich mit Leib und Seele für die Sicherheit im öffentlichen Schienenverkehr verantwortlich, hatte sich trotz einer heftigen Rippenprellung an diesem Samstagmorgen um 06.00 Uhr aus dem Bett gequält. Durch einen Moment der Unachtsamkeit hatte ihn sein Sparringpartner kurz vor Rundenende beim Kampfsporttraining mit einem Körperhaken ungebremst am linken Rippenbogen getroffen. Da es jedoch mit großen Schritten auf den Pokalwettkampf im Orientierungstauchen zuging, wollte er in seinem zweiten großen Hobby nicht auf die intensiven Vorbereitungen verzichten. Das tiefe Einatmen fiel ihm schwer und bereitete ihm stechende Schmerzen, aber er gehörte nicht zu den Menschen, die sich dann schonen und zu Hause bleiben. Außerdem verließ sich sein Trainingspartner Mathias Engels auf ihn, und er wollte ihn nicht enttäuschen.

Nach einem ausgiebigen Frühstück mit reichlich Kaffee und frisch belegten Brötchen nahm er in seinem Mondeo-Kombi eine Art Schonhaltung ein und fuhr gemächlich von Höhenhaus in Richtung Vingster Bagger- und Badesee. Seine Ausrüstung lag auf dem Rücksitz. Sie bestand aus dem so genannten OT-Gerät – einer Pressluftflasche mit montiertem Kompass und einem durch den Wasserwiderstand angetriebenen Propeller, gekoppelt an einen Meterzähler. Er war sich nicht sicher, ob er das OT mit gestreckten Armen vor sich her schieben könnte, aber unter Wasser würde es schon gehen, da ihm dort der Auftrieb helfen würde. Die spezielle Tauchmaske mit zweigeteilter Sichtscheibe, die ihm ein relativ großes Sichtfeld unter Wasser bieten würde, und seine alten Rescue Fins, spe-

zielle Wettkampfflossen aus Glasfiberlaminat, hatte er neben sich auf den Beifahrersitz geworfen. Seit Wochen schon überlegte er, ob er sich endlich die lang ersehnte Monoflosse zulegen sollte, doch heute war er froh, dass er mit seiner Rippenprellung keine delfinartigen Bewegungen machen musste. Außerdem würde er sich heute noch mehr darauf konzentrieren, nach dem Start mit keinem Ausrüstungsteil aus dem Wasser zu ragen. Das war ihm bis auf drei Patzer auch in den letzten Wochen gut gelungen.
Als Frank Reusch am saisonbedingt geschlossenen Naturfreibad in Köln-Vingst eintraf, hatte sich Mathias seine Ausrüstung schon zurechtgelegt und sich in den Trockenneoprenanzug gezwängt. Auf Frank wirkte er stets wie ein zu groß geratenes Sams, worüber er jedes Mal frotzelte.
Eine halbe Stunde später waren beide soweit und kontrollierten gegenseitig gewissenhaft die Ausrüstung des anderen, bevor sie ins eiskalte Wasser gingen. Beim Briefing hatten sie vereinbart, dass Frank diesmal vorneweg tauchen sollte. Auf der Wasseroberfläche wippten die verschiedenen Orientierungspunkte, die in einem Kurs auf einer Gesamtlänge von 650 m verteilt waren. Unter Wasser war die Sicht sogar noch trüber, als sie erwartet hatten. Die Sichtweite betrug anfänglich noch etwa vier Meter, verringerte sich aber bei jedem Meter, den sie weiter nach unten tauchten. Für die Disziplin „Orientierung“ waren die Bedingungen optimal.
Sie waren schon sieben Minuten unter Wasser und hatten einige Orientierungspunkte gefunden, als Frank plötzlich seinen OT losließ und verzweifelt gestikulierend zur Wasseroberfläche schwamm. Instinktiv folgte ihm Mathias nach oben.
„Was ist denn mit dir los?“ Mathias begann zu lachen, als er Franks fassungsloses Gesicht sah. Er wirkte, als sei er dem Leibhaftigen begegnet.

„Ich glaub, ich spinne. Da unten steht so'n Anzugträger und hat nach mir gegriffen." Franks Stimme klang panisch.
„Na klar. Ist mir auch schon oft passiert. Unter Wasser sind überall Typen, die ständig nach mir greifen. Mann, Frank, die Jungs von der Wettkampfleitung sind total makaber und machen sich manchmal einen Scherz mit uns. Hast du davon noch nichts gehört? Das ist doch ein alter Hut. Ich tauche jetzt noch mal runter und guck mir die Schaufensterpuppe mal genauer an und dann machen wir weiter, sobald wir deinen OT wiedergefunden haben." Mathias musste ein Lachen unterdrücken, bevor er unter die Wasseroberfläche abtauchte.
Trotz seines Nassanzugs zitterte Frank Reusch am ganzen Körper. Mit leichten Schwimmbewegungen hielt er sich über Wasser und fragte sich, wie er seinen OT zurückbekommen sollte. Das würde dann eine ganz andere Art des Orientierungstauchens.
Mathias Engels stieß derweil immer tiefer in das trübe Wasser vor. Amüsiert fragte er sich, was sich die Jungs von der Wettkampfleitung da wohl wieder einfallen gelassen hatten. Plötzlich stand der Mann vor ihm – dunkler Anzug, weißes Hemd, Krawatte. Beim Anblick des offenstehenden Mundes und der schreckgeweiteten Augen war sich Mathias Engels schlagartig nicht mehr so sicher, ob es sich tatsächlich nur um einen schlechten Scherz handelte. Als der Lichtstrahl seiner Taschenlampe das Ende der Beine des Mannes erreichte, erkannte er beim zweiten Hinsehen, dass einer der Füße in einem Baukübel mit Beton stand. Schnell schwamm er zur Wasseroberfläche.
„Komm, Frank. Wir müssen die Polizei rufen."

***

Der Beamte der Leitstelle gab um 07.15 Uhr die Angaben von Mathias Engels in die Datenmaske des Einsatzrechners ein.

„Und Sie sind sich ganz sicher, dass Sie einen Mann mit einbetonierten Füßen im Badesee gefunden haben? Sie wissen schon, dass man die 110 nicht zum Spaß anrufen darf?“

Irgendwie beschlich den erfahrenen Einsatzsachbearbeiter der Gedanke, dass hier ein Spaßvogel in der Leitung war, der zu viele Mafiafilme geguckt hatte.

„Jetzt hören Sie mir mal zu!“ Mathias Engels erhob seine Stimme. „Wenn nicht in fünf Minuten ein Streifenwagen hier ist, beschwere ich mich bei Ihrem Präsidenten. Ich habe Ihnen meinen Namen gesagt und meine Rufnummer. Sie schicken mir jetzt sofort Ihre Kollegen hierhin. Am besten gleich auch einen von der Mordkommission!“

„Bleiben Sie bitte dort, Herr Engels. Ich werde alles Notwendige veranlassen.“

Der Leitstellenbeamte hätte sowieso einen Streifenwagen dorthin geschickt, allein um sicherzugehen. Aber nun erledigte er alles etwas schneller. Nicht wegen Mathias Engels, sondern weil der Einsatzrechner bei diesem Einsatzstichwort sowieso Priorität vorgab.

Polizeikommissarin (PKin) Junghain und Polizeikommissar (PK) Savci hatten soeben in Vingst einem Radfahrer 15 Verwarngeld auferlegt, als sie der Funkspruch der Leitstelle erreichte: *„Naturfreibad Vingst, Leichenfund. Überprüfen Sie die Angaben des Anrufers.“*

Als sie eingestiegen waren, hörten sie die lautstarken Proteste des uneinsichtigen Radfahrers nicht mehr, der ihnen nach rief, dass sich die Polizei lieber um die Richtigen kümmern sollte. Ihre Gedanken waren schon beim nächsten Einsatz.

Parallel zur Streifenwagenbesatzung der Polizeiinspektion (PI) 6 wurde Willi Schuster von der Kriminalwache über den Einsatz in Kenntnis gesetzt. Seine Tour hatte an jenem Samstagmorgen Dienst und vorsorglich schickte er schon mal ein Team in Richtung Vingst.

„Lass uns erst mal ein paar frische Brötchen beim Metzger besorgen. Ich habe heute Morgen noch nicht gefrühstückt. Der Metzger liegt auf dem Weg nach Vingst und außerdem haben die Kollegen der PI noch keine Rückmeldung gegeben." Kriminaloberkommissar (KOK) Ritter nahm den Auftrag noch nicht so richtig ernst. Außerdem ließ es sich mit leerem, knurrendem Magen sowieso nicht arbeiten. Schlimm genug, dass er schon vor der ersten Tasse Kaffee mit Judith rausfahren sollte.

Kriminalhauptkommissarin (KHKin) Judith Schlowinczyk war seit drei Wochen als Hospitantin auf der Kriminalwache und arbeitete ansonsten als Schießtrainerin bei der Fortbildungsstelle. Ihre Verwendungszeit dort würde bald vorbei sein, und daher hospitierte sie auf der Kriminalwache. Das war für sie die beste Möglichkeit, um wieder bei der Kripo Fuß zu fassen, auch wenn ihr die damalige Zeit als Ermittlerin für Waffendelikte noch ziemlich präsent war. Doch in den letzten fünf Jahren hatte sich so viel bei der Polizei verändert. Das polizeiliche Vorgangsbearbeitungsprogramm „IGVP" war schon damals für sie die sprichwörtlichen „Böhmischen Dörfer" gewesen.

„Gute Idee, Hunger habe ich auch. Und wer weiß, wie lange das gleich dauert. Aber beeil dich und bring mir zwei Normale mit Putenbrust und einem Salatblatt drauf mit. Das Geld gebe ich dir nachher zurück."

Sie hielten vor der Metzgerei und als KOK Ritter schon fast im

Laden war, rief ihm Judith durch das geöffnete Seitenfenster hinterher, dass er ihr auch noch einen Kakao mitbringen solle.

***

Unterdessen waren PKin Junghain und PK Savci am Naturfreibad angekommen. Mathias Engels und Frank Reusch hatten sich derweil aus ihren nassen Taucheranzügen geschält und sich warme Kleidung angezogen. Frank Reusch hielt mit beiden Händen eine Deckeltasse umklammert und versuchte, sich an dem heißen Tee zu wärmen. Es half aber nichts, die Kälte kam von innen. Noch zu tief saß ihm der Schreck in den Gliedern. Immer und immer wieder sah er vor sich, wie die Arme des toten Mannes nach ihm gegriffen hatten.

„Guten Morgen! Mein Name ist Savci, das ist meine Kollegin Junghain." Der Polizist deutete in Richtung seiner Kollegin. „Wer von Ihnen beiden hat die Polizei angerufen?"

„Das war ich." Mathias Engels machte automatisch einen kleinen Schritt nach vorn. „Wir haben beim Tauchtraining eine Leiche gefunden. Dahinten – etwa in Höhe der Badeplattform." Er zeigte zum See.

PK Savci nahm Notizbuch und Stift zur Hand und war ganz Ohr. „Erzählen Sie mal von Anfang an, bitte."

Mathias Engels erzählte detailliert vom Übungstauchen, dem bevorstehenden Wettkampf und den Geschehnissen unter Wasser: „…und dann bin ich noch mal nach unten getaucht. Zunächst konnte ich vor Lachen kaum atmen, aber als ich so richtig nah an dem Mann dran war, gefror mir das Blut in den Adern. Da unten steht definitiv keine Schaufensterpuppe, sondern ein richtiger Toter aus Fleisch und Blut. Mit einem Fuß im Betonkübel…"

„Wie jetzt? Mit einem Fuß im Beton?!", fragte PK Savci.
„Was weiß ich denn? Ein Fuß steckt im Betonkübel, der andere nicht. Wenn ich es doch sage. Ich habe nur gesehen, dass ich da weg komme. Auf keinen Fall wollte ich Spuren verwischen." Mathias Engels schien – wie sein Kumpel Frank Reusch – einem Zusammenbruch nahe zu sein.
„Haben Sie zufällig erkannt, wer der Mann ist, den Sie da unten gefunden haben?" PK Junghain schaute in die Gesichter der beiden Taucher, erntete aber nur ein verneinendes Kopfschütteln.
Während sich PK Savci die Personalien und Erreichbarkeiten der Männer aufschrieb, stieg PK Junghain in den Streifenwagen und gab über Funk durch, dass es offensichtlich tatsächlich eine Leiche unter Wasser gäbe.

***

„Komm, gib Gas, Ritter! Du hast die Kollegin doch gehört." KHKin Judith Schlowinczyk wollte jetzt so schnell wie möglich den Naturbadesee erreichen und alles weiträumig absperren, bevor noch mehr Leute da herumliefen.
„Ruhig Blut, Braune." KOK Ritter machte eine beschwichtigende Bewegung und grinste. „Wenn das alles stimmt, wird uns die Wasserleiche wohl kaum wegschwimmen. Oder glaubst du an die Auferstehung?"
„Fahr einfach!" Judith Schlowinczyk spürte, wie ihre Halsschlagader anschwoll. Ganz im Gegensatz zu ihrem Kollegen Ritter war sie voller Elan und Tatendrang. Wenn das „Beamen" bereits erfunden wäre, würde sie jetzt *Scotty* vom Raumschiff Enterprise darum bitten, sie augenblicklich von ihrem Sitz zum See zu teleportieren.

***

Kriminalhauptkommissar Paul Westhoven lag zwar noch im Bett, aber geschlafen hatte er schon seit Stunden nicht mehr. Zu sehr beschäftigten ihn die Ereignisse der letzten beiden Tage. Seine Ex-Frau Maria hatte ihm wieder einmal ihren Anwalt auf den Hals gehetzt. Sie forderte eine überzogene Erhöhung des Unterhalts für die gemeinsame Tochter Fiona. Außerdem forderte ihr Anwalt die Übernahme der Kosten für ei Reitpferd und für den Klavierunterricht. Also quasi einen Gesamtunterhalt, der 120% über der Düsseldorfer Tabelle lag. Vom Jugendamt wurde ihm gleichzeitig Missbrauch des Besuchsrechts vorgeworfen. Taten und Fakten waren dort aufgezählt, die er nie begangen hatte, deren Gegenteil er jedoch nicht beweisen konnte. Aus dem Dienst wusste er: Das Schwierigste, was zu beweisen war, war immer die Unschuld. Im Strafverfahren galt immer die Unschuldsvermutung und die Schuld musste bewiesen werden. Im Familienrecht schien man davon nichts zu halten. Tausende Väter waren so hoffnungslos über den Tisch gezogen worden. Und oft war das Ergebnis dann wie bei seinem Freund, dem Kölner Polizeiseelsorger. Dessen Tochter war mittlerweile erwachsen. Er wollte wieder Kontakt mit ihr haben. Doch er erhielt nur eine Mail. Folgende Textpassage hatte ihm besonders wehgetan:
"Ich glaube nicht, dass irgendjemand ‚Schuld' an den ganzen Problemen ist. Man kann lange darüber nachdenken, wie es hätte anders laufen können, wenn jemand dies und jemand anderes jenes getan hätte. Letztlich ist es aber so gewesen, wie es war und alles grübeln hilft nicht. Wir alle haben unsere Wunden und Narben aus der Zeit behalten und werden niemals ohne sein. Ich bin euch nicht böse. Es gab eine Zeit, wo ich euch dafür gehasst habe, was ihr mit unserer Familie und uns Kindern gemacht habt. Aber das ist schon lange her. Ich bin glück-

lich mit meiner kleinen Familie und meinem Leben ohne euch."
Westhovens Freund wusste bis heute nicht, was er damals getan haben sollte. Seine Enkelin hatte er noch nie gesehen.
Westhoven seufzte. Seine Frau Anne war über Nacht bei ihren Eltern geblieben. Sie hatte ihrer Mutter versprochen, gemeinsam mal wieder einen Einkaufsbummel zu machen und auswärts zu frühstücken. Das Schreiben vom Jugendamt ließ ihm einfach keine Ruhe. Er war gerade dabei, sich das x-te Szenario auszumalen, als sein Mobiltelefon klingelte. Neuerdings ertönte schrill das Titellied aus dem Vampirfilm „Blade".
„Hallo Paul, hier ist Willi Schuster. Schon komisch, als wenn es an mir läge. Jedes Mal wenn ich K-Wachen-Dienst habe und du Bereitschaft, passiert was. Ist mir schon langsam peinlich, dass *ich* dir immer den Tag versaue."
„Es ist wie es ist, Willi. Mach dir keinen Kopf, gerade heute habe ich viel Zeit. Anne ist bei ihren Eltern und ich hatte mir sowieso nichts anderes vorgenommen." Westhoven war froh, dass er für einen Moment das Jugendamt und den ganzen Trubel um seine Ex-Frau vergessen konnte.
Willi Schuster erzählte ihm von dem laufenden Einsatz.
„Ich mach mich auf den Weg. Alarmier bitte noch mein Team und sag denen, dass wir uns in meinem Büro treffen. In spätestens einer halben Stunde, also 08.45 Uhr. Und kümmere dich bitte um Taucher, egal ob unsere oder von der Feuerwehr. Hauptsache, die brauchen nicht so ewig lang, bis die da sind."

***

Toni Krogmann traf sich seit Wochen mit ihrer neuen Partnerin und war überglücklich, dass ihre Laura das gleiche für sie empfand und nahezu jede freie Minute mit ihr verbringen wollte. Zu allen Live-Proben war Laura mitgekommen und hatte begeistert zugehört, wie Toni sang. Außenstehende hatten lachend gemeint, dass man nur noch ein Herz um die beiden Frischverliebten herummalen müsste.

„Ach, Scheiße. Das ist jetzt bestimmt 'ne Alarmierung." Laura langte zum Mobiltelefon, das neben dem Bett lag, und reichte es Toni. Sie blickte aufs Display. „Unbekannte Nummer, ich sag es ja: Die Arbeit."

Nachdem sie das Gespräch beendet hatte und sich gerade die Bluse zuknöpfte, stand auch Laura auf.

„Süße, ich fahre dich." Sie umarmte Toni Krogmann und küsste sie.

„Das finde ich total lieb von dir, aber du hast frei und brauchst nicht extra aufzustehen." Laura war ebenfalls Polizeibeamtin, aber nicht für Mord und Totschlag zuständig, sondern für Taschen- und Trickdiebstahl.

„Was ist denn eigentlich passiert?"

„Ach! So'n paar Tauchheinis haben im Vingster Badesee angeblich eine Leiche gefunden, die einbetoniert auf dem Grund des Sees steht. Wer weiß, was die gesehen haben. Da unten ist es doch so dunkel wie bei einer Kuh im Arsch." Toni Krogmann war ziemlich grantig über diese Alarmierung. Den Samstag hatte sie sich ganz anders vorgestellt.

„Für mich klingt das sehr spannend. Eine einbetonierte Leiche. Huha huuhuuu." Laura fuchtelte mit den Händen vor Tonis Gesicht herum und versuchte dabei mystisch zu wirken und die Situation ein wenig zu entspannen.

„Für mich klingt das eher nach Verarsche. Trotzdem wird das Stunden dauern. Warte also nicht auf mich und mach wenigstens dir einen schönen Tag. Ich melde mich mal zwischendurch." Toni griff sich noch einen Apfel und gab Laura einen Kuss.

***

Heinz Dember hatte sein Ohr auf Doris' Brust gelegt und ließ seine rechte Hand sanft auf ihrem Babybauch kreisen. „Hallo, mein Junge. Ich bin's. Der Papa." Seine Stimme klang dabei fast eine Oktave höher, genau so, wie es bei Erwachsenen oftmals ist, wenn sie mit kleinen Kindern sprechen.
„Da, da! Hast du das auch gespürt, Doris? Er hat sich bewegt. Mein Junge hat mich erkannt." Heinz Dember war geradezu euphorisch.
„Na klar reagiert er auf deine Streicheleien und deine Stimme, auch wenn er sie nur gedämpft hören kann." Doris und Heinz küssten sich.
Die harmonische Situation wurde jäh durch das aggressive Klingeln von Dembers Mobiltelefon gestört.
„Ach nee, ne! Nee, komm, darauf habe ich jetzt überhaupt keinen Bock. Scheiße!"
Nach dem Anruf von Willi Schuster wandte sich Heinz Dember wieder seiner Frau zu, die sofort die Situation erkannt hatte.
„Und? Wo musst du diesmal hin?"
„Schuster hat mir eben gesagt, dass im Vingster Badesee eine einbetonierte Leiche gefunden wurde, und dass ich bis 08.45 Uhr im Präsidium sein soll. Paul dreht mal wieder durch, wir haben jetzt schon 08.25 Uhr und ich habe noch nichts gefrühstückt und angezogen bin ich auch nicht."
Doris Dembers Gedanken rotierten. Das hörte sich nach einem spannenden Kriminalfall an. Jedenfalls war ihr bisher in ihrer Laufbahn als Rechtsmedizinerin noch keine solche Leiche begegnet.

Wie gern hätte sie Heinz den Babybauch überlassen und den Mutterschutzurlaub gegen seine Rufbereitschaft eingetauscht.
„Das hört sich doch spannend an. Du musst mich unbedingt anrufen, wenn an der Sache was dran ist. Das interessiert mich.“ Heinz Dember sah das Funkeln in ihren Augen.
„Wenn ich nur halb so motiviert wäre wie du...“

***

Paul Westhovens rechte Hand ruhte auf der Tischplatte. Er tippte immer wieder mit den Fingern auf die Bürotischauflage, auf der sich zahlreiche Fotos von ihm und Anne unter einer Klarsichtfolie befanden.
Um 09.12 Uhr kam Heinz Dember herein. Ohne den üblichen Tagesgruß ergriff der Leiter der Mordkommission 6 das Wort. „Hatte ich nicht ausrichten lassen, dass wir uns bis spätestens 09.00 Uhr hier treffen?“ Der Ärger war seiner Stimme deutlich anzuhören.
„Ich habe mich total beeilt. Es ging nicht schneller. Wirklich! Und außerdem kommt bald das Baby. Die Bereitschaft an diesem –“ Westhoven ließ ihn nicht aussprechen. „Du bist nicht der einzige Mann auf der Welt, der sehnsüchtig sein Kind erwartet. Aber du bist der Einzige, der das als Ausrede dafür benutzt, dass er wieder mal zu spät kommt. Warum nimmst du nicht einfach Urlaub oder dienstfrei? Genügend Überstunden wirst du ja wohl haben!“
„Das wollte ich mir doch bis zur Geburt aufsparen.“
„Mein lieber Heinz, was soll ich denn deiner Meinung nach machen, wenn das hier ein langwieriger Fall wird? Soll ich dann nächste Woche ein neues Kommissionsmitglied einarbeiten? Wie stellst du dir das vor?“
Auch diesmal unterbrach Westhoven, als Dember etwas dazu sagen

wollte. „Sag nichts, darüber reden wir, wenn es soweit ist. Pack jetzt endlich deine Sachen und lass uns fahren. Die Kollegen von der PI 6 und von der K-Wache warten schon lang genug auf unser Eintreffen."

***

Gegen 09.45 Uhr trafen Westhoven, seine Kommissionsmitglieder, der Erkennungsdienst und der Chef der Rechtsmedizin, Prof. Dr. Dotzinger, am Naturfreibad ein. Sie fuhren bis an das Flatterband heran, das Judith Schlowinczyk um den See gespannt hatte.
„Hallo, Judith. Wir haben uns ja lange nicht mehr gesehen. Was machst du denn hier, ich dachte du bist bei der Fortbildung?", fragte Westhoven. Er hatte seinerzeit mit Judith den Aufstieg in den gehobenen Dienst an der Fachhochschule gemacht. Und auch eine kleine Affäre mit ihr gehabt – kurz bevor er Anne kennenlernte. Gemeinsam hatten sie den Auswahltest besucht, die Studienzeit hinter sich gebracht und schließlich die Laufbahnprüfung mit dem Ablegen der mündlichen Prüfung abgeschlossen.
„Ich hospitiere seit drei Tagen auf der K-Wache. Meine Zeit bei der Fortbildung ist bald zu Ende und ich guck mich schon mal um, welche Dienststelle mich als nächstes reizen könnte. Ans KK 11 habe ich natürlich auch schon gedacht, aber ich weiß nicht." Sie schaute ihn mit ihren großen, braunen Augen an. Westhoven fühlte sich um 20 Jahre zurückversetzt. So hatte sie ihn damals auch immer angestrahlt. Krampfhaft versuchte er, einen klaren Gedanken zu fassen.
„Du findest schon das Passende. Gerade im PP Köln gibt es so viele interessante Dienststellen und das KK 11 ist nur eine davon. Ich drücke dir die Daumen, dass du dich richtig entscheidest. Du

kannst ja mal Laut geben, wenn es konkret bei dir wird." Westhoven dachte in dem Moment, dass wenn seine Ehe jemals gefährdet wäre, dann wegen Judith. Er hatte sie nie ganz vergessen können.
„Wie geht's eigentlich deiner Frau, wie heißt sie noch mal?"
„Anne! Heute Morgen ging es ihr noch gut. Und bei dir? Verheiratet, Kinder?"
„Ich habe eine Tochter, mit der ich seit einem halben Jahr allein lebe."
„Ich muss dann…" Westhoven spürte, wie er nervös wurde.
„Kannst ja mal anrufen und wir quatschen über alte Zeiten." Judith Schlowinczyk blickte ihm nach, als er sich abwandte und in Richtung der Streifenbeamten Junghain und Savci ging.
PK Savci erläuterte Westhoven kurz den Sachverhalt, und dass die Zeugen Reusch und Engels schon auf ihre Vernehmung durch die Mordkommission warteten.
Westhoven bat Toni Krogmann und Heinz Dember zu sich und gab ihnen den Auftrag, die ersten Angaben der Zeugen zu notieren und deren Erreichbarkeiten festzuhalten.
„Und lasst euch genau erklären, wo genau die Stelle im See ist, wo die Leiche sein soll. Ich hoffe, dass die Feuerwehrtaucher gleich hier eintreffen. Unsere eigenen Unterwassercops sind zurzeit nämlich nicht abkömmlich."
Prof. Dr. Dotzinger, der alles mit angehört hatte, fragte Westhoven, ob er schon eine Idee habe, wie die Leiche aus dem Wasser geholt werden könnte.
„Gute Frage. Wenn ich das mal wüsste. Wahrscheinlich so wie bei den Autowracks – mit Spanngurten und Kran. Hoffen wir, dass die Taucher damit schon Erfahrung haben. Außerdem brauche ich jemanden, der da unten Bilder macht. Ob das allerdings geht, weiß ich nicht."

Der Chef der Rechtsmedizin lächelte. „Das geht bei dieser Seetiefe relativ problemlos. Ich bin im Urlaub Hobbytaucher, wissen Sie. Der direkte Blick ist zwar wegen der Tauchmaske eingeschränkt, aber ich habe zum Beispiel an meiner Digitalkamera einen Sportsucher anbringen lassen. Und da ich sogar einen kleinen LCD-Monitor habe, kann ich sofort die Bilder kontrollieren. Die Feuerwehrleute haben bestimmt auch so ein Gerät, sonst kann ich gern meine zur Verfügung stellen. Die liegt auf dem Beifahrersitz. Als ich gehört habe, dass es um eine Leiche unter Wasser geht, habe ich die einfach mal mitgenommen."
Westhoven quittierte das mit einem „Wow" und einem anerkennenden Nicken.

***

„Und? Haben wir tatsächlich eine einbetonierte Leiche à la Mafia oder nur falschen Alarm?" Westhoven drehte sich um und sah Staatsanwältin Sarah Steinmann herankommen. Sie war jung, engagiert und arbeitete erst seit kurzem als Kapitaldezernentin in der Abteilung IX. Ihre roten Designer-Röhrenjeans wurden nur noch von den giftgrünen Gummistiefeln mit Marienkäferapplikationen übertroffen.
„Ja, ja, ich weiß!", lachte Sarah Steinmann. „Die Stiefel sehen zwar bescheuert aus, sind aber praktisch. Die sind von meiner Nichte, ich komme nämlich grad von da, denn eigentlich wollten wir heute was anderes unternehmen. Und da ich diesmal nicht wieder unpassend mit Highheels gekleidet zum Tatort kommen wollte, habe ich eben meine Pumps gegen diese schmucken Hingucker getauscht. Außerdem sind die gefüttert."
„Nee! Sieht super aus – echt jetzt." Westhoven musste sich zurück-

halten, um nicht laut loszulachen. „Können wir davon später auch ein Foto machen? Als Erinnerung!“ Er grinste breit. „Aber okay. Die beiden Taucher da hinten bei Dember und Krogmann haben die Polizei alarmiert, weil sie unter Wasser eine männliche Leiche gefunden haben wollen. Mit den Füßen im Beton. Wir wissen mehr, wenn die Feuerwehrtaucher hier sind und unten waren. Bis dahin ist alles reine Spekulation.“

Er hatte noch nicht zu Ende gesprochen, als die Feuerwehr mit ihrem Gerätewagen Wasserrettung, dem GW-W, und einem kompletten Tauchteam eintraf.

„Ach, Herr Westhoven. Ich bin übrigens sehr gespannt, wie Sie es schaffen, sich diesmal mit geschlossenen Augen neben die Leiche an den Tatort zu stellen.“ Sarah Steinmann blickte ihn provokativ an.

***

Etwa zwei Stunden später hatten die vier ausgebildeten Bergungs- und Rettungstaucher der Feuerwehrtauchergruppe[3] bei einer Wassertemperatur von vier Grad Celsius die Leiche samt Betonkübel aus etwa sieben Metern Tiefe vom dicht bewachsenen Grund des Sees geborgen. Prof. Dr. Dotzinger hatte mit der Unterwasserkamera dutzende Fotos gemacht. Das Echolot war aufgrund der genauen Standortangaben von Mathias Engels und Frank Reusch diesmal nicht notwendig gewesen.

Prof. Dr. Dotzinger, Staatsanwältin Steinmann, KHK Westhoven und sein Team, die Feuerwehrleute, das K-Wachen-Team und die Streifenwagenbesatzung sahen sich die gestochen scharfen Fotos

[3] *seit 1975 jeden Tag mit mindestens vier einsatzbereiten Tauchern auf der Feuerwache 1 etabliert*

auf dem kleinen Monitor auf der Rückseite der Kamera an. Der etwa 60-jährige Mann sah genau so aus, wie Mathias Engels ihn beschrieben hatte. Dunkler Anzug, weißes Hemd, Krawatte. Um die Leiche herum hatte sich mittlerweile eine große Wasserpfütze gebildet. Ein Fuß steckte noch im Betonkübel, der andere lag nackt daneben. Schuh und Socken steckten im Beton.

„Der kommt mir irgendwie bekannt vor, aber ich komm nicht drauf, woher ich den kennen könnte." Westhoven beugte sich über den Leichnam.

„Ja, stimmt. Der hat ein bisschen Ähnlichkeit mit diesem Schauspieler. Ach, wie heißt der noch?" Sarah Steinmann fiel der Name nicht ein. „Guck doch mal nach, ob der einen Ausweis oder so was dabei hat. Vielleicht haben wir Glück."

Paul Westhoven nahm ein paar Latexhandschuhe aus seiner Jackentasche, zog sie an und tastete den Leichnam vorsichtig von oben bis unten ab. Spurenschonend öffnete er dann das dunkle Sakko, um an die Innentaschen zu kommen. Er klappte die schwarze Geldbörse auf und zog eine Krankenkassenkarte heraus:

Rodebrecht Waechter
Geburtsdatum: 15.12.1953

Weitere Identitätsunterlagen fand er nicht.

„Komischer Name, Rodebrecht. Habe ich noch nie gehört", sagte Heinz Dember.

„Das ist ein Vorname aus dem Althochdeutschen und bedeutet soviel wie Ruhm und glänzend", sagte Prof. Dr. Dotzinger und merkte an, dass neben der Fotografie auch die Onomastik, die Lehre über die Herkunft und Bedeutung von Namen, eines seiner Steckenpferde sei.

„Unter Ruhm und glänzend versteh ich was anderes. Das Einzige, was hier noch glänzen wird, ist nachher die Lichtbildmappe mit den Fotos auf Hochglanzpapier“, sagte Dember.
„Heinz, bitte. Ist gut.“ Westhoven blickte ihn kopfschüttelnd an. „Überprüf mal sofort den Namen, ob wir zu dem was haben.“
„Herr Professor!“, sagte Steinmann. „Können wir noch heute obduzieren? Mich interessiert die Todesursache, auch wenn es offensichtlich ist, was passiert sein könnte. Aber ich will sicher sein.“
„Kein Problem. Mein Team habe ich bereits alarmiert. Sobald die Leiche im Institut ist, können wir beginnen. Es liegt also an Ihnen.“
„Können Sie denn auf den ersten Blick sagen, wie lange der Mann schon unter Wasser gestanden hat?“
„Frau Steinmann, Sie werden sicher verstehen, dass ich mich zu keinerlei Spekulationen überreden lassen möchte. Bei der Verwesung von Wasserleichen spielt die Wassertemperatur eine ganz entscheidende Rolle. Die Jahreszeiten, ob Sommer oder Winter, sind ebenso wichtig und bei der Berechnung zu berücksichtigen. Aber meinetwegen, ich prüfe mal vorab einige Eckdaten.“ Professor Dr. Dotzinger zog sich nun auch Gummihandschuhe über, musterte eindringlich die Fingerbeeren und die Hohlhand des Toten und stellte mittels Rektalmessung die Körperkerntemperatur fest.
„Hmmh! Es gibt ein paar Richtwerte. Und ich meine Richtwerte. Also – ohne Gewähr – gehe ich davon aus, dass die Leiche ca. 2-4 Tage im Wasser war. Das muss reichen, Begründung folgt später.“
„Danke!“ Sarah Steinman hakte nicht nach; sie war sich dessen bewusst, dass Prof. Dr. Dotzinger zurzeit zu keiner näheren Eingrenzung bereit war.
Der Leichnam wurde von den Bestattern des Leichenfuhrwesen in eine weiße Plastikhülle gelegt. Für einen Transport im Zinksarg war der Betonkübel einfach zu groß.

Bevor auch KHK Westhoven den Bereich des Badesees verließ, übergab er diesmal Toni Krogmann allein die Verantwortlichkeit der Tatortaufnahme. Dember wollte er lieber unter seiner persönlichen Aufsicht haben. Sodann besprach sich Toni Krogmann mit den Kräften des Erkennungsdienstes, um das weitere Vorgehen abzustimmen.
Auf der Rückfahrt zum Präsidium fragte Westhoven Dember nach dem Schreiben des Kriminalkommissariates 32 und was die Internen von ihm wollten.
„Keine Ahnung, Paul. Ich habe den Umschlag noch nicht geöffnet. Das wollte ich Montag machen. Hatte keine Lust, mir das Wochenende zu versauen."
„Na, das ist aber jetzt doch anders gekommen."

***

Im Präsidium angekommen, widmete sich Dember der Identitätsfeststellung des Toten, während Westhoven sich um einige Formalitäten kümmerte. Da sein Kriminalinspektionsleiter in Urlaub war, informierte er Bert Stellmacher, den Leiter der Kriminalpolizei, über das nicht „alltägliche" Tötungsdelikt. Danach setzte er die Pressestelle ausführlich in Kenntnis, wies aber darauf hin, dass sich Frau Steinmann ausdrücklich eine Pressemitteilung vorbehalten habe. Für den Leiter der Pressestelle war das nichts Neues, denn in sämtlichen Tötungsdelikten wurde sowieso nach diesem Prozedere verfahren. Danach schrieb er die Anforderung für einen Polizeihubschrauber, der Luftaufnahmen vom Naturbadesee und den Anfahrtswegen machen sollte.
Heinz Dember hatte den Namen Rodebrecht Waechter nicht im elektronischen Einwohnermeldeamtsystem OLMERA[4] für das

[4] *OnLineMEldeRegisterAuskunft*

Kölner Stadtgebiet gefunden, war aber dafür in den polizeilichen Informationssystemen fündig geworden. Unter diesen Personalien war vor Jahren ein Dr. Rodebrecht Waechter wegen Beteiligung an illegalem Glücksspiel in Erscheinung getreten. Der Physiker und Fachmann für Holographie hatte vor knapp einem Jahrzehnt die Hologramme für falsche Casino-Jetons hergestellt.

Dember gab den Namen als Suchbegriff in der Internetsuchmaschine ein und erhielt Bruchteile von Sekunden später mehr als 13.000 Ergebnisse. Danach suchte er nach Bildern. Die Suchmaschine spuckte 1.720 Ergebnisse aus. Auf einigen Porträtfotos erkannte Dember eindeutig den Mann, den sie vorhin aus dem Naturbadesee geborgen hatten.

Aufgrund des Ergebnisses im polizeilichen System hatte Dember einen Anhaltspunkt für die tatsächliche Wohnanschrift erhalten. Dort stand als damalige protokollierte Wohnanschrift eine Adresse in Odenthal.

Bevor er bei der Polizeidienststelle in Bergisch Gladbach anrief, um eine gut zehn Jahre alte Anschrift zu überprüfen, versuchte er zunächst noch herauszufinden, ob auf Dr. Rodebrecht Waechter aktuell ein Kraftfahrzeug zugelassen war. Er hatte Glück: Auf das Opfer war ein schwarzer Volvo mit GL-Kennzeichen zugelassen, Wohnanschrift „Dhünner Aue" in Odenthal, einem Neubaugebiet mit freistehenden Einfamilienhäusern.

***

13.30 Uhr. Toni Krogramm telefonierte mit Paul Westhoven.

„Hi, Paul. Hier ist Toni."

„Hi. Wie weit seid ihr mit der Befundaufnahme?"

„Das dauert noch, aber ich wollte dir Bescheid geben, dass die Lei-

che jetzt gleich abtransportiert wird. Fahrt ihr, oder fährst du zur Obduktion?"
„Ja, klar. Danke für den Anruf. Ach ja, ich habe einen Hubschrauber angefordert, der Übersichtsaufnahmen aus der Luft machen soll. Behalt das mal bitte mit im Auge."
„Habt ihr denn schon feststellen können, ob der Tote tatsächlich dieser Rodebrecht Waechter ist?"
„Heinz ist noch dabei, das zu überprüfen. Bis jetzt war er noch nicht bei mir. Wenn ich was weiß, dann melde ich mich bei dir. Und noch was: Mach deine Sache da gut, Arndt wird deinen Tatortbefundbericht sicher genauestens lesen. Vielleicht meint er immer noch, dass du noch nicht so weit bist, aber ich bin da anderer Meinung. Also! Gib alles!"
„Danke, Paul."

***

Westhoven ging nach dem Telefonat in Dembers Büro. Dember saß entspannt auf seinem Bürostuhl und hatte die Beine auf den Schreibtisch gelegt. An seinem linken Ohr hielt er sein Mobiltelefon. Er fuhr zusammen, als er Westhoven sah.
„Du, Schatz, ich melde mich später noch mal. Paul ist grad hier. Ich muss…" Hektisch legte er auf.
„Ich wollte grad zu dir kommen, Paul, aber ich wollte noch schnell bei Doris…"
Westhoven winkte ab. Er wollte es gar nicht wissen.
„Warum wolltest du zu mir kommen?"
Dember legte ihm ein ausgedrucktes Porträtfoto und die Rechercheergebnisse auf den Tisch. „Bei dem Toten handelt es sich meiner Meinung nach um Dr. Rodebrecht Waechter, einen Physiker,

der schon mal wegen Fälschung von Casino-Jetons in Erscheinung getreten ist."
„Okay. Was wissen wir noch über ihn?"
„Im Moment noch nicht viel, aber wir sollten mal nach seinem Volvo gucken. Vielleicht gibt uns das einen Rückschluss auf seinen letzten Aufenthaltsort. So wie der angezogen war, war der bestimmt in keiner stinknormalen Kneipe."
„Das ist eine sehr gute Idee. Lass uns das parallel machen. Du fährst nach Odenthal und guckst, ob da der Wagen steht. Und ich fahre zur Rechtsmedizin. Die Obduktion fängt gleich an. Ruf mich an, wenn du dort bist. Dann gucken wir, ob Toni dich am See noch braucht."
„Gut."
„Und sonst? Ist zu Hause alles in Ordnung mit Doris?"
Dember war wegen der Frage völlig überrascht. Er hatte nicht damit gerechnet, dass Westhoven ihn nach der Standpauke von heute Morgen danach fragen würde.
„Bis jetzt ja. Es kann aber wohl jeden Moment losgehen." Dember strahlte.

***

Der Präparator Pahl und Prof. Dr. Dotzinger hatten es irgendwie geschafft, den Leichnam samt Betonkübel auf die kalte Stahlplatte zu hieven, in der sich am unteren Ende ein Abfluss für das austretende Blut befand.
„Hallo Pahl, alles frisch?" Westhoven begrüßte ihn jedes Mal auf die gleiche Weise. Diesmal erntete er allerdings statt spöttischen Bemerkungen über die Leiche nur ein brummiges „Hmmh". Offenbar war Pahl alles andere als erfreut, an diesem Samstag assistie-

ren zu müssen. Es wurde gemunkelt, dass Pahl seit ein paar Wochen liiert war. Seitdem war er regelrecht aufgeblüht. Er, der sonst die langweiligsten Alltagsklamotten trug, kleidete sich nun ausgesprochen schick und modisch. Außerdem benutzte er ein wohlriechendes Eau de Toilette. Selbst seine ehemals struppigen Haare waren mit Gel zu einer ansehnlichen Frisur geformt.

Westhoven drehte sich zu Sarah Steinmann und sagte hinter vorgehaltener Hand: „Pahl ist verliebt und bestimmt sauer, dass er heute hier sein muss."

„Ich könnte mir heute nichts Besseres mehr vorstellen. Eine Leiche mit einbetonierten Füßen. Unter Wasser. Das ist so krass, das kannte ich bis dato nur aus Filmen. Gut, dass ich heute Bereitschaft hatte!", freute sich Sarah Steinmann. Westhoven sah wieder das Leuchten in ihren Augen, wie bei Kindern, die gerade ihr Lieblingsspielzeug geschenkt bekommen haben.

Prof. Dr. Dotzinger schaltete das über dem Sektionstisch baumelnde Diktiergerät ein und setzte zum ersten Schnitt an. Die äußere Leichenschau und Sicherung der Bekleidung war bereits durchgeführt worden. Mit kräftigem Druck zog der Rechtsmediziner mit seinem Skalpell einen Schnitt von der Drosselgrube am unteren Ende des Halses bis zum Schambein. Ein wenig Blut floss in einem kleinen Rinnsaal Richtung Abfluss. Die offene Brust- und Bauchhöhle gab den Blick auf die inneren Organe frei, nachdem Prof. Dr. Dotzinger mit der Rippenschere auch noch den Brustkorb eröffnet und das komplette Brustbein mit den angrenzenden Rippen herausgetrennt hatte. Westhoven versuchte, das Geräusch der Rippenschere zu ignorieren. Jedes Mal erinnerte es ihn an das Halbieren eines Hähnchens oder Fasans. Das widerliche Geräusch brechender Knochen, das einem durch Mark und Bein ging. Sarah Steinmann schien davon unbeeindruckt und hatte ihren Blick im

Inneren des Toten vergraben. Fast widerwillig ging sie zur Seite, als Pahl mit einer Art Löffel neben ihr erschien, freie Flüssigkeit aus der Bauchhöhle herauslöffelte und in einen Messbecher schüttete. Die innere Besichtigung und die Betrachtung der Organe waren fast abgeschlossen, als der Chef der Rechtsmedizin noch eine leichte Verfärbung unterhalb des Rippenbogens feststellte. Diese war kaum zu erkennen und nur gegen das Licht zu sehen.
„Das muss ich mir genauer anschauen." Prof. Dr. Dotzinger setzte abermals zum Schnitt an, um unter die Haut zu gelangen. Von allen Seiten betrachtete er die Stelle.
„Und?", fragte Sarah Steinmann.
„Das sieht so aus, als wenn sich ein Hämatom unter dem Rippenbogen ausbilden wollte. So etwas geschieht eigentlich nur, wenn man hier ordentlich reinschlägt, um es mal plastisch zu beschreiben. Eine der Rippen weist sogar feine Haarrisse auf. Das bestärkt mich in meiner Theorie."
„Also ist der Mann vor seinem Tod geschlagen worden?"
„Ich war natürlich nicht dabei, aber ich denke schon. Es kann aber auch sein, dass er irgendwo draufgefallen ist. Das müssen Sie schon ermitteln. Jedenfalls gibt es Anzeichen für äußere Gewalteinwirkung gegen den Körper."
Präparator Pahl löste die Kopfhaut und zog sie über das Gesicht des Toten. Sie sah aus wie eine heruntergerutschte Maske – nur viel makabrer. Die Kopfschwarte zeigte auf der Innenseite ebenfalls ein Hämatom und vermehrte Blutansammlung.
Prof. Dr. Dotzinger resümierte: „Auch das sieht für mich nach einem kräftigen Schlag auf den Hinterkopf aus. Ich bin gespannt, ob wir hierzu korrespondierend noch Traumata am Gehirn finden werden."
Pahl schaltete die kreischende Minikreissäge ein und sägte die Schädeldecke auf.

***

Westhovens Mobiltelefon klingelte. Auf dem Display blinkte der Schriftzug *Dember.*

„Heinz, was ist? Schieß los und fass dich kurz! Wir sind mitten in der Obduktion."

„Ich bin jetzt hier an der Wohnanschrift gewesen. Der Volvo steht weder am Haus noch im CarPort und auch nicht in den angrenzenden Straßen. Die Karre ist definitiv nicht hier. Soll ich mal klingeln?"

„Das lässt du schön bleiben. Darum kümmern wir uns später. Wohnt eigentlich noch jemand dort im Haus außer Waechter?"

„Nö. Zumindest ist hier keiner gemeldet. Und auch nicht gemeldet gewesen."

„Dann lass mal gut sein dort und ruf Toni an, ob sie dich noch am See braucht."

„Mach ich gleich, zuerst fahre ich noch die Seitenstraßen und öffentlichen Parkplätze ab. Vielleicht steht ja irgendwo der Wagen. Odenthal ist ja ziemlich übersichtlich."

Heinz Dember kurvte noch ein paar Minuten durch die Straßen von Odenthal. Bevor er Toni anrief, wählte er die Rufnummer seiner Frau, die offenbar die bevorstehende Geburt ihres ersten Kindes besser zu verkraften schien als er.

„Hallo, mein Schatz! Seid ihr etwa schon fertig am See?"

„Keine Ahnung. Ich bin grad in Odenthal und such mir 'nen Wolf nach der blöden Karre vom Toten aus dem See."

„Hä? Jetzt mal langsam. Du hast, glaube ich, ein paar Kapitel übersprungen. Eben warst du doch noch in Vingst und jetzt bist du in Odenthal?"

„Der Tote wohnte hier. Ach, vergiss es. Hier ist im Moment so-

wieso nichts los. Wichtiger ist es doch, wie es dir geht. Spürst du schon was? Geht's bald los?" In Dembers Stimme schwang die freudige Erwartung mit.
„Heinz, Schätzelein! Alles ist gut, alles ist ganz normal. Du brauchst mich nicht jede freie Minute anrufen. Natürlich spüre ich das Baby – und wenn es ans Tageslicht will, dann bist du der Erste, der es erfährt." Doris rollte mit den Augen. Sie mochte diese gluckenhafte Art von Heinz überhaupt nicht, die langsam in einen Kontrollwahn auszuarten schien. Schon seit Wochen hieß es nur noch: „Mach dies nicht, mach das nicht", „Das ist doch zu schwer für dich", „Du musst dich schonen", und und und. Sie sehnte die Geburt förmlich herbei, damit Heinz sich voll und ganz auf das Baby konzentrieren konnte und sie wieder ein wenig Ruhe bekam.
„Wie geht's denn jetzt weiter und wann ist eigentlich die Obduktion?" Doris wünschte sich nichts mehr, als selbst die Sektion durchzuführen. „Die Obduktion läuft schon. Dein Chef persönlich schneidet diesmal.",„Der Dotzinger? Ui ui ui. Da wird er aber gar nicht begeistert sein." „Ach, ich hatte eher den Eindruck, als wenn ihm das nichts ausmachen würde. Im Gegenteil, ich glaube, dass er es genießt, endlich mal wieder aus dem Hörsaal und aus seinem Büro herauszukommen und sich in der freien Wildbahn zu bewegen. Er findet den Fall anscheinend richtig aufregend. Er hatte sogar seine Unterwasserkamera dabei, die er den Tauchern geliehen hat. Ich rufe jetzt gleich Toni an und frage, ob ich sie am See noch unterstützen kann. Falls nicht, frage ich Paul, was ich noch erledigen soll. Bei der Obduktion sind ja wohl genug Leute, da muss ich nicht auch noch hin. Außerdem habe ich totalen Kohldampf und würde gern mal was essen." Er rief noch schnell ein „Ich liebe dich, Schatz!" und legte dann auf.
Als Dember seine Kollegin Toni Krogmann anrief und ihr seine

Unterstützung anbot, winkte sie ab. Die Kollegen und Kolleginnen vom Erkennungsdienst seien vor Ort und alles laufe prima. Auch Westhoven wollte nicht, dass Heinz Dember auch noch im Sektionssaal herumstand. Paul schickte ihn zur Dienststelle ins Präsidium mit dem Auftrag, sich um die Fahndung nach dem PKW von Dr. Waechter zu kümmern.

***

Die kleine Knochenkreissäge kreischte, während Pahl die Schädeldecke aufsägte. Dieser Ton, zusammen mit dem Anblick der über das Gesicht geklappten Kopfhaut, war immer das Unangenehmste für Westhoven. Es war eine Mischung aus Zahnarztbohrer und Gruselkabinett. An den Geruch hatte er sich längst gewöhnt. Mit leicht verzerrtem Gesichtsausdruck wartete Westhoven darauf, dass Pahl endlich die kleine Kreissäge ausschaltete.

Als ob Pahl Westhovens Gedanken lesen könnte, schaltete dieser im nächsten Augenblick die Säge aus, legte sie auf den Obduktionstisch und griff nach dem kleinen Meißel und Hammer. Wie bei einer Kokosnuss hämmerte er vorsichtig entlang der Sägekante und löste das knöcherne Schädeldach. Als er es schließlich herunterzog, schallte ein schmatzendes „Plop“ durch den Sektionssaal. Das Geräusch entstand durch das aufgelöste Vakuum zwischen Schädeldach und Gehirn.

Sarah Steinmann schaute Pahl fasziniert zu und dachte an den umstrittenen Film „Gesichter des Todes“. Dagegen war diese Szene hier eher ein Kaffeekränzchen.

Prof Dr. Dotzinger nahm das Schädeldach ab. Prüfend musterte er abwechselnd jeden Quadratzentimeter der knöchernen Schädeldecke und des offenliegenden Gehirns. Er diktierte ins Mikrofon,

dass kleinste Fissuren und Einblutungen festzustellen seien, und dass vermutlich eine Ruptur der *Arteria meningea media*, der mittleren Hirnhaut-Arterie, Ursache hierfür sein könnte. Gleichzeitig hierzu diagnostizierte der Professor eine übermäßige Blutansammlung unter der Schädelkalotte. Er schaltete das Diktiergerät aus. „Frau Steinmann, so eindeutig, wie Sie es vorhin am See formuliert haben, ist es wohl doch nicht."
Sarah Steinmanns sah ihn fragend an. „Was wollen Sie damit sagen?"
„Der Mann hier wäre ohne einen ärztlichen Eingriff, also Öffnung des Schädels und Entfernung des Hämatoms, mit an Sicherheit grenzender Wahrscheinlichkeit sowieso verstorben. Der unfreiwillige Tauchgang hat sein Ableben im Grunde nur vorgezogen. Schauen Sie hier!" Prof. Dr. Dotzinger lenkte ihren Blick auf die festgestellten Verletzungen.
„Und was heißt das jetzt?"
„Aus Sachverständigensicht kann ich nur sagen, dass offensichtlich jemand mit stumpfer Gewalt auf den Kopf des Toten eingewirkt hat. Wer das war, und warum, und ob das die gleichen Leute waren, die ihn im See versenkt haben, müssen Sie selbst herausfinden."
„Kann es denn sein, dass er sich die Verletzungen durch einen Sturz selbst beigebracht haben könnte?"
Prof. Dr. Dotzinger schüttelte verneinend den Kopf. „Das Hämatom sitzt oberhalb der so genannten Hutkrempe und spricht eher für eine Schlag- oder Hiebverletzung. Anzeichen für Sturzgeschehen sind in der Regel an anderen Stellen zu finden. Es sei denn, jemand hätte in suizidaler Absicht einen Kopfsprung gemacht. Aber davon ist hier ja wohl nicht auszugehen, oder?"
Diesmal schüttelte nicht nur Staatsanwältin Steinmann sondern auch Paul Westhoven den Kopf.

„Außerdem: Wenn man genau hinschaut, erkennt man hier am Schädelknochen ganz schwach einen Bruch mit konzentrisch verlaufenden Bruchlinien, die durch radiär verlaufende Berstungsfrakturen durchbrochen sind. Diese Globusfraktur, die einem Spinnennetz ähnelt, entsteht in der Regel durch einen stumpf-konvexen Gegenstand, wie zum Beispiel einen Stein oder ähnlich harten Gegenstand."

„Es ist wohl nicht anzunehmen, dass unser guter Dr. Waechter freiwillig zu diesem Badeausflug mitgefahren ist", sagte Westhoven. „Es liegt ja wohl auf der Hand, dass irgendwer das Opfer mit einem Schlag gefügig gemacht und zum See gebracht hat. Ob der Tod durch das Epiduralhämatom eingetreten wäre, sollte uns zunächst egal sein. Ich bin sicher, dass sich das von selbst aufklären wird. So wie ich die Sache hier bewerte, hat sowieso nicht nur eine einzige Person gehandelt. Oder ist jemand anderer Meinung?" Er blickte in die Runde.

„Das sehe ich genauso!" Sarah Steinmann nickte zustimmend. „Allein schon, dass er einen Fuß aus dem Beton wieder herausziehen konnte, lässt für mich den Rückschluss auf Gegenwehr zu. Den hat keiner allein transportiert, einbetoniert und schließlich versenkt."

Nach den üblichen Ermittlungsaufträgen, wie der Untersuchung des Blutes, toxikologischen und histologischen Untersuchungen sowie der Erlaubnis zur Präparation des Schädels, verließen die Ermittler den Sektionsraum.

Pahl war gerade dabei, den Thorax wieder zuzunähen.

***

„Fährst du noch mit zum Präsidium?" Westhoven blickte Sarah Steinmann an und schaute dann auf seine Armbanduhr – 17.15 Uhr.

„Na klar. Heute habe ich nichts anderes mehr geplant. Der Fall hat für mich Priorität Eins!“

„Wie sieht es denn mit deinem Hunger aus?“

„Ich hätte jetzt so richtig Appetit auf eine Pizza mit viel Thunfisch und dick Käse oben drauf“. Die Antwort kam so, als ob sie auf diese Frage geradezu gewartet hätte.

„Da habe ich eine Idee. In der Nähe vom Präsidium gibt's die beste Pizza in ganz Köln. So richtig lecker im Holzofen bei offenem Feuer gebacken. Ich kenne niemanden, dem die Pizza da nicht geschmeckt hat. Oder hast du eine andere Idee?“

„Nö, hört sich doch super an. Wir waren dort doch schon einmal und es war lecker, wie ich mich erinnere.“

Westhoven fragte noch bei Heinz Dember und Toni Krogmann nach, ob er ihnen was mitbringen sollte. Toni, die gerade auf dem Weg zur Dienststelle war, bestellte sich eine kleine Rustica mit Ruccola, Parmaschinken und Parmesan und Dember wollte eine Portion Cannelloni mit vier Käsesorten.

Pünktlich zur Ladenöffnung um 17.30 Uhr parkten Westhoven und Steinmann vor dem „Il Futuro Da Franco“ in der Johann-Mayer-Straße in Kalk. Das Feuer im Steinofen flackerte und Franco begrüßte ihn mit „O Commissario!“. Staatsanwältin Steinmann bekam ein extrabreites Lächeln geschenkt und ein „O bella procuratore!“. Ihr war diese Überschwänglichkeit peinlich.

„Und, wie geht's? Pizza wie immer? Salami, Zwiebel, Paprika, Ananas?“ Franco wusste dank Westhovens letzten Besuchen, welche Pizza ihm am besten schmeckte.

„Fast! Peperoni, keine Paprika. Und mach diesmal bitte keine kleine Pizza, ich habe großen Hunger.“

Während Sarah Steinmann immer noch dabei war, die Speisekarte zu lesen, stellte Franco den beiden ein Körbchen mit frischen war-

men Pizzabrötchen und Kräuterbutter auf die Theke.
„Und, bella signora? Wissen Sie schon, welche Pizza ich für Sie zubereiten darf?"
„Ich nehme die 39." Sie zeigte auf die Karte hinter Franco.
„Okay. Eine Diavolo für Sie. Große oder kleine?"
„Ich nehme auch eine Große."

***

Staatsanwältin Steinmann und die MK 6 saßen im Besprechungsraum des KK 11. Auf dem Tisch hatten sie das Essen ausgebreitet. Genüsslich aßen sie die dampfenden Gerichte und tranken dabei die Cola Light, die ihnen der Pizzabäcker noch dazugepackt hatte.
„Du hast nicht zuviel versprochen, Paul. Die Pizza schmeckt wirklich wieder ganz hervorragend!"
Westhoven grinste. Dann lenkte er das Gespräch auf das Dienstliche. „So, Leute, lasst uns die Ergebnisse des heutigen Tages zusammenfassen und danach können wir gleich Feierabend machen. Toni, du zuerst!"
„Ich überlegte gerade noch, auf welche Papiergröße ich die Tatortskizze zeichnen soll. Am Besten nehme ich für die Übersichtsskizze ein DIN A3-Blatt. Die genaue Zeichnung werde ich dann auf einem Flipchart-Blatt machen. Ich bin froh, dass die Kollegen mit dem Streifenwagen noch vor Ort waren. Kollege Savci hat mir freundlicherweise die größeren Strecken mit ihrem Messrad ausgemessen, bevor sie zum nächsten Einsatz weiterfahren mussten. Die haben ja so ein Teil immer im Auto, weil sie damit die Unfallorte ausmessen müssen."
„Gab es denn mögliche tatrelevante Spuren? Reifeneindruckspuren oder weggeschmissene Kippen? Irgendwas?"

Toni schüttelte den Kopf. „Fehlanzeige. Es gab zwar genügend Reifenspuren, aber die sahen alt aus oder waren überlagert. Bis auf die Tatortbefundaufnahme kann ich nichts anderes anbieten. Oder? Moment! Auf dieser wackeligen Schwimmplattform lagen kreisförmig verteilt Spuren von feinkörnigem grauem Material, und mittig war gar nichts. Wir haben das natürlich fotografisch und materiell gesichert. Unserer Meinung vor Ort war, dass dies die Stelle gewesen sein könnte, wo jemand den Zement angerührt hat. Vom Durchmesser her passt der Betonkübel jedenfalls."
„Toller Rückschluss, ist ja wohl offensichtlich", sagte Dember eifrig. „Ich würde das auch genau so in meinem Befund schreiben."
Toni Krogmann spürte, wie sich ein dicker Kloß in ihrem Hals bildete, aber sie hatte keinen Bock auf eine verbale Auseinandersetzung. Sie wünschte sich den Geburtstermin für Doris herbei, damit Heinz endlich mal wieder zur Ruhe kommen konnte. Auch Westhoven sagte nichts zu dieser dämlichen Äußerung, aber Sarah Steinmann konnte sich nicht zurückhalten.
„Du warst doch gar nicht bei der Tatortaufnahme dabei. Wie kannst du dann ernsthaft vorschlagen, das einfach so zu schreiben?" Verständnislos schüttelte sie den Kopf. Dember merkte, dass seine Äußerung wohl bei keinem gut ankam und bemühte sich krampfhaft, das Thema zu wechseln.
„Also, ich war ja in Odenthal an der Anschrift unseres Opfers." Er berichtete von seiner erfolglosen Suche nach dem Volvo des Toten.
„Und wie war es bei eurer Obduktion?", fragte er dann.
Westhoven beschrieb in kurzen, aber deutlichen Einzelheiten die Globusfraktur im knöchernen Schädeldach und das Hämatom am Gehirn sowie die Schlussfolgerungen der Rechtsmediziner.
„Oh Mann, so viel Pech auf einmal muss einer erst mal haben! Der wäre sowieso gestorben?", fragte Toni Krogmann erstaunt.

„Richtig!“, sagte Sarah Steinmann knapp. „Hat einer von euch eine Idee für ein Motiv, Dr. Waechter im See zu versenken?“
„Ich finde, wir sollten uns nicht auf eine Variante festlegen. Sonst verlieren wir nachher etwas aus dem Fokus,“ sagte Westhoven. „Nehmen wir mal an, die Leute, die das hier getan haben, wollten was von ihm wissen und haben die gewünschte Information nicht bekommen. Das wäre dann ein Grund gewesen. Oder er hat geredet und die haben ihn versenkt, um ein Exempel zu statuieren. Das klassische Zeichensetzen für potentielle Nachahmer.“
„Es kann doch auch sein, dass Waechter gedacht hat, die würden nur bluffen. Wäre doch auch möglich,“ warf Toni ein.
„Wie blöd muss man denn da sein?! Wenn man mir die Füße einbetonieren und mich damit ins Wasser schubsen wollte…“, sagte Dember schnippisch.
„Ach, übrigens. Unsere Kommission heißt ‚**MK Beton**‘. Passt doch,“ sagte Westhoven. Für ihn schien diese Bezeichnung die Praktischste zu sein. Ohne Personenbezug, und doch würden sie nach Jahren noch wissen, welches Tötungsdelikt sich dahinter verbarg. Er blickte auf seine Armbanduhr – 20.15 Uhr. „Ich schlage vor, wir machen jetzt Feierabend und treffen uns morgen früh um 10.00 Uhr hier wieder. Heinz, du kümmerst dich aber bitte vorher noch um das Auto von Waechter. Das muss raus zur Fahndung. Und lass einen Infoeinsatz bei der Leitstelle eröffnen, damit die Kollegen schon mal danach suchen können.“

***

Fluchend saß Heinz Dember vor seinem Computer und füllte das Onlineformular der Fahndungsausschreibung aus. Nachdem er das erledigt hatte, teilte er der Beamtin der Leitstelle noch telefonisch mit, dass das KK 11 im Rahmen der neuen „MK Beton“ einen Volvo suchen würde, den Wagen des Opfers.

***

Doris Dember hatte es sich auf dem Sofa bequem gemacht und las einen Krimi, der „Nachts in Kalk“ spielte, als Heinz hereinkam.
„Und? Erzähl schon! Wie war es? Was wisst ihr bis jetzt?“ Doris schäumte vor Neugier und vergaß sogar ihre gewöhnliche herzliche Begrüßung. Heinz antwortete nicht, ging auf sie zu, umarmte sie und küsste sie zärtlich auf den Mund.
„So, das musste erst einmal sein! Jetzt kann ich dir was zum Fall sagen. Unser Opfer wäre sowieso gestorben. Hätte den keiner im See versenkt, müsste ich jetzt nicht am Wochenende arbeiten. So eine Scheiße.“
„Was? Versteh ich nicht,“ sagte Doris erstaunt. „Was hat meinen Chef denn zu dieser Schlussfolgerung veranlasst?“
„Der hatte so ein Dingsda, so einen Bluterguss im Kopf. Muss wohl einen auf die Mütze bekommen haben.“
„Ach so. Du meinst wahrscheinlich ein epidurales Hämatom. An welcher Stelle hatte er das denn?“
„Mitten auf dem Schädel.“
„Das scheint mir aber auch eine Art Gewalteinwirkung von Dritten gewesen zu sein. Da wärst du doch trotzdem im Boot gewesen mit der MK.“
„Keine Ahnung. Vielleicht hat der sich einfach irgendwo die Birne gestoßen und dein Chef macht jetzt aus einer Mücke einen Elefanten.“
Doris spürte, dass Heinz ziemlich grantig war und wechselte abrupt das Thema.

„Schatz, was meinst du?“ Sie grinste ihn an. „Sollen wir es uns bequem machen?“

***

Paul Westhoven hatte seine Jacke noch an, als er die Abspieltaste des Anrufbeantworters drückte, der mit blinkendem Licht auf sich aufmerksam machte: *„Hallo, mein Schatz, da du noch nicht da bist, gehe ich noch mit Mama auswärts essen und komme danach nach Hause.“*
Er schmiss die Jacke auf die Rückenlehne des Esseckenstuhls, ging in die Küche, nahm sich eine kühle Flasche Kölsch aus dem Kühlschrank, setzte sich auf die Couch, schaltete den Fernseher an und zappte zwischen den Sendern hin und her. Alte Spielfilme, die schon zig Mal ausgestrahlt worden waren. Langweilige Heimatfilme. Und eine Castingshow, in der schlechter Gesang abgeliefert und von einem gewissen berühmten Poptitanen auch dementsprechend abfällig kommentiert wurde. Nichts von dem, was gerade über die Mattscheibe flimmerte, gefiel ihm.
Westhoven schaltete den Digitalrekorder ein und suchte in der Bibiliothek nach etwas, das ihm jetzt gefallen könnte. Seine Wahl fiel auf die Serie „Game of Thrones“. Kurze Zeit später legte er seine Füße auf den Hocker, streifte die Schuhe ab und machte es sich gemütlich. Die Kölschflasche leerte Westhoven mit wenigen Schlucken. Eine zweite folgte.
Gegen 22.30 Uhr wurde er aus seinem Nickerchen gerissen, als Anne plötzlich vor ihm stand. Westhoven hatte sie nicht hereinkommen gehört.
„Na, wie war der Film?“, fragte sie.
„Film? Welcher Film? Ach so, keine Ahnung. Bin wohl weggeduselt,“ antwortete er verschlafen.

„Und? Wie ist der neue Fall – ist da was dran?", fragte sie ihn.
„Ach, Schatz. Wir haben tatsächlich einen aus dem See gefischt. Freiwillig wird der sich nicht mit Beton an den Füßen versenkt haben," sagte er knapp. Westhoven hatte keine Lust, mit Anne über den Fall zu reden.
„Musst du morgen wieder ins Büro?"
Westhoven empfand diese Frage als völlig überflüssig. Nun war er mit Anne schon so lange zusammen. „Logo. Wir treffen uns um 10.00 Uhr."
Anne war sauer. Westhoven verfiel mal wieder in sein gewohntes Muster, sich im Falle von Stress und Anspannung wie ein Einsiedlerkrebs in sein Schneckenhaus zurückzuziehen. Sie erwartete ja keine ausführliche Darstellung, aber sie wollte wenigstens so viel erfahren, dass sie genügend Verständnis für seine Arbeit aufbringen konnte.
„Ich gehe schlafen. Du kannst hier noch weiter auf dem Sofa hocken. Nacht." Paul Westhovens Gedanken waren jedoch nicht bei seinem Fall, sondern immer noch bei den beiden Briefen von heute Morgen und bei seiner Tochter, die er seit Wochen nicht gesehen hatte. Das hatte er Anne jedoch nicht sagen wollen.

***

Der Samstagabend verlief für Toni Krogmann und Laura sehr romantisch und harmonisch. Laura hatte eine Flasche Cremant kalt gestellt und im Schlafzimmer Kerzen auf den Fensterbänken angezündet.
„Kommen Sie bitte, Frau Kommissarin. Das Massageinstitut Laura ist nun geöffnet." Sie grinste Toni an und hielt dabei ein Fläschchen Massageöl in den Händen.

Das war heute genau das richtige für die Ermittlerin. Am See war es nach Stunden dann doch einfach nur noch ungemütlich und kalt gewesen. „Du bist so süß." Toni gab ihr einen Kuss und gemeinsam stießen sie auf einen schönen Abend an. Laura nahm die Gläser und stellte sie neben die Kerzen auf der Fensterbank ab. „Soooo, jetzt machen Sie sich frei und legen sich gemütlich aufs Bett. Die Masseurin beginnt gleich mit der Ganzkörper-Ölmassage." Toni Krogmann legte ihren Kopf seitlich auf die Matratze, schloss die Augen und genoss die sanften Berührungen und den leichten Druck von Lauras weichen Händen.

Kapitel 2

Sonntag, November 2012

KHK Westhoven war auf der Fahrt zum Präsidium an mehreren Zeitungsautomaten vorbeigefahren. Er hatte keine große Mühe gehabt, die Schlagzeile, die in fetten riesigen Buchstaben gedruckt war, zu lesen:

Köln-Vingst: „MAFIAMORD“

Darunter ein großes Bild, das die Bergung des Toten zeigte: Ein Kran, von dem die Leiche samt Betonkübel aus dem Wasser gehievt wurde. Geschmacklos und absolut gegen die Konventionen des Deutschen Presserates.
Westhoven hätte in diesem Moment sein gesamtes Weihnachtsgeld von ca. 350 brutto verwettet, dass mal wieder sein „bester Freund“ Dirk Holm diesen reißerischen Artikel verfasst hatte.
Nachdem er seinen Ford Kuga im polizeieigenen Parkhaus abgestellt hatte, machte er auf dem Weg zum KK 11 einen Umweg über die Kriminalwache und las dort am Tresen stehend den Artikel im *Express.*

Der Tote aus dem Baggersee – Mafiamord in Vingst?
Von Dirk Holm
Den gestrigen Tauchgang im Naturfreibad Vingst hatten sich zwei Hobbytaucher sicher ganz anders vorgestellt. Bei einer Übung für einen Wettkampf im Orientierungstauchen versperrte ihnen plötzlich eine Leiche unter Wasser den Weg.
„Ich habe mich in meinem ganzen Leben noch nie so erschreckt. Plötz-

lich stand da eine Leiche vor mir im Wasser", so Frank R., einer der beiden Taucher.
Sein Tauchkamerad Mathias E. schilderte den Fund wie folgt: „Ich dachte zunächst an einen Scherz der Wettkampfleitung und bin noch mal runtergetaucht – ein fürchterlicher Anblick. Den werde ich den Rest meines Lebens nicht vergessen."
Aus Ermittlerkreisen wurde bekannt, dass die Füße des 60-jährigen Mannes aus Odenthal offenbar in Beton gegossen waren. Bei dem Toten soll es sich um einen Physiker handeln, der bereits vor Jahren für Schlagzeilen sorgte, als er professionell Casino-Jetons fälschte und dafür eine Freiheitsstrafe von zweieinhalb Jahren absitzen musste. Eine offizielle Stellungnahme der Staatsanwaltschaft gibt es noch nicht. Es wurde lediglich bestätigt, dass es sich vermutlich um ein Tötungsdelikt handelt und die Mordkommission der Polizei Köln die Ermittlungen aufgenommen hat.

Westhoven war zwar sauer, aber keineswegs überrascht, dass mal wieder Informationen durchgesickert waren, die noch nicht für die Öffentlichkeit bestimmt waren. Diese Informationen hätte aber nahezu jeder herausgeben können. Zum Glück wurde das Sektionsergebnis im Artikel nicht erwähnt. Das war zum größten Teil so genanntes Täterwissen und hierauf würde später auch teils eine Vernehmung mit mutmaßlichen Tätern aufgebaut werden müssen. Der Leiter der MK 6 ließ das Boulevardblatt auf dem Tresen liegen und ging durch mehrere gesicherte Türen über die Flure zu seinem Büro. Zu seiner Überraschung war Heinz Dember, obwohl es erst 09.55 Uhr war, schon da.
„Moin, Heinz. So pünktlich heute, wie kommt's?"
„Ich war sogar schon um 07.00 Uhr wach. Die Kirchenglocke hat minutenlang geläutet und danach konnte ich nicht mehr einschla-

fen. Außerdem hat der blöde Köter von den Nachbarn gegenüber im Takt zur Kirchenglocke gejault. Dem taten bestimmt die Ohren weh von dem Gebimmel."

„Und wie geht's Doris? Die ist bestimmt auch froh, wenn das Baby endlich da ist, oder?" „Na klar, wir können es beide kaum erwarten. Sie ist mit nach Kalk gekommen und ist jetzt drüben in den Arcaden, um noch mehr Babysachen zu kaufen. Sie hat den absoluten Nestbautrieb, noch schlimmer als ich. Vielleicht kommt sie gleich mal auf ein kurzes Hallo hier vorbei."

Dember verschwieg, dass er heute Morgen schon mit Doris fast einen Streit gehabt hätte, weil sie unbedingt mitkommen wollte, um ihre Neugier im Fall „MK Beton" zu stillen und es ihr absolut nicht passte, dass sie bei diesem Fall außen vor war. Der Einkauf in den Arcaden war wohl eher ein Vorwand.

„Ja, gut. Sag Bescheid, falls wir dann noch hier sind. Ich will doch mal sehen, wie groß ihr Babybauch ist." Dember schien erfreut über Westhovens Interesse.

„Hallo, ihr beiden." Toni Krogmann war auf leisen Sohlen unbemerkt über den Flur gekommen.

Heinz schaute sie an und schien amüsiert. „Uiiih, Toniii, was hast du für ein breites Grinsen im Gesicht? Du strahlst ja mehr als die Sonne im August."

„Es war eben ein wunderschöner Feierabend."

Toni wollte Dembers Fantasie nicht beflügeln, also beließ sie es bei dieser Aussage. Schon einmal hatte sie ihn schroff abweisen müssen, weil er ihr im Suff ein eindeutiges Angebot gemacht hatte. Danach war der Idiot sogar noch in seinen Wagen gestiegen und seinen Führerschein losgeworden.[5]

[5] *Band 3 der Kriminalistenromane „Feuer in Rondorf" (09/2012)*

„In fünf Minuten in meinem Büro. Holt euch noch 'nen Kaffee."
Westhoven setzte sich an seinen Schreibtisch, fuhr den Computer hoch und buchte sich im elektronischen Zeiterfassungssystem auf *anwesend*. In seinem E-Mail-Postfach fand er sämtliche Presseartikel zu seinem neuen Fall. Die Pressestelle hatte diese für ihn eingescannt. Bis auf den Artikel im *Express* hielten sich die anderen Kölner Tageszeitungen mit wilden Mafiaspekulationen zurück und berichteten sachlich.
Heinz Dember und Toni Krogmann rollten ihre Schreibtischstühle über den Flur in Westhovens Büro.
„Kommen eigentlich keine Kaderkräfte[6]?" Dember blickte Westhoven an.
„Daran hatte ich auch schon gedacht, aber im Grunde weiß ich heute nicht, wo ich die einsetzen sollte. Wir haben doch noch überhaupt keinen Pack-An. Ich kann dich aber beruhigen. Sie wissen beide Bescheid und sind telefonisch erreichbar und wären auch kurzfristig hier. Ab Morgen sind sie aber auf jeden Fall an Bord."
„Wer sind sie denn? Kenn ich die beiden?", fragte Toni Krogmann. Sie war noch kein Jahr in Köln und hatte bisher wenig Kontakt zu anderen Dienststellen außerhalb der eigenen Kriminalinspektion.
„Die Sigrid Stotzem-Randerath vom KK 12, die müsstest du eigentlich kennen, zumindest vom Sehen. So eine lange, schlaksige Dunkelhaarige."
„Ja, ich weiß, wen du meinst. Die scheint mir total in Ordnung zu sein."
„Und ein Guido D'Angelo vom KK 53. Den kenne ich aber auch nicht. Der ist neu im KK 53, kam am 01.09. frisch von der Fachhochschule. Oder kennt den einer von euch beiden?"

[6] *SachbearbeiterInnen aus anderen Kriminalkommissariaten, die regelmäßig die Mordkommission unterstützen*

Dember und Krogmann schüttelten den Kopf.
„Heinz, wie siehst's aus mit der Fahndung nach dem Wagen unseres Opfers, gibt es schon was Neues aus dieser Richtung?"
„Bisher leider nicht. Ich habe aber vor, morgen meinen Kumpel vom Glücksspiel anzurufen. Der ist schon ewig beim KK 34[7]. Bestimmt kann der uns was zu irgendwelchen halbseidenen Spielcasinos erzählen und wo die sind. Das könnte die Suche eventuell eingrenzen und intensivieren." „Gute Idee. Behalt das bitte im Auge." Westhoven notierte sich diesen Hinweis auf seiner Liste mit noch zu erledigenden Aufgaben.
Toni schlug vor: „Sollen wir heute noch mal zur Wohnanschrift nach Odenthal fahren und uns da ein bisschen umhören? Parallel dazu können sich doch die Kollegen von der Spurensicherung mal im Haus umsehen. Vielleicht finden die ja einen Hinweis auf ein Motiv."
„Genau das wollte ich auch eben sagen. Schnappt euch den Dienstwagen und fahrt dahin. Bevor ihr aber bei den unmittelbaren Nachbarn klingelt, geht erstmal ins Haus und schaut euch um. Vielleicht haben wir Glück."

***

Dem Druckereibesitzer Theodor Schmidt, den fast alle nur Düres oder auch „dä Faddem[8]" nannten, lief es eiskalt den Rücken herunter. Der dünne Mann, der bei einer Größe von fast 2 Metern gerade mal 74 kg Körpergewicht auf die Waage brachte, wurde abwechselnd rot und blass. Was könnte nun alles passieren? Niemand hatte gewusst, wo das Versteck war. Bis auf... Nein, das konnte

[7] *Kriminalkommissariat u.a. für illegales Glücksspiel*
[8] *Der Faden*

einfach nicht wahr sein. Er rückte seine Brille zurecht.
Zwei Stufen auf einmal nehmend rannte Düres in die erste Etage, wo er sein Büro eingerichtet hatte. Die Wände waren von kitschigen Bilderrahmen geziert, in denen sich zum Teil Zeitungssausschnitte von historischen Momenten befanden, die Düres vor langer Zeit gedruckt hatte. Seine Meisterurkunde hing schon leicht vergilbt im Glasrahmen über dem Computer. Aufgeregt rief er bei Clemens „Die Nas“ Moeck an.
„Nas? He es dä Düres. Dä es fott, dä Driss-Boje es einfach fott!“[9]
Seine Stimme überschlug sich.
„Wie, der ist weg? Das kann doch nicht sein!“ Nas wusste sofort, was Düres meinte.
„Jetzt reiß dich zusammen und überleg noch mal Schritt für Schritt, was du gemacht hast, als du den Bogen das letzte Mal gesehen hast. Der verschwindet doch nicht von allein. Oder hast du den am Ende mit anderen Bögen geschreddert?“
„Su verdötsch ben isch och widder nit![10]“ Düres ging in Gedanken drei Tage zurück. Da hatte er den Bogen das letzte Mal gesehen. Und das war der Tag, als Rodebrecht bei ihm war.
„Düres, hast du heute eigentlich schon die Zeitung gelesen?“
„Hück jitt et keene Stadtanzeiger un die Krawallblädder lese isch jrundsätzlisch nit.“[11]
„Mensch, Düres, dann mach mal dein Internet an. Ich glaub, die haben den Rodebrecht gefunden.“
Die Stimme von Nas klang sehr ernst.
„Wie? Die han dä Rodebrescht jefunge? Wo han se dä jefunge?“[12],

[9] *„Der ist weg, der Scheiß-Bogen ist einfach weg!“*
[10] *„So verrückt bin ich nun auch wieder nicht“*
[11] *„Heute gibt es keinen Stadtanzeiger und die Krawallblätter lese ich grundsätzlich nicht.“*
[12] *„Wie, die haben den Rodebrecht gefunden? Wo denn gefunden?“*

fragte Düres verwirrt.
„Im See! In Vingst! Die haben den versenkt!"
„Isch jläuv, jetz han se disch!"[13], rief Düres. Er glaubte in diesem Moment an die üblichen Scherze von Nas. Unzählige Male hatte Nas ihn schon angerufen und mit verstellter Stimme Unsinn geredet. Jüngst hatte er sich als Mitarbeiter der Stadt Köln ausgegeben und gefragt, wo die zusätzlich bestellten Mülltonnen denn aufgestellt werden sollten und ob es dabei bliebe, dass die Glascontainer am Rande des Grundstücks platziert werden könnten. Minutenlang hatte Nas ihn ausgelacht, nachdem er endlichden Scherz offenbart hatte.
„Das ist diesmal wirklich keine Verarsche, Düres! Wenn ich es dir doch sage! Guck dir mal das Bild im *Express* an, und was da steht. Das ist hundert Pro der Rodebrecht."
„Moment." Düres schaltete den Computer ein.

***

Westhovens Telefon klingelte. Im Display sah er eine der Rufnummern der Kriminalwache. Er nahm den Hörer ab.
„Hi, hier ist Judith. Ich wollte nur mal fragen, ob es schon was Neues gibt. Wir haben uns vorhin leider verpasst, als du hier unten warst. Schade!" „Hallo, Judith. Steht doch alles in der Zeitung. Vor allem im Express."
„Ach komm, wer das als Ermittler ernst nimmt, was da geschrieben steht... Und noch dazu von diesem Holm. Den kenne ich ja sogar noch aus meiner Zeit." Plötzlich wechselte sie das Thema: „Gibt's bei dir einen vernünftigen Kaffee? Ich hab grade Pause. Du warst

[13] *„Du spinnst!"*

gestern so schnell weg, du hast wohl Angst vor mir." Sie lachte.
„Quatsch! Angst? Warum sollte ich?", antwortete Westhoven verunsichert. Er wollte sich nicht eingestehen, dass er in den letzten 24 Stunden öfter an sie gedacht hatte, als ihm lieb war.
„Was ist denn jetzt, ja oder ja – Kaffee?"
„Eigentlich habe ich keine Zeit. Wir sind mitten in einer Mordermittlung."
„Nur kurz, ich bin auch sofort wieder weg."
„Meinetwegen." Westhoven versuchte, desinteressiert zu klingen. Nachdem er aufgelegt hatte, eilte er zur Herrentoilette in den Waschraum, schaute in den Spiegel und rückte sein Haar zurecht. Seine kurzen schwarzen Haare waren akurat frisiert. Wie ein Schimpanse grinste er sich im Spiegel an und überprüfte seine Zähne auf Essensreste. Genauso eilig holte er aus der Küche Wasser für die Kaffeemaschine in seinem Büro. Als Judith anklopfte, mimte er den beschäftigten Ermittler, stand dann aber auf.
Judith machte einen Schritt auf ihn zu, umarmte Westhoven freundschaftlich und küsste ihn zur Begrüßung auf die Wange. Der Leiter der MK 6 spürte ein Kribbeln. Normalerweise wurde er von niemandem derart begrüßt, aber bei Judith empfand er es nicht nur als okay, sondern genoss es. Er stellte zwei Tassen unter den Auslauf der Kaffeemaschine und drückte die „Zwei-Tassen-Taste".
„Hier, schwarz, stark und ohne Zucker. So, wie du ihn magst." Ein Lächeln zog über sein Gesicht.
„Wow! Das weißt du noch?"
„Ich habe nichts vergessen." Er grinste verschmitzt.
„Wirklich gar nichts?" Judith nestelte am Knopf ihrer Bluse herum, was Westhoven sichtlich nervös machte.
Das Telefon läutete, und wie ein Ertrinkender an den Rettungsring klammerte sich Westhoven an den Hörer. Man sagte ihm, dass

ein Herr Lindweiler Informationen zum Mord am Vingster Badesee hätte.
„Das klingt äußerst interessant. Gib mir bitte die Erreichbarkeit des Anrufers, den rufe ich sofort an." Westhoven legte auf und wandte sich wieder Judith zu.
„Ich geh schon. War schön, dich zu sehen, Paul." Sie gab ihm zum Abschied wieder einen Kuss auf die Wange und ging. Dabei war sie sich ihres gekonnten Hüftschwungs wohl bewusst, der in ihren knallengen Jeans derart gut zur Geltung kam, dass Westhoven seinen Blick kaum von ihm abzuwenden vermochte. Als sie weg war, seufzte Westhoven erleichtert. Schon damals hatte er sich ihren Avancen nicht entziehen können und war jedesmal schwach geworden. Nicht, dass es ihn wirklich gestört hatte, aber er dachte an Anne. Jetzt war er verheiratet. Er wusste, wo er hingehörte. Mit Mühe verdrängte Westhoven diese Gedanken und wählte die Mobilrufnummer von Gerd Lindweiler. Mehr wusste er über diesen Mann zurzeit noch nicht.
„Lindweiler". Die Stimme klang rauh und Westhoven ordnete sie einem älteren Mann zu.
„Guten Morgen, Herr Lindweiler. Mein Name ist Westhoven. Ich bin von der Mordkommission Köln und für den Fall am Vingster Badesee zuständig. Mir wurde gesagt, dass Sie mit jemandem von der Mordermittlung sprechen wollen."
„Ja, genau! Ich habe da nämlich was beobachtet."
Mit dieser Aussage hatte er Westhovens ungeteilte Aufmerksamkeit. „Herr Lindweiler, wäre es Ihnen möglich, dass Sie noch heute hierher zum Präsidium kommen und wir Ihre Angaben aufschreiben?"
„Heute ist doch Sonntag und da gehe ich Mittags immer in den Dom und zünde eine Kerze für meine verstorbene Frau an. Die ist

nämlich vor einem halben Jahr an Krebs gestorben. Es war schrecklich, aber sie muss jetzt nicht mehr leiden. Und wenn ich die Kerze anzünde, dann fühle ich mich ihr immer nah. Das haben wir uns damals versprochen. Derjenige, der länger lebt, geht jeden Sonntag in den Dom und zündet eine Kerze an."
„Herr Lindweiler, wann gehen Sie denn normalerweise dorthin?"
„Immer pünktlich um 12.00 Uhr – jeden Sonntag. "
„Könnten Sie denn danach zum Präsidium kommen? Das wäre wirklich sehr wichtig!"
„Das wäre überhaupt kein Problem, Herr Kommissar. Wäre 13.00 Uhr noch früh genug?"
Westhoven gab ihm seine Durchwahlnummer und vereinbarte, dass Gerd Lindweiler um 13.00 Uhr unten am Eingang des Walter-Pauli-Ring 6 abgeholt würde.

***

Düres blickte starr auf das vergrößerte Bild auf seinem Bildschirm.
„Nas, isch jläuv, du häs Räsch. Dä Kähl an däm Kran süht us wie dä Rodebrescht. Ävver do kenns in jo besser als jeder vun uns.[14]"
„Ja, aber was mich am meisten stutzig macht, ist der Anzug. Es ist sein einziger. Den trägt er nämlich nur, wenn er sich in den einschlägigen Spielcasinos vergnügt. Er macht dann gern einen auf dicke Hose. Wie viel von dem Geld fehlt denn?"
„ALLES! Die komplette Probeböje." Die Antwort von Düres kam wie aus der Pistole geschossen.
„Ach, du grüne Neune. Die ganzen 50.000?"
„Saaren isch doch! ALLES! Dä Idiot hät fünnef unjeschneddene

[14] *„Nas! Ich glaube du hast Recht. Der Mann am Kran sieht echt so aus wie Rodebrecht. Aber du kennst ihn ja besser als jeder andere von uns."*

Böje metjenomme un dann wahrscheinlich doheim jeschnedde. Dat jeht evver ohne Maschin nit. Hä kunnt wohl nit waade, die Äschheit uszopobreere. Dä hat wohl kein Jrosche mieh jehat föt ze spille. Met Alkis, Jankis un Spelljecke sull mer sisch nit avvjevve. Die douche nix"[15], rief Düres in Rage.

„Jetzt beruhige dich mal. Mal angenommen, es wäre so gewesen. Warum sollte jemand den denn im See versenken? Das ergibt doch überhaupt keinen Sinn!", sagte Nas.

„Mir müssen uns sinn, direk! Hück noch!"[16] Düres wurde langsam panisch.

„Von mir aus. Dann ruf ich Wolle und Harry an. Sagen wir 15.00 Uhr bei dir?"

„Okay."

Die beiden beendeten das Gespräch und Nas rief Harry und Wolle an. Sie hatten ebenfalls die Schlagzeile schon gesehen und sich Sorgen gemacht. Einem Treffen stimmten sie sofort zu.

***

Mittlerweile war es kurz vor zwölf Uhr mittags. Toni Krogmann, Heinz Dember und Michael Drees mit seinem Team vom Erkennungsdienst hatten die Wohnanschrift von Dr. Waechter aufgesucht. Sie waren ums Haus herum in den Garten gegangen und hatten durch die Terrassentür und die Fenster geblickt. Im Haus war augenscheinlich niemand.

[15] *„Sage ich doch! ALLES! Der Idiot hat die ungeschnittenen Bogen mitgenommen und wahrscheinlich zu Hause geschnitten. Konnte es wohl nicht abwarten, die ‚Echtheit' zu testen. Der hatte wohl kein Geld mehr zum spielen. Mit Alkoholikern, Junkies und Spiesüchtigen soll man sich nicht abgeben. Die taugen nichts."*

[16] *„Wir müssen uns treffen. Sofort! Noch heute!"*

Über die für Odenthal zuständige Einsatzleitstelle „Rhena" des Rheinisch-Bergischen-Kreises wurde der Schlüsseldienst angefordert, um die Haustür fachmännisch öffnen zu lassen.
Ein wachsamer Nachbar jenseits der 75 Jahre, dem die beiden komisch vorkamen, hatte sie angesprochen und gefragt, was sie hier machten. Heinz Dember war sehr überrascht über diese Courage, wies sich aus und lobte den älteren Herrn für seine Aufmerksamkeit. Aber auch dieser konnte keine Angaben zu Dr. Waechter machen. Waechter lebe sehr zurückgezogen und sei bislang auch auf keiner Rievkoochekirmes und Sonntags nie in der Kirche gewesen. Er sei sich noch nicht mal sicher, ob er ihn erkennen würde, wenn er jetzt an ihm vorbeiliefe.
Allerdings wisse er von einem Nachbarn, der es wiederum auf dem Dorfplatz von einem dritten beim Boule gehört hatte, dass Dr. Waechter angeblich ein Verhältnis mit der Frau des örtlichen Apothekers haben sollte.
„Wie heißt denn der Apotheker und wo wohnt er?", fragte Toni Krogmann.
„Der Name fällt mir grad nicht ein. Aber die Apotheke ist doch da hinten auf der Hauptstraße. An der Tankstelle vorbei, auf der rechten Seite. Da steht, glaub ich, ein Name auf der Tür. Schauen Sie doch da mal."
Toni Krogmann notierte noch die Personalien des Mannes, um dessen Angaben später in den Vermerk für die Ermittlungsakte miteinfließen lassen zu können. Die beiden Ermittler ließen Drees mit seinem Team allein bei Waechters Wohnung und Minuten später hielten sie mit dem Zivilwagen direkt vor dem Eingang der Apotheke.

***

Gegen 12.15 Uhr trafen nacheinander die Kaderkräfte Sigrid Stotzem-Randerath vom KK 12 und Guido D'Angelo vom KK 53 bei Westhoven ein. D'Angelo wirkte auf Westhoven nicht wie ein typischer Italiener. Er hatte blonde Haare, eine moderne Undercut-Frisur, grüne Augen und einen muskulösen, durchtrainierten Körper bei einer stattlichen Größe von nahezu 1,95m. Das war bei dem eng anliegenden dunklen Pullover nicht zu übersehen.

Paul Westhoven bot beiden zunächst einen Kaffee an und bedankte sich fürs Kommen. Danach erläuterte er ihnen ausführlich den bisherigen Stand der Ermittlungen.

„Das ist der bisher spannendste Fall, an dem ich je mitgearbeitet habe. So etwas habt ihr hier beim KK 11 sicher auch nicht alle Tage – eine Leiche mit Betonfüßen im See. Oder?", sagte Sigrid Stotzem-Randerath begeistert.

„Da kann ich noch gar nicht mitreden. Ich bin grad mal ein paar Wochen bei der Kripo", sagte D'Angelo.

„Wo warst du denn vorher?", fragte Westhoven.

„Nach der Ausbildung war ich in der Einsatzhundertschaft, dann Streife in Chorweiler, von dort auf die Fachhochschule und nun seit dem 01.09. im KK 53. Ach ja, ein Praktikum hab ich auch gemacht – auf der Kriminalwache. Eine Leiche habe ich also schon mal gesehen."

„In einer Mordkommission hast du allerdings weniger mit Leichen direkt zu tun. Kommissionsarbeit heißt vor allem Spuren nachgehen und überprüfen und Klinkenputzen", sagte Westhoven und nahm D'Angelo die Illusion, die in vielen Abendkrimiserien propagiert wurde.

„Und ganz wichtig! Schreibt bitte alle Vermerke etc. in IGVP[17]. Und mit dem Zusatz ‚MK Beton'. Das könnt ihr gleich schon üben. Gegen 13.00 Uhr kommt ein Herr Lindweiler. Er hat mir vorhin am Telefon gesagt, dass er in den letzten Tagen am See etwas gesehen hat. Ob das mit unserem Fall zu tun hat, weiß ich natürlich auch nicht, aber das solltet ihr dann gleich herausfinden. Macht bitte diese Vernehmung gemeinsam."
KK D'Angelo und KOKin Stotzem-Randerath besetzten ein freies Büro und bereiteten sich auf Lindweilers Vernehmung vor.

***

„Guck mal hier, Heinz." Toni Krogmann hatte das Schild neben der Eingangstür zur Apotheke gefunden. Sie gab die angegebene Notrufnummer in die Tastatur des Diensttelefons ein.
Ein Mann mit bayerischem Akzent meldete sich. „Schifflechner, Grüß Gott."
„Guten Tag, Herr Schifflechner. Mein Name ist Krogmann. Ich bin von der Kölner Polizei und wir ermitteln in einem Mordfall. In diesem Zusammenhang würden wir Sie gern sprechen."
„Wos? Is wos mid meina Frau?" Schifflechners Stimme klang aufgeregt.
„Nein! Hätten Sie Zeit für ein kurzes, persönliches Gespräch? Es ist wirklich wichtig, Herr Schifflechner, sonst würde ich Sie nicht an einem Sonntag anrufen", sagte Toni mit Nachdruck.
„Von mia aus. Kemas zu mia oder muaß i irgendwo hi kemma?"
„Wo wohnen Sie denn?"
„Auf'm Hahnenberg. Wenn's grad an da Apothekn stehn, is ned so

[17] *Integrationsverfahren Polizei*

weit. San Sie med'm Auto?"
„Wir kennen uns hier nicht aus, und ein Navigationsgerät haben wir nicht dabei. Wie müssen wir denn fahren?"
Schifflechner erklärte den Ermittlern, dass sie auf der gegenüberliegenden Seite den Berg hoch und die Sackgasse hinauf fahren müssten. Auf der Fahrt dorthin rief Toni Krogmann Westhoven an und informierte ihn, dass sie nun auf dem Weg zu dem Apotheker Schifflechner wären.

***

„Was für eine bergige und wunderschöne Landschaft hier! Ganz anders als in Hamburg." Als gebürtiges Nordlicht gefiel es Toni außerordentlich gut, wenn es mal ein paar Höhenunterschiede gab.
„Ich kann dem hier nix abgewinnen", erwiderte Dember barsch. „Viel zu weit weg von der Stadt. Keine Straßenbahn, kein nix. Nee, hier möchte ich nicht tot über'm Zaun hängen." Doris hingegen hatte schon des Öfteren die Bemerkung fallen lassen, dass sie sich doch mal ein paar Häuser im Grünen anschauen könnten. Noch war Dember aber nicht bereit dazu.
„Du Miesmuffel. Riech mal die frische Landluft, das ist doch wohl besser als der ständige Automief."
„Pah! Ich riech nix. Zum Glück. Als ich das letzte Mal hier in der Gegend war, hatten sich alle Bauern gegen mich verschworen und die Felder mit Scheiße besprüht. Bääh! Was soll daran gut riechen?"
„Dember! Du spinnst!" Demonstrativ steckte Toni den Kopf aus dem Autofenster und atmete übertrieben ein und aus.
Kurze Zeit später hatten sie die Adresse von Schifflechner erreicht. Der untersetzte Mittfünfziger stand schon an der geöffneten Haustür. Er hatte einen dunklen Haarkranz und Zwirbelschnäuzer,

einen ordentlichen Bauchansatz und Gartenschuhe an den Füßen.
„Sind Sie der Herr Schifflechner?", fragte Dember.
„Jo, bin i. Ham wia grad midananda telefoniert?" Er schaute zu Toni Krogmann.
„Ja! Wir hatten eben gesprochen." Sie zog ihre Kriminalmarke hervor und hielt sie ihm hin. „Wollen Sie auch noch meinen Dienstausweis sehen?"
„Na, kemmas nei!"[18]
Schifflechner führte sie in den Wintergarten des Hauses, wo sie auf den Gartenstühlen Platz nahmen. Der Blick auf den angrenzenden Wald war herrlich. Herr Schifflechner bemerkte Tonis verträumten Blick in die Natur und sagte, dass sehr häufig Rehe dicht am Haus vorbeizögen, für die seine Rosen ein Leckerbissen wären.
„Kenna Sie mia sogen, warum Sie mia so dringend sprecha missn?", fragte Schifflechner schließlich. Sein Gesicht hatte sich verfinstert.
„Wie Ihnen meine Kollegin schon am Telefon gesagt hat, ermitteln wir in einem Mordfall. Genauer gesagt geht es um den Toten, den wir gestern aus dem Naturbadesee in Vingst geborgen haben." Dember und Toni beobachteten Schifflechner aufmerksam.
„Bestimmt haben Sie darüber in der Zeitung gelesen."
„Ko scho sei. I moan, das i a Überschrift glesn hob, in da Bergischen. Aba i hob ned ois glesn. Wissans, mid so wos mecht i nix zu duan hom und Vingst is ja a weid weg von do. I les nua de örtlichn wichtign Informationa. Aba jetz songs doch amol, wia Se auf mi kemma seids? I verstehs no ned."[19]

[18] *„Nein, kommen Sie rein."*

[19] *„Kann sein. Ich glaube, dass ich eine Überschrift gelesen hab, in der Bergischen Landeszeitung. Aber ich habe nicht alles gelesen. Wissen Sie, mit so etwas will ich nichts zu tun haben und Vingst ist ja auch weit weg von hier. Ich lese nur die örtlich wichtigen Informationen. Doch nun sagen Sie mir, wie Sie auf mich gekommen sind. Ich verstehe idas noch nicht."*

„Herr Schifflechner, ich sag es wirklich nur ungern, aber Ihre Frau soll mit unserem Opfer, also mit dem Toten aus dem See, ein Verhältnis gehabt haben."
Die nun folgende Reaktion war heftiger als erwartet. Schifflechner sprang augenblicklich auf und schrie die beiden Ermittler an: „Jo Kreizkruzefix....I mecht, dos Sie sofort mei Haus verlasssn. Sofort! Herrgottsacklzement noamoi! Do werd I an mein heilig'n Sonntog gstört und werd verdächtigt, des Individum von Wächta umbrocht zu hom. Jetz aba raus, gehns!"[20]
Schaum bildete sich an seinem Mund. Schifflechner schien kurz davor, durchzudrehen. Er drängte die Kommissare zur Tür.
„Wie kommen Sie denn direkt auf Dr. Waechter? Wir haben den Namen doch nicht erwähnt", meinte Toni Krogmann auf dem Weg nach draußen. „Schleicht's eich!"[21]
Schifflechner riss die Tür auf und schob sie hinaus. Trotzdem ließ Toni Krogmann nicht locker. „Also geben Sie zu, dass es ein Verhältnis gab und Sie davon gewusst haben?"
„So, jetzad nua no üba mein Advocat!"
Schifflechner knallte die Tür zu und aus dem Haus hörte man deutlich, dass etwas aus Glas an die Wand geschmissen wurde. Die Worte *„...hod's ned andas verdeand..."*[22] waren nicht zu überhören. Dember schaute Krogmann an. „Der hat sie wohl nicht alle! So ein bayerischer Depp. Ich hab schon bei der kölschen Sprache noch meine Schwierigkeiten, alles zu verstehen, aber diese Weißwurstsprache ist wirklich fürchterlich. Wir rufen jetzt direkt Paul an

[20] *Kreizkruzefix = Bayerischer Fluch. „Ich will, dass Sie sofort mein Haus verlassen. Sofort! (Zweiter bayerischer Fluch) Da stören Sie mich am heiligen Sonntag und ich werde verdächtigt, das Individuum von einem Wächter getötet zu haben. Gehen Sie!"*

[21] *„Raus!"*

[22] *„...hat's doch nicht anders verdient..."*

und beratschlagen, wie wir weiter vorgehen. Ich würde den schon gern direkt auf den Stuhl setzen und vernehmen. Dieser Penner, schmeißt uns einfach raus. Das kriegt der wieder, dieses Arschloch. Den loch ich gleich ein."

„Beruhige dich, komm erst einmal mit deinem Blutdruck runter. Wir können doch nicht jeden sofort festnehmen. Du hast keinen Durchsuchungsbeschluss und keinen Festnahmegrund, nur ein geknicktes Ego. Versetz dich doch mal für einen Moment in seine Lage. Stell dir vor, Doris lässt sich von jemand anders pimpern, und die Polizei steht bei dir vor der Tür und erzählt dir so eine Geschichte. Ich glaub nicht, dass er den Typen umgebracht hat. Oder glaubst du im Ernst, dass er den allein einbetonieren konnte? Lass uns erstmal Paul anrufen."

Dembers Puls beruhigte sich und seine Halsschlagader schwoll ab. „Na und, vielleicht hat er aber was mit diesem Epitom, oder wie das Ding heißt, zu tun. Kann doch sein, dass er ihm eine übergezogen hat."

„Epidurales Hämatom." „Ja, von mir aus. Danke für die Belehrung. Ich hab es nicht so mit dem Fachchinesisch. Dafür ist Doris da."

***

Sieglinde, das Dackelweibchen von Gerd Lindweiler, pinkelte gerade ins Blumenbeet, als Sigrid Stotzem-Randerath die Tür zum Walter-Pauli-Ring 6 öffnete. Diese Situation war Herrn Lindweiler äußerst peinlich; er zog an der Leine der Hündin. Der Rentner, gekleidet in einen grauen Anzug und mit einer dunklen Schlägermütze auf dem Kopf, blickte zur Ermittlerin auf, die gut einen Kopf größer als er war. „Bitte entschuldigen Sie, aber meine…"

Die Ermittlerin beruhigte ihn und winkte ab. „Danke, dass Sie

es einrichten konnten, Herr Lindweiler. Eigentlich dürfen Hunde das Gebäude nicht betreten, aber ich mache jetzt eine Ausnahme. Gehen wir ins Büro. Hoffentlich wird Ihr Fiffi nicht auch dort das Revier markieren!" „Keine Sorge. Sieglinde, mein altes Mädchen, ist stubenrein. Die macht so was nicht." Er bückte sich zu dem Dackelweibchen herunter. „Feine Sieglinde, fein isse, feine Sieglinde! Du pinkelst nicht in das Büro von der Kommissarin, nein, nein Sieglinde, das gehört sich nämlich nicht, weißt du!"
Während Gerd Lindweiler dem Dackel auf dem Kopf herumtätschelte, verdrehte die Ermittlerin die Augen.
„Jetzt komm Sieglinde, wir gehen mit der Frau Kommissarin mit." Von ihrer Oma, die ihren Dackelrüden namens „Otmar" mit Leckerli schon zu einer richtigen Sofarolle gemästet hatte, wusste Sigrid Stotzem-Randerath, dass diese nicht gut Treppen steigen konnten, und drückte die Ruftaste des Fahrstuhls. Zu dritt fuhren sie in die erste Etage. Im Büro setzte sich Gerd Lindweiler auf einen der beiden Besucherstühle, während sich das Dackelweibchen unter dem Stuhl zusammenrollte und offenbar sofort einschlief.
Nach dem üblichen Prozedere der zeugenschaftlichen Belehrung nach der Strafprozessordnung und Aufnahme der Personalien im IGVP-Formular begann KOKin Stotzem-Randerath mit der Vernehmung, während KK D'Angelo alles protokollierte.
„...dann habe ich plötzlich gehört und gesehen, wie vier Männer mit dem Boot zur Schwimmplattform rübergefahren sind. Mitten in der Nacht. Ich hab noch gedacht ‚Sind die bekloppt!' Dann habe ich meine Sieglinde auf den Arm genommen und bin nach Hause gegangen. Der armen Hündin war es so kalt und sie konnte nicht mehr. Das war ganz schön anstrengend, die wiegt ja schon einiges." Als die Hündin ihren Namen hörte, sprang sie auf und guckte erwartungsvoll ihr Herrchen an. „Nein, Sieglinde. Nein, wir gehen

noch nicht. Leg dich wieder hin."

„Können Sie die Männer beschreiben, die Sie gesehen haben?", fragte KOKin Stotzem-Randerath.

Zunächst schüttelte Lindweiler den Kopf. Dann sagte er: „Doch, einer von denen hatte eine Glatze. Die schimmerte so im Mondlicht. Aber sonst? Nein, es war zu dunkel. Ich bin ja auch gleich weiter gegangen."

„Und das war jetzt am Mittwoch oder Donnerstag? Können Sie sich an den Tag erinnern? Das wäre schon wichtig. Sehr wichtig sogar!"

„Moment! Ich überlege gerade, ob das vor oder nach dem Skat-Abend mit meinen Kumpels gewesen ist." Gerd Lindweiler schaute aus dem Fenster. „Also… hmmh. Doch, das war am Mitt… oder? Ne, das könnte auch genauso gut der Donnerstag gewesen sein. Es tut mir leid, aber ich komm nicht drauf und ich soll ja nichts mutmaßen oder Falsches sagen, haben Sie vorhin zu mir gesagt."

„Können Sie sich denn noch daran erinnern, wie viel Uhr es war?"

„Ja, das muss so gegen 04.20 Uhr gewesen sein."

„Wieso wissen Sie das so genau?", fragte KOKin Stotzem-Randerath mit einem Stirnrunzeln.

„Ich gehe immer die gleiche Runde. Sieglinde muss fast immer zur gleichen Zeit in der Nacht, genau wie ich. Danach kann ich die Uhr stellen. Kurz vor vier Uhr muss ich zum Klo. Dann gehen wir immer die gleiche Runde. Schon seit Jahren."

„Haben Sie dort zufällig auch ein Auto gesehen?"

„Da stand so ein dunkles Schlachtschiff. So eine große Limousine. Die leuchtete mit den Scheinwerfern Richtung Ufer. Sehen konnte ich trotzdem nichts."

„Und das Kennzeichen? Können Sie sich an das Kennzeichen erinnern?"

„Nein, der Kofferraum stand offen. Da konnte ich nichts sehen. Außerdem war es total dunkel."
„Aber Sie haben doch eben gesagt, dass das Ufer von dem Auto ausgeleuchtet wurde. Da war doch bestimmt auch der Rest der Beleuchtung am Auto an?"
„Weiß ich nicht mehr. Echt nicht. Kann sein, kann aber auch nicht sein. Wenn ich das alles vorher gewusst hätte..."
KK D'Angelo druckte die Vernehmung aus und Gerd Lindweiler nahm sich viel Zeit, um die Seiten Zeile für Zeile zu lesen.
„Gibt's denn eine Belohnung? Es gibt doch immer eine Belohnung, oder?"
„Wir werden uns Ihre Frage notieren. Falls Ihre Angaben zur Aufklärung des Falles führen sollten, melden wir uns bei Ihnen. Bis jetzt weiß ich aber nichts von einer Belohnung. Guido, könntest du bitte Herrn Lindweiler nach unten bringen?"
Gerd Lindweiler und KOKin Stotzem-Randerath verabschiedeten sich.
Wieder im Freien nutzte Sieglinde sofort die Gelegenheit, ihre Markierung zu suchen und zu erneuern.

***

Westhoven hatte sich Dembers Unmutsbekundungen an Telefon angehört. „Ach komm, um den kümmern wir uns später. Ich ruf gleich mal Sarah Steinmann an und rede mit ihr darüber. Aber ich gebe Toni Recht. Sarah sah das gestern Abend auch schon so. Diese Tat am See hat keine Einzelperson begangen. Und hier ist auch grad ein Zeuge, der in den letzten Tagen etwas beobachtet

haben will. Ich hab zwar noch keine Rückmeldung vom Vernehmungsteam, aber mir gegenüber hat er am Telefon von mehreren Personen gesprochen. Wenn das überhaupt zu unserem Fall passt. Was hat eigentlich die Suche im Haus ergeben?"
„Die Bude ist wohl total aufgeräumt, so wie Michael gesagt hat. Da war gar nichts. Keine Anzeichen eines Kampfes oder sonst etwas. Das Einzige, was er mitgenommen hat, ist ein Zweitschlüssel vom Volvo. Nur für den Fall der Fälle, dass wir den finden und das Auto verschlossen ist. Aber jetzt noch mal: Was sollen wir mit diesem Schifflechner machen? Den sollten wir festsetzen."
„Kommt erstmal zurück. Um ihn können wir uns immer noch kümmern und um dessen Frau sowieso auch. Aber die war ja wohl ohnehin nicht da. Also!"
„Deine Entscheidung." Dember legte auf. Er regte sich noch immer auf, startete dann aber den Wagen und fuhr zurück Richtung Köln-Kalk.

***

Obwohl es erst kurz nach 14.30 Uhr war, trafen die anderen schon bei Düres ein. Harry, der Chemiker, war trotz des nasskalten Wetters mit dem Fahrrad gekommen. Er hatte es nicht weit bis zur Druckerei Schmidt in Köln-Ehrenfeld. Wolle, der ehemals leitende Angestellte einer großen Papierfabrik in Bergisch Gladbach, parkte seinen 7er BMW direkt vor dem Lieferanteneingang und Nas, der IT-Fachmann, stellte seinen getunten Smart Roadster quer dahinter.
Düres führte die drei zum Aufbewahrungsort in die Druckerei und

wischte sich dabei den Schweiß aus dem Gesicht. „Do, luurt selvs. Fünnef janze Böje fuffzisch-Euro-Sching – satte fuffzischdousend Euro. Dä Vollidiot![23]"

„Wie konnte das passieren? Wie ist Rodebrecht hier überhaupt allein reingekommen?" Harrys Stimme klang wütend. Wortlos schlossen sich die beiden anderen der Frage an und sahen zu Düres.

„Dä Rodi wor am Denstach he. Hä wor total am Boddem wäjen ner Frau. Die hat ihn mir nix, dir nix em Ress jelosse. Dä soß he wie e Häufje Elend. Isch ben dann ens einmal huh en die Wonnung un han noch en Fläsch Schabau jeholt. He en dä Druckerei han isch us usus sujet nit parat. Vell zo jefährlisch. Un weil dat dä Rodi wor, han isch die Dür zom Bureau nit afjeschlosse. Wie hät dat usjesinn, wann isch opston, avschleße, nur wenn isch ens kot eruss jon? Dat hät isch doch bei keinem vun üsch jedonn."[24]

„Und den Tresor hattest du auch offen?", fragte Harry vorwurfsvoll.

Düres senkte den Blick zu Boden und ließ sich wie ein nasser Sack auf einen Rundhocker fallen.

„Et deit mer leid, dat dat su ene Driss es."[25]

„Es reicht, Leute! Lasst uns den Rest vernichten. Mir ist die Sache zu heiß!", schrie Wolle.

„Bleib mal locker! Drehst du jetzt durch, nur weil 50.000 EUR

[23] *„Da, seht selbst. Fünf ganze Bogen 50-Euro-Scheine fehlt – satte 50.000 EUR. Dieser Volltrottel."*

[24] *„Rodi war diesen Dienstag hier. Er war total niedergeschlagen wegen einer Frau. Die hat sich wohl mir nichts, dir nichts von ihm getrennt. Der saß hier wie ein kleines Häufchen Elend. Ich bin dann zwischendurch einmal hoch in die Wohnung und habe noch eine Flasche Hochprozentigen geholt. Hier in der Druckerei bewahre ich ja so etwas aus alter Gewohnheit nicht auf. Viel zu gefährlich. Und weil das der Rodi war, hatte ich die Tür zum Büro nicht zugesperrt. Wie hätte das denn ausgesehen, wenn ich aufspringe und abschließe, wenn ich mal kurz den Raum verlasse? Das hätte ich doch bei keinem von euch gemacht!"*

[25] *„Tut mir leid, ich weiß, dass die Situation scheiße ist."*

weg sind? Ich schmeiß doch nicht fünf Millionen in den Reißwolf. Hier wird gar nichts vernichtet!", rief Harrys unmütig.
„Du verstehst es nicht, Harry. Ihr alle versteht es nicht! Die Leute, die den armen Rodi im See versenkt haben, wollten bestimmt von ihm wissen, ob es noch mehr Scheinchen gibt. Oder glaubt ihr vielleicht, die haben den nur nach Kochrezepten gefragt? Wer weiß, vielleicht stehen die schon vor der Tür und knallen uns gleich ab." Wolles Stimme kippte.
„Wolle!", rief Nas. „Das ist doch bloß eine Theorie. Vielleicht hat den jemand versenkt, weil er einfach Schulden hatte. Hast du das mal in Erwägung gezogen? Wir wissen doch alle, dass Rodi spielsüchtig war. An keinem Casino konnte der vorbeigehen. Und außerdem glaube ich nicht daran, dass er uns verpfiffen hat. Sonst hätten wir längst Besuch gehabt."
„Die Nas hät Räsch. Isch sinn dat jenausu. Wäh och immer, dä wör doch schon lang heh jewäse."[26]
„Also! Wer ist dafür, dass wir weiter machen?" Harry hob schon beim Sprechen die Hand. Ohne zu zögern folgten die Hände von Nas und Düres.
Düres blickte Wolle an. „Kumm schon oder willst do op ding Miliönsche verzischte?"[27] Zögerlich hob Wolle den Arm.
Sie diskutierten darüber, wie sie ihren Plan weiter verfolgen sollten. Wie sie es machen wollten, wenn die Scheine geschnitten würden und wie das Geld „gewaschen" werden könnte. Harry erzählte von der so genannten Bank der Unterwelt, bei der jeder unerkannt sein Geld waschen könne und dass er sich darum kümmern werde.
„Das verstehe ich nicht, kannst du das bitte erklären?", fragte Wolle

[26] *„Die Nas hat recht. Das sehe ich genauso. Wer auch immer, wäre schon längst hier gewesen."*
[27] *„Komm schon oder willst du etwa auf deine Million verzichten?"*

interessiert. Er schien nicht mehr so abgeneigt wie zuvor. Das Wort „unerkannt“ hatte ihm eben sehr gefallen.

„Also! Die Sache funktioniert so…“ Harry erzählte, was ihm einmal eine zwielichtige Person aus einem bekannten Kölner Bankhaus erzählt hatte. „Wir werden uns als Nutzer bei der Lovely Riverbank (LR) registrieren und ein Tarnkonto eröffnen. Wie mir nämlich mein Kumpel erzählt hat, geht das mit einem Phantasienamen, denn die LR verlangt keinerlei Nachweise der Identität. Theoretisch könnten wir uns die „Fünf Musketiere“ nennen. Das juckt niemanden und wir können innerhalb des Systems mit der virtuellen LR-Währung transferieren.“

„Man kann aber doch nachvollziehen, woher das Geld gekommen ist“, sagte Nas.

„Das habe ich meinen Kumpel auch gefragt. Aber da müssen wir eben ein bisschen investieren, um das zu verhindern. Für einen lächerlichen Aufschlag von 74 Cent bleibt die Kontonummer im LR-System verborgen, unwiderruflich. Allerdings kann man die interne Währung nicht direkt bei denen kaufen, wir müssen hier über Wechseldienste gehen, wo wir ebenfalls ein paar Prozente abdrücken müssen.“

„Ich verstehe es trotzdem nicht“, sagte Wolle.

„Wolle, du musst es doch auch nicht verstehen. Hauptsache ist doch, dass wir danach mit einer Menge Kohle ein sorgenfreies Leben führen können. Oder?“

Wolle nickte.

„Soll ich die Sache mit der LR weiter verfolgen – wer ist dafür?“

Alle hoben die Hand.

***

Die Besprechung im Aufenthaltsraum des KK 11 begann gegen 15.00 Uhr. Sigrid Stotzem-Randerath berichtete über das Vernehmungsergebnis von Gerd Lindweiler und wurde dabei von einigen Kommentaren und Ergänzungen von KK D'Angelo unterstützt.
„Damit ist deine Vorstellung, dass Schifflechner seinen Nebenbuhler beseitigt haben könnte, ja wohl vom Tisch, oder Heinz?", fragte Westhoven.
„Für mich heißt das gar nichts. Es überzeugt mich einfach nicht. Wer sagt uns denn, dass das, was der Dackelopa erzählt hat, zu unserem Fall passt. Und falls es doch so ist: Wer sagt denn, dass nicht unser bayerischer Apotheker dabei war? Ich bleibe bei meiner Theorie. Eifersucht war schon seit jeher ein Motiv."
„Meinetwegen. Behalte deine Theorie im Hinterkopf, aber verlier bitte die Gesamtermittlungen nicht aus dem Auge. Nicht, dass du die anderen Hinweise ab jetzt vernachlässigst. Klar?", mahnte Westhoven.
Toni schüttelte den Kopf. „Ich glaub nicht, dass der Apotheker der Täter ist. Das traue ich dem echt nicht zu. Allein schon mal gar nicht, und als Kopf einer Bande überhaupt nicht."
„Na, vielen Dank, Kollegin. Fällst mir hier in den Rücken."
„Ich falle dir nicht in den Rücken, sondern gebe meine Meinung wieder. Jetzt reg dich wieder ab. Es wird echt Zeit, dass Doris niederkommt und du wieder normal tickst."
„Was willst du damit sagen?", fragte Heinz empört.
Toni Krogmann antwortete darauf nichts mehr.
„So, Leute, danke für heute. Morgen früh in alter Frische. Macht euch noch einen schönen Restsonntag", sagte Westhoven und schloss für diesen Tag die Ermittlungen ab.

Kapitel 3

Montag, November 2012

Als Heinz Dember den Brief vom KK 32 öffnete, musste er schlucken.

Vorladung als Beschuldigter für den 15.11.2012, 08.30 Uhr, Tatvorwurf „Vorteilsnahme".

Er überlegte krampfhaft, warum das Kriminalkommissariat für Amtsdelikte ausgerechnet ihn der Vorteilsnahme beschuldigte. Eigentlich hatte er mit einer Vorladung wegen der blöden Trunkenheitsfahrt gerechnet, aber da ein gegen ihn eingeleitetes Disziplinarverfahren wider Erwarten schnell eingestellt worden war, hatte er dieses Ereignis schon aus seinem Kopf verdrängt.
Den Beamten, von dem die Vorladung unterschrieben war, kannte Dember. Mit Kriminalhauptkommissar (KHK) Burkhard Happerschoß hatte er vor Jahren gemeinsam beim Weltjugendtagseinsatz im Unterabschnitt „Besucherbetreuung" gearbeitet und die wichtigen Polizeipersonen, die sog. VIPs, durch Köln begleitet. Trotzdem war er innerlich angespannt, denn so eine Anzeige brachte selbst einen Ermittler ins Grübeln. Hatte er am Ende doch etwas gemacht, was nicht rechtens war? Dember wollte Gewissheit. Kurz nach Dienstbeginn wählte er die Durchwahl von Happerschoß.
„Hallo, Heinz. Ich habe mir schon gedacht, dass du dich melden wirst. Hast sicher die Vorladung bekommen", meldete sich Happerschoß wie gewohnt freundlich.
„Kannst du mir mal bitte sagen, was der Quatsch jetzt soll? Ist das ein Scherz: Vorteilsnahme? Welchen Vorteil soll ich denn eigent-

lich bekommen haben? Ich bin weder befördert worden, noch weiß ich von einer spürbaren Besoldungserhöhung." Dember versuchte, die Sache irgendwie ins Lächerliche zu ziehen.
„Ohne dir Details zu sagen und schon gar nicht ohne entsprechende Belehrung nur soviel: Du sollst mit einer Zeugin aus einer eurer Mordermittlungen etwas haben. Eine Katrin Oehmchen, die dich zudem kostenlos durch die Gegend kutschiert. Ich kann natürlich nicht mehr dazu sagen. Deshalb will ich dich ja vernehmen. Du allein weißt, ob an der Sache was dran ist. Welche Rechte du hast, brauche ich dir wohl nicht näher erläutern. Du bist schließlich selbst Polizist."
Dember lachte lauthals in den Hörer. „Au Mann, ey. Ich lach mich kaputt. So ein Schwachsinn! Welcher Vollidiot hat mich denn da angezeigt?"
„Heißt das, dass du zur Vernehmung am 15. kommst?"
„Nee, ich habe einen besseren Vorschlag. Schau dir einmal Frau Oehmchen an und vernimm sie bitte als Erste. Dann entscheidest du, ob du mich überhaupt noch anhören willst oder musst. In dem Fall würde ich natürlich zu dir hoch kommen. Meine Güte..." Dember kriegte sich vor Lachen überhaupt nicht mehr ein. Er wusste schon nicht mehr, ob er wütend war oder ob er es nur lächerlich fand. Er und die Oehmchen?!
„Okay, kein Problem. Dann lade ich erstmal deine neue Flamme vor. Bin schon sehr gespannt!" Happerschoß lachte.
„Toll. Jetzt fang du nicht auch noch an..." Dember nannte die Telefonnummer von Frau Oehmchen und legte dann auf. Er rief mit seinem Handy Doris an, die mittlerweile so aussah, als ob sie einen Basketball verschluckt hätte.
„Hallo, Liebling! Du ahnst nicht, was mir der Kollege vom KK 32 eben erzählt hat, als ich ihn wegen des Termins angerufen habe."

„Was für ein Termin denn?“ Doris Dember wusste zwar, dass das die Bezeichnung für ein Kriminalkommissariat war, aber sie hatte keine Ahnung, was die bearbeiteten.
„Hab ich doch schon gesagt. Das sind die Jungs von der Internen, die ermitteln Amtsdelikte.“
„Ach so! Ja, stimmt.“ Doris Dember fiel wieder ein, wie sich Heinz über die Vorladung geärgert hatte. „Und was ist nun?“
„Irgendeiner hat mich wohl angeschwärzt, weil mich Frau Oehmchen günstig mit dem Taxi von A nach B gefahren hat, als ich meinen Lappen los war. Aber das finde ich noch nicht mal am Schlimmsten. Angeblich soll ich mit ihr auch noch was haben. Kannst du dir das vorstellen?“
„Wer ist denn so bekloppt?“, lachte Doris.
„Keine Ahnung. Und lustig find ich das überhaupt nicht.“
„Und nun?“
„Der Kollege Happerschoß wird jetzt erstmal die Oehmchen vernehmen und wenn es dann noch erforderlich ist, sage ich eben auch noch aus.“
„Sollten wir nicht lieber einen Anwalt mit der Sache beauftragen?“
„Ach, Blödsinn! Ich brauch doch keinen Anwalt. Ich habe nichts Unrechtes getan, auch wenn das im Moment noch einige glauben. So ein Schwachsinn! Und wenn ich daran denke, dass ich mit der Oehmchen auch noch was haben soll, dann wird mir richtig schlecht. Sie ist zwar ein herzensguter Mensch, aber überhaupt nicht mein Typ. Außerdem habe ich dich und bald sogar euch, mein Engel.“

***

KHK Happerschoß wählte gegen 08.00 Uhr die Handynummer von Katrin Oehmchen.

„Allzeit bereit, wo immer et och hinjonn sull. Et Oehmens Katrin, dat flöckste Taxi in Kölle: jerofe, jekumme un schon fass do."[28] Katrin Oehmchen hatte lange an dieser Begrüßungformel getextet. So richtig gefiel sie ihr noch nicht, aber so übel klang sie auch wieder nicht, fand Katrin. Hauptsache freundlich. Diesen Werbespruch wollte sie sich demnächst auch in Neonfarben auf die Längsseiten ihres Taxis kleben lassen.

„Guten Tag, Frau Oehmchen. Mein Name ist Happerschoß vom KK 32. Ihre Rufnummer habe ich von meinem Kollegen Dember. Ein Taxi brauche ich zwar momentan nicht, aber ich würde gern einen Termin für eine Vernehmung mit Ihnen vereinbaren."

„Worüm jeht dat dann?"[29], fragte Frau Oehmchen neugierig.

„Es geht um die Taxifahrten, die Sie für Heinz Dember gemacht haben…" Happerschoß wollte noch weiter reden, wurde aber schroff unterbrochen.

„Wat es loss? Ich jläuv, misch hätt ene Bus jeknutsch! Darf mer jetz noch nit ens mieh jode Fründe mem Taxi kutscheere, ohne dat die Ennere vun dä Krim sisch dovür interessiere. Isch jläuv, ihr tick jät nit rischtisch!"[30]

„Frau Oehmchen, wenn Sie fertig sind mit Ihrem Statement, würde ich gern wissen, ob Sie hierher kommen oder nicht", sagte Happerschoß geduldig.

„Möt isch dann?[31]"

„Nein, müssen Sie nicht. Sie sind in diesem Verfahren Beschuldig-

[28] *„Allzeit bereit, wo immer es auch hingehen soll. Katrin Oehmchen, das schnellste Taxi in Köln. Gerufen, gekommen und schon fast da."*

[29] *„Worum geht es denn?"*

[30] *„Was ist los? Ich glaube mich hat ein Bus geknutscht. Darf man jetzt schon nicht mehr gute Freunde mit dem Taxi fahren ohne das die Inneren sich dafür interessieren, Ich glaube , ihr tickt nicht richtig,"*

[31] *„Muss ich denn?"*

te…“ Bevor er ausreden konnte, übernahm wieder Katrin Oehmchen das Wort.
„Isch kumme un kläre dä Stuss op, evver vürher han isch noch en Faaht von Ihrefeld noh Vings. Donoh künnt isch op et Präsidium kumme, wör jo jlisch öm de Eck. Oder muss isch nit op et Präsidium?[32]“
„Doch, doch. Wir sind auch in Kalk. Im gleichen Gebäude wie das KK 11. Nur zwei Etagen darüber, in der dritten. Wann wären Sie denn ungefähr hier?“
„En ner joden dreiveedel Stund. Wo muss isch dann jenau hin?“
Katrin Oehmchen sprach ohne Hemmung Ur-Kölsch, denn sie merkte, dass Happerschoß jedes Wort verstand. Das machte ihn ihr schon sehr sympathisch, aber dass dieser Kerl ihrem Heinz was anlasten wollte, gefiel ihr überhaupt nicht. Dagegen musste sie was unternehmen.

***

Polizeipräsidium Köln, Walter-Pauli-Ring 6, 08.50 Uhr

KHK Happerschoß hatte seine belegten Brötchen längst gegessen und mittlerweile schon die vierte Tasse Kaffee auf dem Schreibtisch stehen, als das Telefon klingelte und im Display die Rufnummer des Pförtners aufblinkte.
Er hob den Hörer ab. „Guten Morgen! Frau Oehmchen ist da. Ich komme runter und hole sie ab.“ Der Pförtner kannte dies schon aus etlichen anderen Anrufen. Happerschoß machte sich daraus einen Spaß. Als der Hörer fast wieder auf dem Apparat lag, hörte

[32] *„Ich komme und kläre diesen Stuss auf, aber vorher habe ich noch eine Fahrt von Ehrenfeld nach Vingst. Danach könnte ich zum Präsidium kommen, wäre ja dann gleich um die Ecke. Oder muss ich nicht zum Präsidium?“*

Happerschoß noch „Jo. Jot. Danke."
Katrin Oehmchen drehte im Eingangsbereich ihre Runden. Innerlich hatte sie die Krallen schon zum Angriff ausgefahren. Ihren Heinz würde sie unter allen Umständen verteidigen, der hatte in den letzten Wochen schon genug Probleme gehabt und außerdem musste er sich nun auf die bevorstehende Geburt seines Sohnes konzentrieren.
Im Eingangsbereich waren alle Stühle besetzt und einige Leute lehnten wartend an der Wand, als sich die Aufzugstür öffnete und KHK Happerschoß ausstieg. Ohne Katrin Oehmchen jemals gesehen zu haben, glaubte er zu wissen, dass er die richtige Person ansprechen würde. Übermäßig geschminkt, Leopardenhose, pinkfarbene Samtjacke und die Haare mal wieder zu einer „Bergheimer Palme" frisiert.
„Ah, ihr sit dat! Isch ben et Oehmchens Katrin."[33]
Nach einer freundlichen Begrüßung bat Happerschoß sie, mitzukommen. Als er ihr die Hand gab, fühlte er die vielen Ringe, die spitzgefeilten grün lackierten Fingernägel und eine knochige Hand.
„Wohin mösse mer dann[34]?", fragte Katrin Oehmchen, als KHK Happerschoß gerade den Aufzug angefordert hatte.
„In die dritte Etage."
„Künne mer nit op däm eezte Stock ens koot halde und bei däm Dembers Heinz vorbeiluure? Isch han dä su lang schon nit mieh jesinn."[35]
„Nein, können wir nicht. Das müssen Sie dann wohl verschieben. Außerdem weiß ich auch nicht, wo genau sein Büro und ob er

[33] *„Ach, Sie sind das. Ich bin Katrin Oehmchen."*

[34] *„Wo müssen wir denn hin?"*

[35] *„Können wir nicht auf der Ersten kurz anhalten und bei Heinz Dember vorbeigehen? Ich habe den schon länger nicht mehr gesehen."*

überhaupt im Dienst ist." Happerschoß schüttelte innerlich den Kopf bei diesem Anliegen.
„Do kann isch Inne helfe. Isch weiß, wo dä jode Här Dember sing Bureau hät. Isch kann Inne dat zeije."[36]
„Nein, aber wir können nach der Vernehmung bei ihm anrufen. Und wenn er dann da ist und Zeit für Sie hat, dann kann er Sie bei mir im Büro abholen. Was halten Sie davon?"
„Dat es ene jode Idee"[37], sagte Oehmchen fröhlich.
Happerschoß und die Taxifahrerin gingen auf der dritten Etage an der geöffneten Tür der Teeküche vorbei. Kaffeeduft lag in der Luft. Oehmchens Blick wanderte automatisch zur Kaffeemaschine und der Ermittler fragte freundlich:
„Frau Oehmchen, kann ich Ihnen vor der Vernehmung noch einen Kaffee anbieten?"
„Dat is evver nett! Jo, sischer dat!"

Im Büro nahm Happerschoß die Personalien der schnatternden Taxifahrerin auf und speicherte diese in seinem Vorgang, bevor er die Belehrung für Beschuldigte abspulte und ausdrücklich darauf hinwies, welche Rechte sie in diesem Status habe.
„Es jo jot, leeven Här Happerschoß. En dene Jerechsverhandlunge em Tevau un en dä Krimis es dat jo alles anders, evver isch traue Inne, dat Se mer de Wohrheit sare. Wat sull isch met enem Anwalt, isch han doch nix Schlemmes gedon. Wo muss isch he ungerschrieve?"[38] Sie drehte das Formular um

[36] *„Da kann ich Ihnen helfen. Ich weiß, wo der gute Herr Dember sein Büro hat. Ich kann Ihnen das zeigen."*

[37] *„Das ist eine gute Idee."*

[38] *„Ist gut, lieber Herr Happerschoß. In den Gerichtsverhandlungen und Krimis im Fernsehen ist das zwar alles anders, aber ich vertraue Ihnen, dass Sie mir hier die Wahrheit sagen. Und was*

und fing an zu lesen. Dann hob sie ihren Kopf und schmunzelte: „Saaren Se evver keinem, wann isch gebore ben, dat bliev mie Jeheimnis. Isch han misch doch jot jehalde, oder?“[39]

Wie schon früher bei Dember, zwinkerte sie nun Happerschoß zu, kritzelte dann ihre Unterschrift ins vorgegebene Feld und bestätigte damit, dass sie die Belehrung verstanden hätte und trank dann einen Schluck Kaffee. „Boah. Meddelmäßisch es evver noch stark ungerdrivve. Muckefuck es jo ne Säje dojäjen.“[40] Sie schüttelte sich. „Wie üvverläv mer dat Jesöff? Es dat dä Grund, worüm Schutzlück sibbe Johr fröher stirve? Dat han isch em Tevau jehüürt.“[41]

Happerschoß ging darauf nicht ein. Wenn ihr der Kaffee nicht schmeckte, dann musste sie ihn ja nicht trinken. Nachdem er Oehmchens Werdegang kurz skizziert hatte und überhaupt nicht überrascht darüber war, dass sie eine Lehre als Bankkauffrau abgebrochen und lieber den Friseurberuf gelernt hatte, bevor sie später von ihrem verstorbenen Mann das Taxi übernahm, begann er mit der eigentlichen Vernehmung: „Frau Oehmchen, ein wenig weiß ich ja jetzt schon über Sie, aber nun komme ich zum eigentlichen Sachverhalt, weshalb Sie heute hier sind. Erläutern Sie mir bitte zunächst Ihr Verhältnis zu Heinz Dember.“

Katrin Oehmchen schaute verwirrt. Sie hatte die Frage wohl missverstanden. Ihre Gedanken gingen sofort in eine sehr eindeutige Richtung. „Wat es dat für en Froch? Op isch e Verhältnis mit däm han? Isch han kei Verhälnis met däm. Wör jo schön jewese, evver

soll ich denn mit einem Anwalt, ich habe doch gar nichts Schlimmes gemacht. Wo muss ich noch mal unterschreiben?“

[39] *„Sagen Sie aber keinem, wann ich geboren bin, das bleibt mein Geheimnis. Ich habe mich doch gut gehalten, oder?*

[40] *„Mittelmäßig ist aber noch untertrieben. Kaffeeersatz ist ja ein Segen dagegen.“*

[41] *„Wie überleben Sie dieses Gesöff? Ist das der Grund, warum Polizisten sieben Jahre früher sterben. Das habe ich im Fernsehen gehört.“*

dä staatse Kääl es doch in feste Häng. Sonst hätt isch bestemp noch en Chance jehatt."[42] Sie rückte ihre Oberweite zurecht.
„Frau Oehmchen, das ist eine ganz normale Frage. Und außerdem habe ich nicht gefragt, ob Sie ein Verhältnis mit Herrn Dember, sondern welches Verhältnis Sie zu ihm haben. Das ist schon ein kleiner Unterschied, den Sie offenbar missverstanden haben. Ich formuliere die Frage noch mal anders: Also, seit wann kennen Sie den Herrn Dember?"
Fragend blickte sie ihn an. „Dä Dember kenne isch zick Fastelovend, do wor doch dä Fall met däm fiese Killer, dä isch met mingem Taxi zom Bahnhoff jefahre hat. Se wesse schon, dä Drecksack en dem Hasekostüm, dä in Müllem in däm Imbiss rümjeballert un eine Jast massakreet hätt. Dä Dreckskääl."[43]
„War das in diesem Jahr?"
Katrin Oehmchen runzelte die Stirn. „Han isch doch jesaat, Fastelovend wor dat. Natürlich en däm Johr. Sons hätt isch doch jesaat, wann dat wor. Dat Se dat nit wesse."[44]
„Frau Oehmchen, ich muss noch mal fragen und ich meine damit wirklich nichts Anrüchiges: Wie würden Sie Ihr Verhältnis zu Herrn Dember beschreiben?" Happerschoß musterte sie. Jedes Mal, wenn der Name Dember fiel, meinte er, ein leichtes Grinsen in ihrem Gesicht zu erkennen.
„Dat es ene janz leeve Kääl, dä av un an e bessje mieh Hülp bruch

[42] *„Was ist das denn für eine Frage? Ob ich ein Verhältnis mit ihm habe? Ich habe kein Verhältnis mit ihm! Wäre schön, wenn das so gewesen wäre, aber der gutaussehende Kerl ist doch vergeben. Sonst hätte ich bestimmt Chancen gehabt."*

[43] *„Das ist seit Karneval, da war doch der Fall mit diesem fiesen Killer, den ich in meinem Taxi zum Bahnhof gefahren hatte. Sie wissen schon, dieser Drecksack im Hasenkostüm, der in Mülheim im Imbiss rumgeballert und einen abgeknallt hat. Dieser Dreckskerl."*

[44] *„Hab ich doch gesagt, Karneval war das. Natürlich dieses Jahr, sonst hätte ich gesagt, das war dann und dann. Dass Sie das nicht wissen."*

als andere. Un do kumme isch in et Spell. Isch ben vun Natur us ne Minsch, dä andere nit im Rään stonn löss, ihrlisch bes op de Knoche. Mir es dä Dember an et Hätz jewaaße. Jot, isch weiß jo, em Suff Auto ze fahre es bescheuert. Dofür han isch im esch dä Wurm jesäänt. Leeven Jott, es Inne noh nie su ne Driss passeet?"[45] Sie blickte Happerschoß unschuldig an.

„Um mich geht's heute aber nicht. Aber Sie haben in gewisser Weise recht, wer kann schon von sich behaupten, dass immer alles glatt läuft? Da steckt man manchmal nicht drin."

„Luurt ens, Här Kommissar. Jenau dat meine isch. Un esu es dat och bei dem Här Dember. Dä tritt vum einem Drisshoufe en dä nöchste."[46]

Happerschoß hatte Schwierigkeiten, sich von dem Geplapper nicht ablenken zu lassen. Konzentriert stellte er daher die nächste Frage: „Verkehren Sie denn mit Herrn Dember seit diesem Jahr Fastelovend auch privat oder ist es nur beim rein dienstlichen Kontakt geblieben?"

„Die Froch kann isch nit su einfach beantwoode. Isch han dä jo ez widderjesinn, als isch die Faaht vun dä Stolkjass us hat. Die Junge vun dr Schmier hatte en Taxi jerofe un do kom dä zo mir in die Tax. Se wesse, dat wor die Naach, en dä hä besoffe wie en Ühl jefahre es und wo se in jezapp han. Usser im kenne isch jo och all die andere vun dä Mordkommision. Do es dä Paul Westhoven, singe Chef, dat Toni Krogmann un die andere all vum KK11, die op sin-

[45] *„Das ist ein ganz lieber Kerl, der ab und zu ein bisschen mehr Hilfe brauchen tut als andere - und da komme ich ins Spiel. Ich bin von Natur aus eine hilfsbereite Person mit ehrlicher Haut. Mir ist der liebe Herr Dember so richtig ans Herz gewachsen. Na gut, ich weiß natürlich, dass das mit Auto fahren im Suff echt bescheuert war. Dafür habe ich ihm auch ordentlich die Leviten gelesen. Aber meine Güte, ist Ihnen noch nie was Blödes passiert?"*

[46] *„Sehen Sie Herr Kommissar. Genau das meine ich. Und so ist es auch bei Herrn Dember, der trifft die Fettnäpfchen eben häufiger als andere."*

ger Huhzick jewäse sin. Do kenne isch die Name evver nit mieh."[47]
„Sie waren auch auf der Hochzeit?"
„Joh, schleßlisch han isch jo für dat Brautpaar als Üvverraschung doch dat Auto orjaniseet und dat junge Paar an däm Daach kutscheet. Dat wor mir en rischtije Ihr un quasi mieh Afscheedsjeschenk. Av däm Daach wor jo klor, dat hä für misch perdüh wor. Et Kathrina Oehmsche määt keinem si Jlöck kapott." [48] Ihre Stimme klang schwermütig.
„Sie sollen Herrn Dember, nachdem er den Führerschein abgeben musste, ein paar Wochen kostenlos mit Ihrem Taxi gefahren haben"
Katrin Oehmchen fiel Happerschoß ins Wort und hob abwehrend die Hand. „Do sit Ihr evver falsch jewickelt, mieh Leevje. Su stemp dat nit. Isch han im ne Sonderpreis jemaat un och jesaat, dat isch eventuell nit immer künnt." [49]
„Was heißt Sonderpreis, wie hoch war der denn pro Fahrt?"
„Nit pro Faht. Dat wor mieh Pauschal un zwar fuffzisch Euro."[50]
„50 EUR für sämtliche Fahrten?", fragte Happerschoß ungläubig.
„Isch saare doch nit ömesöns Sonderpreis. Es doch klor för alle

[47] *„Die Frage kann ich gar nicht so einfach beantworten. Ich habe den ja erst wiedergesehen, als ich eine Fahrt von der Stolkgasse hatte. Die Wache hatte für jemanden ein Taxi gerufen und da stieg er plötzlich bei mir ein. Sie wissen schon, die Nacht, in der er stockbesoffen gefahren ist und und sie ihn gezapft haben. Und außer ihm kenne ich ja noch mehr Leute von der Mordkommission. Da ist noch der Paul Westhoven, das ist sein Chef, die Toni Krogmann und die meisten vom KK 11 waren ja auch auf seiner Hochzeit. Da weiß ich aber die Namen nicht mehr."*

[48] *„Ja, schließlich habe ich dem Brautpaar als Überraschung den Hochzeitswagen organisiert und das junge Glück an diesem Tag kutschiert. Das war mir eine richtige Ehre und quasi mein Abschiedsgeschenk an ihn. Ab diesem Tag war mir klar, dass er für mich immer unerreichbar war. Die Katharina Oehmchen zerstört keinem sein Glück."*

[49] *„Da sind Sie aber falsch informiert, mein Lieber. So stimmt das nicht. Ich habe ihm einen Sonderpreis gemacht und gesagt, dass es auch sein kann, dass ich nicht immer sofort zur Stelle sein kann."*

[50] *„Nicht pro Fahrt. Das war ein Pauschalpreis. Und zwar 50 Euro."*

Fahrten. Dat wor ene Fründschaftsdeenst, evver isch jläuve, et jit wol etlische, die han dat Woot Fründschaff nit verstande. Sons wör isch jetzt nit he un mer wöd mir nit *Vorteilsjewährung* anhänge."[51]
Sie sprach das Wort Vorteilsgewährung in abfälligem Tonfall aus.
„Haben Sie etwas für Ihren Freundschaftsdienst als Gegenleistung bekommen oder erwartet?" Happerschoß entging nicht, dass Katrin Oehmchens Gesicht rot anlief, bevor sie ihn ankeifte: „IHR jehoot wohl zu dänne, die nit wesse, wat Fründschaff bedück. Öm et noch ens janz klor ze saare: NÄ, isch han weder jet jewollt, noch jet jekräje. Wenn isch die Dankbarkeit in singe Äujelscher jesinn han, dann wor mir dat Dank jenoch. Hamer et jetz oder wulle Se mer noch mieh solsch klore Frore stellen, Här Happerschoss?"[52]
Happerschoß blieb ganz ruhig. „Wenn Sie der Vernehmung sonst nichts mehr hinzufügen wollen, dann habe ich zurzeit auch keine Fragen mehr. Und falls mir noch was einfällt, dann melde ich mich bei Ihnen."
Katrin Oehmchen überflog die drei Seiten und unterschrieb. „Un wie jeht dat jetz wigger?"[53]
„Ich werde wohl noch ein paar Leute vernehmen und dann die Sache der Staatsanwaltschaft zur Entscheidung übergeben."
„Aha. Un wat entschigge die?"[54]
„Über das Verfahren."

[51] *„Ich sage nicht umsonst Sonderpreis. Logisch für alle Fahrten. Das war ein Freundschaftsdienst, aber es gibt wohl einige, die die Bedeutung Freundschaft nicht verstanden haben. Sonst wäre ich wohl nicht hier und einer V o r t e i l s g e w ä h r u n g beschuldigt."*

[52] *„SIE gehören wohl auch zu denen, die nicht wissen, was Freundschaft bedeutet! Um das aber noch mal deutlich zu sagen, NEIN, ich habe weder was erwartet noch bekommen. Die Dankbarkeit in seinen Augen war mir Dank genug. Haben wir es jetzt oder wollen Sie noch mehr kluge Fragen stellen, Herr Happerschoß?"*

[53] *„Und wie geht das weiter?"*

[54] *„Und was entscheiden die?"*

Katrin Oehmchen verstand immer noch nicht, fragte aber auch nicht mehr. Leider war auch ein Anruf bei Dember erfolglos, so dass Happerschoß die Taxifahrerin zum Aufzug begleitete. Als sich die Türen schlossen und sie weg war, schnupperte er an seiner Kleidung, um zu prüfen, ob sich ihr penetranter Parfümgeruch darin festgesetzt hatte. Er machte sich seine ganz eigenen Gedanken darüber, was Dember an dieser kölschen „Revolverschnüss" fand.

***

09.55 Uhr. Die morgendliche Frühbesprechung der „MK Beton" war längst vorbei. Die Kommissionsmitglieder hatten ihre Aufträge von KHK Westhoven bekommen.
Die Kaderkräfte Sigrid Stotzem-Randerath und D'Angelo suchten in den Straßen des Kwartier Latäng, dem Kölner Studentenviertel, nach dem Wagen von Dr. Rodebrecht Waechter. Heinz Dember hatte von den Kollegen des KK 34 einige Adressen bekommen, in denen mutmaßlich illegale Glücksspiele um größere Summen stattfanden.
Heinz Dember und Toni Krogmann hingegen unternahmen einen zweiten Anlauf in Sachen außereheliches Verhältnis zwischen dem Opfer und der Ehefrau des bayerischen Zipfelklatschers Alois Schifflechner. Sie vergewisserten sich durch einen Blick durchs Schaufenster, dass er in der Apotheke war und fuhren zur Anschrift auf dem Hahnenberg.
Schon nach dem ersten Klingeln öffnete eine attraktive Mittfünfzigerin die Haustür. Susanne Schifflechner sah mit ihren kurzen, blondierten Haaren und dezentem Make-up jünger aus, als sie eigentlich war. Die Frau war in ihrer mit Strasssteinen besetzten Jeans und dem rosafarbenen Pullover eine sympathische Erscheinung.

„Guten Morgen! Frau Schifflechner?“, fragte Toni.
„Ja. Wer sind Sie, wenn ich fragen darf?“ Offenbar hatte Alois Schifflechner ihr nichts von dem gestrigen Besuch erzählt. Für die Ermittler war angenehm, dass Susanne Schifflechner kein Bayerisch sprach, sondern anscheinend aus dem Bergischen stammte. Toni Krogmann wies sich aus und stellte auch ihren Kollegen Dember vor.
„Mordkommission?“ Die Hände von Susanne Schifflechner fingen an zu zittern. Offenbar um ihre Unsicherheit zu verbergen, hakte sie die Finger beider Hände ineinander. „Wieso Mordkommission? Ist was mit meinem Mann?“
Dember ergriff das Wort: „Frau Schifflechner, Ihrem Mann geht es gut. Jedenfalls sah es vor ein paar Minuten noch so aus. Da hat er nämlich eine junge Frau in der Apotheke bedient. Es geht um Dr. Waechter. Dürfen wir vielleicht hereinkommen?“

***

KHK Westhoven rief Sarah Steinmann an. Er berichtete ihr von Alois Schifflechner und von den Angaben Gerd Lindweilers, der am See etwas beobachtet hatte.
„Und warum erfahre ich das erst jetzt? Paul, wir hatten eine Vereinbarung“, sagte die Staatsanwältin empört.
„Sarah, wenn es wirklich wichtig gewesen wäre und wir quasi kurz vor der Lösung des Falles gestanden hätten, dann hätte ich dich angerufen. Davon sind wir aber im Moment noch meilenweit entfernt. Oder willst du mir jetzt ernsthaft erzählen, dass wir den Bayern hätten festnehmen sollen?“
„Natürlich nicht, aber wann wird der noch mal aufgesucht? Ganz so abwegig finde ich die Szenerie von Heinz nun auch wieder nicht.

Wir sollten alle Varianten im Auge behalten. Ich will jedenfalls wissen, wo der Schifflechner die letzte Woche gewesen ist." Das klang nicht mehr nach einer Bitte oder einem Vorschlag, sondern kam einer staatsanwaltschaftlichen Verfügung gleich.

So etwas mochte Westhoven überhaupt nicht. Bei jeder Art von Bevormundung reagierte er äußerst allergisch. Dieser Keim reichte bis in seine erste Ehe zurück. Seine Ex-Frau hatte auch immerzu versucht, ihm zu sagen, wie er was zu machen hätte. Stundenlange Streitereien mit anschließendem tagelangem Anschweigen waren stets die Folge gewesen.

„Weißt du was, Sarah?"

„Was?"

„Ach, vergiß es. Ist nicht so wichtig." Am liebsten hätte Westhoven ihr aber gesagt, dass sie lieber zu ihrem blöden Pilates gehen sollte, anstatt hier auf neunmalklug zu machen. Immerhin machte er seinen Job als Mordermittler nicht erst seit gestern. Dennoch behielt er seine Gedanken für sich.

„Na, dann ist ja gut. Ich komme heute Nachmittag mal rüber ins Präsidium und schaue mir die Akte an."

„Meinetwegen. Kannst ja gleich auch noch ein paar Rechtschreibfehler korrigieren."

„Wie muss ich das jetzt verstehen?"

„Also, bis später dann, oder war noch was?" Er gab Sarah Steinmann nicht die Möglichkeit zum antworten und knallte den Hörer auf den Apparat. „Zicke!"

***

Harry saß hochkonzentriert vor dem Computer im Internetcafé der Sportsbar und eröffnete unter dem Decknamen „Fünf Mus-

ketiere" ein Konto mit Online-Bezahlsystem bei der Lovely Riverbank (LR). Er schaute sich dabei immer wieder um, ob jemand ihn beobachtete.
Nach der erfolgreichen Eröffnung des Kontos suchte er im Internet nach Wechselstuben, die das zu waschende Geld in die virtuelle LR-Währung tauschten. Sein Kumpel von der Bank hatte ihn jedoch ausdrücklich gewarnt, dass dies trotz der Anonymität mitunter gefährlich werden könnte. Denn dass diese Art von Bankgeschäften mafiös sei, bräuchte er wohl nicht extra zu betonen. Aber Harry wollte endlich zu den Schönen und Reichen gehören. Auswandern, eine schöne Wohnung mit Blick aufs Meer, junge, hübsche, weibliche Begleitung...

***

„Dr. Waechter?" Susanne Schifflechner schluckte, schüttelte den Kopf, zuckte mit den Schultern und sagte dann, dass ihr dieser Name nichts sage.
„Liebe Frau Schifflechner, glauben Sie, dass wir ohne Grund zu Ihnen gekommen sind? Natürlich nicht!", sagte Dember langsam. Die beiden Ermittler warteten gespannt auf die Reaktion.
Frau Schifflechner konnte ihre Tränen nicht mehr zurückhalten. Plötzlich brach es aus ihr heraus: „Ich habe Angst, ich habe einfach nur noch Angst!" Susanne Schifflechner sackte in sich zusammen. Für einen Moment schien es, als ob sie tatsächlich ohnmächtig werden könnte. Toni Krogmann ergriff ihren Arm und fragte, ob sie einen Arzt bräuchte. Frau Schifflechner winkte jedoch ab und bat die Ermittler ins Haus. Zum zweiten Mal saßen die Ermittler im verglasten Anbau des Hauses und genossen den Blick ins Grüne.

Dember belehrte Frau Schifflechner als Zeugin und fragte dann: „Kannten Sie nun den Herrn Dr. Waechter oder nicht?"
„Hmmh."
„Ist es richtig, dass Sie ein außereheliches Verhältnis mit ihm hatten?"
Toni Krogmann fand die Vorgehensweise von Dember überhaupt nicht gut, ließ ihn aber gewähren. Solange Frau Schifflechner sich nicht beklagte, warum sollte sie es tun. Es ging hier schließlich um Mord und nicht um eine Lappalie.
„Hmmh."
„Ich werte Ihre Antworten als Zustimmung, Frau Schifflechner. Wie lange ging das denn schon so?"
„Wir haben uns dieses Jahr an Karneval kennengelernt. Rodebrecht, also Dr. Waechter, hat mich ganz charmant zum Tanzen aufgefordert. Mit meinem Mann lief es damals nicht so gut, und dann sind wir uns eben nähergekommen."
Frau Schifflechner schien sich ein wenig beruhigt zu haben.
„Hat Ihr Mann davon erfahren?"
„Halb Odenthal hat sich doch darüber das Maul zerrissen und getuschelt. Aber nicht, weil man uns irgendwo hätte sehen können, sondern einzig und allein wegen der Tanzerei an Karneval."
„Das beantwortet nicht meine Frage." Dember blickte sie eindringlich an.
„Ja, mein Mann muss es irgendwie spitz gekriegt haben. Vor nicht mal vier Wochen war ich mal wieder mit meiner imaginären Freundin verabredet. Sie wissen schon. Und als ich an diesem Tag nach Hause kam, hat er mich zur Rede gestellt und gedroht, dass er dieses miese Schwein umbringen würde. Niemand schlafe ungestraft mit seiner Frau, sagte er."
„Wusste er denn, mit wem Sie sich trafen?"

„Er wusste alles. Treffpunkte, Uhrzeiten, alles, einfach alles! Hat mich wohl überwachen lassen. Ich blöde Kuh habe nichts bemerkt."
„Frau Schifflechner, ich muss Sie das fragen: Wo waren Sie letzte Woche Mittwoch bis Samstag?"
„Sie glauben doch wohl nicht ernsthaft, dass ich was... Nein, das glauben Sie nicht… oder?"
„Bitte versuchen Sie sich zu erinnern, es ist wichtig!"
Dember hoffte doch noch, dass sich seine Theorie, Alois Schifflechner habe etwas mit dem Ableben von Dr. Waechter zu tun, bewahrheiten würde.
„Bei einer Freundin. Ich habe es hier einfach nicht mehr ausgehalten."
„Wie jetzt – Sie waren nicht bei Dr. Waechter?"
„Wollte ich ja eigentlich, aber er wollte mich nicht dabei haben. Es sei zu gefährlich. Und jetzt ist er tot!"
Die letzten Worte wurden von weiteren Tränenausbrüchen begleitet.
„Sie sprechen in Rätseln, Frau Schifflechner. Könnten Sie bitte konkreter werden? Was soll gefährlich gewesen sein? Dass Ihr Mann Sie beide erwischt und Ihrem Liebhaber etwas antun könnte?"
Susanne Schifflechner schien verzweifelt und blinzelte mit ihren stark geröteten Augen. „Nein, nein, nein! Nicht wegen meinem Mann. Es war irgendwas anderes. Er wollte es mir nicht sagen. Aber als ich ihn deswegen nicht in Ruhe gelassen habe, hat er nur gesagt, dass er bald sehr reich sein werde und wir dann verschwinden könnten. Und jetzt ist er tot."
„Sie müssen doch wissen, was –"
Susanne Schifflechner ließ Dember nicht ausreden. „Mehr weiß ich nicht. Glauben Sie mir, Herr Kommissar, wenn ich es wüsste, dann würde ich es Ihnen ganz bestimmt sagen."

Dember und Krogmann schauten sich an. Sie wussten nicht so recht, was sie von all dem hier halten sollten.
„Frau Schifflechner, wann genau haben Sie Dr. Waechter das letzte Mal gesehen oder gesprochen?“, fragte Toni Krogmann.
„Das war letzten Dienstag. Da haben wir uns wieder heimlich getroffen, zumindest haben wir das gedacht.“
„Was haben Sie an diesem Abend gemacht und besprochen?“
„Na, was schon. Muss ich jetzt mein Sexualleben hier ausbreiten, oder was?“
„Über was haben Sie sich unterhalten? Hat Ihnen Dr. Waechter an diesem Abend etwas über plötzlichen Reichtum erzählt?“
Susanne Schifflechner nickte. „Ja.“
Toni Krogmann erklärte ihr noch, dass die Angaben zunächst in einem Vermerk festgehalten würden, dies aber auf jeden Fall noch in einer förmlichen Schriftform wiederholt werden müsste. Sie erklärte sich einverstanden.
Wieder im Auto meinte Toni Krogmann nur:
„Ich glaube, die verschweigt uns was.“
„Na klar! Und zwar, dass ihr sauberer Ehemann den Nebenbuhler umgelegt hat. Davon bin ich jedenfalls noch immer überzeugt.“

***

Harry rief Düres an.
„Düres, alles klar. Wir können loslegen. Wie schnell können wir die restlichen Scheinchen drucken und schneiden?“
„Dat jeht rubbeldiekatz, wenn isch dran trekke, hück noch.“[55]
„Leg los, Düres. Ich sage den anderen Bescheid.“

[55] *„Das geht schnell, wenn ich dran ziehe, dann heute noch.“*

***

Gegen Mittag kamen KK D'Angelo und KOKin Stotzem-Randerath wieder ins Präsidium zurück. Die Suche nach dem Wagen von Dr. Waechter war erfolglos verlaufen.

„Nix! Entweder steht die Karre nirgendwo im Belgischen Viertel oder wir haben Tomaten auf den Augen", sagte Guido D'Angelo.

„Oder jemand hat den Wagen auch im See versenkt. Das müssen wir überprüfen. Ich kläre das. Ihr sucht aber noch weiter, okay?" Westhoven ging wieder in sein Büro.

„Ähem, Paul. Ich habe da noch ein Problem, das ich mit dir besprechen möchte", rief KK D'Angelo ihm nach.

Paul Westhoven schaute D'Angelo an. „Um was geht's?"

„Ich habe heute um 16.30 Uhr eigentlich einen Termin zur Blutspende. Genauer gesagt spende ich nur meine Thrombozyten. Und den würde ich nur ungern absagen, denn ich bin schon fest eingeplant. Die Thrombozyten bekommt ein Leukämiepatient. Seine sind nach der Bestrahlung nahezu vollkommen zerstört worden."

„Was soll ich dazu sagen, Guido? Du gehst natürlich dahin. Leben retten geht vor. Ich find's toll, dass du das machst. Das sollte ich eigentlich auch machen."

„Soll ich danach wieder herkommen?"

„Nein, mach dir einen schönen Resttag. Es reicht, wenn du morgen wieder an Deck bist."

Sigrid Stotzem-Randerath klopfte an den Türrahmen: „Würde was dagegen sprechen, wenn ich dann zur gleichen Zeit zum Dienstsport gehe? Ich werde ja wohl kaum allein nach dem Wagen suchen. Und der Kurs ist echt gut."

„Was für ein Kurs ist das denn?"

„Pilates. Der Trainer ist echt super."

„Trainer? Wer ist das denn?“ Westhoven hatte Pilates immer als reinen Frauensport betrachtet. Sarah Steinmann machte doch auch Pilates, sogar Power-Pilates.
„Das ist ein Kollege aus der KI[56] 3. Den nennen alle nur „Sperber“, ich weiß gar nicht, ob der so heißt, oder ob das nur sein Spitzname ist.
„Sagt mir nichts.“
„Und? Spricht was dagegen, dass ich zum Kurs gehe?“
„Ehrlich gesagt, ja. Wir sind hier mitten in einer Mordermittlung und nicht bei ‚Wünsch dir was‘. Außerdem können sich jederzeit Hinweise ergeben, denen wir sofort nachgehen müssen. Ich kann meine Kommission nicht in alle Himmelsrichtungen verstreuen und jeder macht, was er will. Das mit dem Blutspenden ist für mich wirklich die absolute Ausnahme. Würde da jetzt keiner auf die Thrombozyten warten, hätte ich Guido auch nicht dahin gehen lassen. Tut mir leid, aber das geht einfach nicht.“
„Na toll. Auf der einen Seite sollen sich die Beamten fit halten und Sport machen – und wenn man dann gehen will, geht's nicht.“, sagte KOKin Stotzem-Randerath frustriert.
„Kannst ja nach Dienstende immer noch Sport machen – hält dich ja keiner von ab.“ Für Westhoven war damit die Diskussion beendet.

***

Westhoven wollte eigentlich die Führungsstelle anrufen, um Taucher anzufordern, damit diese den Grund des Sees nach dem Wagen von Dr. Waechter absuchten. Zum Anruf kam er wieder nicht.

[56] *Abk. für Kriminalinspektion*

„Hallo, Paul.“ In ihren hochhackigen Stöckelschuhen wirkten Sarah Steinmanns Beine noch länger und schlanker.
„Sarah, grüß Dich. Setz dich doch.“
Auch wenn er kein männliches Interesse an ihr hatte – äußerlich fand er Sarah Steinmann überaus attraktiv.
„Ich muss nur noch kurz einen Anruf machen.“
„Ihr habt also den Wagen noch nicht aufgefunden?“
„Leider nicht.“
„Und jetzt vermutest du den Wagen ebenfalls im See?“
„Kann doch sein – wäre doch nicht das erste Mal, dass Wagen versenkt werden. Soll ich die Anforderung zurücknehmen?“
„Nein. Schadet ja nichts. Vielleicht finden wir den Wagen ja tatsächlich dort im See. Aber entsprechende Reifenspuren haben wir nicht gefunden. Oder habe ich was nicht mitgekriegt?“
„Das mit den Reifenspuren heißt doch gar nichts. Erstens lassen die sich leicht auf dem dortigen Untergrund verwischen oder das Wetter selbst hat sie vernichtet. Außerdem wissen wir nicht genau, an welchem Tag das passiert ist.“
„Gibt's denn was Neues?“
Westhoven reichte ihr die Ermittlungsakte. „Hier, kannst dich auf den neuesten Stand bringen. Gibt aber nichts großartig Neues.“

***

Im Display von Westhovens Telefon wurde die Rufnummer der Führungsstelle angezeigt. „Und, hast du Taucher für uns bekommen?“, fragte er.
„Ja und nein. Unsere Polizeitaucher können erst übermorgen. Reicht das?“
„Auf einen Tag kommt es nicht an. Falls der Wagen tatsächlich dort

im See steht, wird den wohl kaum jemand wegfahren oder unbemerkt bergen."
„Gut, Paul. Dann gebe ich dir die Rufnummer vom Leiter der Tauchgruppe und du sprichst direkt mit ihm."
„Prima. Danke für die schnelle Erledigung."
Sarah Steinmann hatte aus Westhovens Worten schließen können, worum es ging. „Und, wann wird getaucht?"
Paul Westhoven erklärte ihr, dass dies erst in zwei Tagen möglich sei, und rief dann den Leiter der Tauchgruppe an. Als ersten Tauchtermin vereinbarten sie Mittwoch, 09.00 Uhr.

***

Gegen 18.30 Uhr saß die Mordkommission 6 zur täglichen Abschlussbesprechung zusammen.
„Wo ist denn der Kollege vom KK 53?", fragte Dember.
„Leben retten", antwortete Westhoven.
„Hä?"
„Guido ist Blut spenden. Nein, Thrombozyten. Die Dinger werden dringend gebraucht. Aber was habt ihr zu berichten?"
„Toni und ich waren ja heute bei der Schifflechner. Das mit dem Verhältnis scheint zu stimmen. Sie will unser Opfer das letzte Mal am Dienstagabend getroffen haben. Zum Schäferstündchen, ihr wisst schon. Aber was wirklich interessant war, ist der Umstand, dass der Apotheker sie offenbar hat ausspionieren lassen. Der hat nämlich angeblich alles gewusst, Treffpunkte, Zeiten, einfach alles. Und jetzt kommt's: Waechter hat Frau Schifflechner etwas davon erzählt, dass er noch was erledigen müsse, und danach sehr viel Geld haben würde."
„Und wie wollte er das anstellen?" Westhoven blickte abwechselnd

zu Toni und Dember.
„Sie wusste es nicht. Er wollte sie angeblich nicht mit reinziehen, weil es gefährlich war“, antwortete Toni.
„Na, immerhin ist er tot. Ob das mit dem ominösen, potentiellen Reichtum zu tun hat, müssen wir rausfinden.“
Dember blieb stur. „Für mich ist immer noch der Ehemann die Nummer 1. Dabei bleibe ich.“
„Wir behalten das im Auge.“ Westhoven wollte nicht so recht an die Eifersuchtstheorie glauben. Nach den bisherigen Beschreibungen war Alois Schifflechner wohl eher der cholerische Typ. Paul hielt einen Totschlag im Affekt für möglich, aber so einen Aufwand mit Beton? Mit diesem einfachen Motiv konnte er sich nicht anfreunden.

***

Während Westhoven gegen 22.00 Uhr längst zu Hause war und sich ausgiebig über den Vorladungstermin zum Gefährdungsmeldungssofortdienst des Jugendamtes Köln-Mülheim aufgeregt hatte, machte sich Clemens Moeck alias „die Nas“ auf den Weg in die Innenstadt. Sein Weg führte ihn direkt in eine zwielichtige Spielbank im Belgischen Viertel.
Rodebrecht Waechter hatte ihm immer wieder in den Ohren gelegen, er solle doch mal mitkommen und ein paar Euro beim Roulette setzen. So leicht könne man sein Geld nirgendwo sonst verdienen. Doch Nas hatte stets abgewunken und immer einen Grund erfunden, warum er keine Zeit hatte. Er glaubte nicht an diese Mär, und außerdem passte Rodebrechts Schönfärberei auch so gar nicht zu dessen kargem Lebensstil. Seine letzten Urlaube waren maximal bis zur deutschen Nordseeküste gegangen, ganz anders als noch vor

Jahren, als er eine Kreuzfahrt nach der anderen gemacht und Ansichtskarten aus aller Herren Länder geschickt hatte.
Seinen getunten Smart Roadster parkte er in der unendlich lang erscheinenden Tiefgarage unter den Ringen. Sich immer wieder vorsichtig umschauend, ging er eilig bis zur Eingangstür des Spielcasinos und klingelte. Eine Türklinke suchte man hier vergeblich.
Als sich die Tür öffnete, stand er einem finster dreinblickenden Mann in dunklem Anzug mit kurz geschorenen Haaren gegenüber, der mit seinem voluminösen Körper den Türrahmen ausfüllte.
„Geschlossene Gesellschaft." Seine Stimme klang dumpf, grimmig und abweisend.
„Ich weiß, deshalb bin ich ja hier." Nas zog einen 20-Euro-Schein aus seiner Hosentasche. „Hier, meine Einladung."
Plötzlich hellten sich die Gesichtszüge des Mannes auf. „Warum sagen Sie das denn nicht gleich? Bitte, kommen Sie herein. "
Die Nas ließ sich seine Nervosität nicht anmerken und ging ein paar Schritte bis zum Tresen, wo er sich auf einen der Barhocker setzte und mit schweißigen Händen regelrecht am Handlauf festklammerte. Er konnte seinen eigenen Herzschlag hören und sein Mund war trocken.
Die weibliche Bedienung hinter der Theke war kaum älter als 20 Jahre und hätte mit ihren Körpermaßen durchaus bei einer der Castingshows auf dem Laufsteg mitmachen können. Mit osteuropäischem Akzent fragte sie ihn, ob er was trinken wolle. Kurz darauf leerte er in einem Zug das Kölschglas.
„Noch eins?" Die Frau mit den grünen Augen und dunklen Locken strahlte ihn an.
„Ja, gern." Nas schaute sich um. Er kam sich vor wie in einem amerikanischen Gangsterfilm zu Al Capones Zeiten – schummriges Licht, rauchgeschwängerte Luft, Zocker, die um den Gewinn bibberten.

Mit dem Glas in der Hand schlenderte er zum Roulettetisch und sah sich mehrere Runden an. Die Bank gewann immer. An den anderen Tischen oder beim Black Jack war es nicht viel anders. Die Spieler konnten nur kleine Gewinne für sich verbuchen.
Clemens Moeck ging wieder zur Theke und beugte sich zu der Bedienung herüber.
„Noch was zu trinken?"
„Später. Hör mal, ich suche einen Kumpel von mir. Der wollte eigentlich heute hier sein. Vielleicht kennst du ihn?" Nas zog ein älteres Foto aus der Tasche, das ihn und Rodebrecht Waechter nach einem erfolgreichen Angelausflug zeigte. „Der Rechte da, das ist mein Kumpel. War der heute hier?"
„Ich kann mir keine Gesichter merken. Tut mir leid. Noch was zu trinken?" Sie drehte sich weg, ging zum Ende der Theke und sprach mit einem der Männer, die offensichtlich zum Casino gehörten. Er schaute über ihre Schulter hinweg herüber und nickte kurz. Danach kam sie wieder zu Nas zurück. „Sie sollten jetzt gehen. Es ist hier nicht erwünscht, dass Fragen über andere Gäste gestellt werden. Sind Sie ein Bulle?"
„Nein, ich suche nur meinen Kumpel. Was kriegste für die beiden Kölsch?"
„8,50 EUR." Nas legte einen 10-Euro-Schein auf die Theke, trank sein Glas leer und ging ohne ein weiteres Wort aus dem Casino. Er bemerkte nicht, dass ihm zwei Männer folgten.

***

Gegen 03.00 Uhr ging auf der 112 ein aufgeregter Notruf ein. Ein liebestolles Pärchen hatte im Stadtgarten eine männliche Person mit schwersten Kopfverletzungen gefunden. Der Mann lag neben den Treppen im Gebüsch, nur die Füße ragten auf den schwach beleuchteten Weg. Als er für einen kurzen Moment ansprechbar war, versuchte der Mann etwas zu sagen. Das Pärchen hatte nur das Wort „Überfall" verstehen können, bevor der Mann endgültig das Bewusstsein verloren hatte. Sorgfältig brachten sie ihn in die stabile Seitenlange und achteten darauf, dass sich der Brustkorb hob und senkte.

Es dauerte keine fünf Minuten, da waren bereits zwei Streifenwagen der Polizeiinspektion 1 vor Ort und sperrten den mutmaßlichen Tatortbereich mit rot-weißem Flatterband ab. Wenig später trafen zwei Teams der Kriminalwache ein. Eins davon bildeten wieder KOK Ritter und KHKin Judith Schlowinczyk.

KOK Ritter durchsuchte die Kleidung des Verletzten nach Ausweispapieren, während KHKin Schlowinczyk die Angaben des Pärchens notierte. Schnell stellte sich heraus, was der Mann noch gesagt hatte – und dies deckte sich mit den Erkenntnissen von KOK Ritter. Er hatte weder eine Geldbörse noch Ausweispapiere gefunden.

„Das sieht mir ganz nach einem Fall für das KK 14[57] aus. Dem haben sie eins über die Rübe gezogen und ihn dann beraubt."

„Und wenn der jetzt tot gewesen wäre?" Judith Schlowinczyk ging bei einer so schweren Verletzung davon aus, dass hier auch das KK 11 zuständig sein müsste.

„Ist er aber nicht und außerdem deutet alles auf ein Raubdelikt hin. Mir ist das aber letztlich auch egal, welches Kommissariat das später übernimmt. Soweit ich das in Erinnerung habe, kommt hier nicht das KK 11, solange der noch einen Mucks von sich gibt."

Clemens Moeck, alias die Nas, wurde mit dem Rettungswagen und nach Versorgung durch einen Notarzt in die Uni-Klinik gebracht.

[57] *Fachkommissariat für Raubdelikte*

Bei der anschließenden Computertomographie wurde ein schweres Schädelhirntrauma mit Fissur des knöchernen Schädeldachs festgestellt. Für die weitere Versorgung wurde er ins künstliche Koma versetzt.

***

Dienstag, 07.45 Uhr

Düres fühlte sich nach der letzten Nacht wie gerädert. Er hatte kaum geschlafen, seine Gedanken kreisten und ließen ihn nicht mehr zur Ruhe kommen. In allen Positionen hatte er versucht, einzuschlafen. Auf der linken Seite, dann auf der rechten, auf dem Bauch und auf dem Rücken. Nichts half, nach wenigen Minuten war er wieder hellwach und übermäßig nervös. Angst quälte ihn und ließ ihn nicht schlafen.

Rodebrecht war tot und seit Tagen beherrschte der so genannte Mafiamord von Vingst die Schlagzeilen und Artikel der Tageszeitungen. Jetzt war die Nas auch noch spurlos verschwunden. Er hatte sich verantwortlich gefühlt, weil er den Fachmann für Hologramme, seinen früheren Kommilitonen, in ihr „Projekt" geholt hatte, obwohl er wusste, dass dieser spielsüchtig und vorbestraft war. Er hatte sich aufgemacht, selbst zu recherchieren. Hatten sie sich am Ende mit ihrem Coup wirklich mit der Mafia angelegt? Waren sie nun alle in Gefahr? Er musste unbedingt mit Wolle und Harry sprechen.

Düres griff zum Telefon und wählte Wolles Mobilfunknummer. Nach siebenmaligem Freizeichen meldete sich die Mobilbox mit dem auffordernden Piepton.

„Wolle, he es dä Düres. Mir müsse op jeden Fall meteinander spresche. Dä Harry es suwiesu hück Ovend bei mir. Kumm doch och zo mir in die Firma. Rof misch zorück, wann do kumme kanns. Mir sin do."[58]

Düres legte auf. Nervös ging er ins Fotolabor.

Eigentlich war es seit der Digitalisierung schon lange kein Labor mehr, sondern Düres privates Archiv. Hier lagerten all die Musterexemplare der Fotobände und Sondereditionen, die in der „Kunst- und Offsetdruckerei Schmidt zu Köln" seit dem Gründungsjahr 1952 hergestellt worden waren. Die Türbeschriftung „Fotolabor" war nie entfernt worden, so dass jeder diesen Raum noch so nannte. Nachdenklich betrachtete Düres die drei Pakete im hinteren Regal. Niemand sah den in Packpapier verpackten 56cm x 38,5cm x 10cm großen und 18,4kg schweren Paketen an, dass sie genau eine Million Euro in hervorragend gefälschten Fünfzig-Euro-Noten enthielten. Düres verließ den Raum wieder und schloss ihn sorgfältig ab. Eine halbe Stunde später meldete sein Mobiltelefon den Eingang einer SMS:

„Bin um 20h da, Wolle".

***

Heinz Dember hatte den Joghurt, den ihm Doris neben einer Banane und einem Apfel fürs Frühstück mitgegeben hatte, zur Hälfte gelöffelt, als er im Internet die Webseite des Kölner *Express* aufrief. Eine der Schlagzeilen lautete, dass im Stadtgarten ein Mann brutal überfallen worden war und nun im Koma läge. Der Ermittler wechselte zu den internen Berichten der Kriminalwache. Dort wurde er aber auch nicht schlauer als vorher. Bei dem mutmaß-

[58] *„Wolle, hier ist der Düres. Wir müssen unbedingt reden. Harry ist sowieso heute Abend bei mir. Bitte komm doch auch zu mir in die Firma. Ruf mich zurück, wann du kommen kannst. Wir sind da."*

lichen Raubopfer handelte es sich um einen 58 bis 64-jährigen Mann, offenbar ohne polizeiliche Vorerkenntnisse, also definitiv ohne registrierte Fingerabdrücke, denn ansonsten wäre die Identität schnell geklärt gewesen. Außerdem stand da noch, dass nach Auskunft der Ärzte mit dem Ableben gerechnet werden könne, wenn sich sein Zustand nicht in den nächsten Tagen deutlich verbessern sollte. Als zuständige Dienststelle hatte die Kriminalwache das KK 14 bestimmt.

Dembers Telefon klingelte. Es war Happerschoß. „Burkhard. Was gibt's?", fragte Dember.

„Grüß dich, Heinz. Ich habe diese schillernde Taxifahrerin vernommen. Mein lieber Herr Gesangsverein. Wie biste denn an die geraten?", lachte Happerschoß.

„Das ist 'ne ganz Liebe. Die ist einfach nur hilfsbereit und aus irgendeinem Grund hat sie einen Narren an mir gefressen. Und Doris mag sie übrigens auch. Ich weiß gar nicht, ob ich dir das sagen darf, aber an unserer Hochzeit hat sie uns sogar auch gefahren. Das war ihr Geschenk an uns."

„Warum sollst du mir das nicht erzählen dürfen? Unterliegst du auch dem Irrglauben, dass wir vom 32 nichts Besseres zu tun haben, als den Kollegen was anzuflicken?"

„Ach, Blödsinn. Ich habe mir nach wie vor nichts vorzuwerfen und ihr macht auch nur euren Job. Aber jetzt sag endlich, warum hast du angerufen?"

„Zwei Dinge. Ich werde das Verfahren zur Prüfung und weiteren Entscheidung an die Staatsanwaltschaft schicken. Ich persönlich sehe nämlich keine strafrechtlichen Aspekte. Frau Oehmchen hat dich zwar günstig durch die Gegend kutschiert, aber das war es dann auch schon. Und das heißt, ich werde dich zunächst nicht vernehmen. Es sei denn, es wird staatsanwaltschaftlich verfügt.

Dann melde ich mich wieder bei dir. Aber nach der Aussage deiner „Freundin“ gehe ich persönlich nicht davon aus. Das gilt aber ohne Gewähr, ich kann nicht der Entscheidung vorweggreifen.“

„Und wie geht's dann weiter?“

„Sollte die Einstellung des Verfahrens erfolgen, wird durch die Personalstelle noch ein disziplinarer Überhang geprüft. Aber das müsstest du dann mit denen klären. Wie gesagt, sobald ich eine Entscheidung der Staatsanwaltschaft vorliegen habe, melde ich mich bei dir.“

„Wie lange wird das erfahrungsgemäß dauern?“

„Keine Ahnung. Die beiden Dezernenten bekommen ja nicht nur vom PP Köln die Ermittlungsakten, sondern auch aus dem zuständigen Amtsgerichtsbezirk. Ähnlich so wie unsere Kriminalhauptstellenverordnung. Ihr vom KK 11 seid doch bei Tötungsdelikten auch nicht nur für Köln, sondern für das gesamte Umland zuständig. Also, abwarten und Tee trinken.“

Nach dem Telefonat fühlte Dember sich ein wenig behaglicher. Wenn sich schon der Beamtenermittler zu dieser Bewertung entschließen konnte, vielleicht würde es der Staatsanwalt dann auch so sehen und die Sache wäre endlich ein und für alle Mal erledigt.

***

Etwa zur gleichen Zeit meldete sich die Wache aus der Polizeiinspektion 1 bei Westhoven.

„Hallo, hier ist die PI 1, Fritsche.“ Die weibliche Stimme klang freundlich und angenehm. „Wir haben einen Anruf über ein verdächtiges Fahrzeug bekommen. So wie es aussieht, steht euer gesuchter Volvo auf Ebene 4 des Parkhauses in der Maastrichter Straße, Ecke Brabanter Straße. Ein Streifenwagen ist soeben dorthin unterwegs.“

Westhoven überlegte kurz. „Ist das das Parkhaus, wo nebenan so eine Tabledancebar ist?“
„Kann sein. Weiß ich jetzt nicht. Ist das wichtig? Dann frage ich gleich nach, sobald die Kollegen vor Ort sind.“
„Ach nee, lass mal. Das ist bestimmt das Parkhaus, das ich meine. In der Straße hatten wir vor ewigen Zeiten schon mal ein Tötungsdelikt, wo jemand aus der Türsteherszene erschossen worden ist.“
„Das sagt mir nichts. Kommt einer von euch dahin oder der Erkennungsdienst?“
„Ich schicke gleich ein Team und natürlich auch den ED zum Parkhaus. Es soll bitte niemand den Wagen anfassen, niemand. Auch nicht durch die Scheiben gucken oder sonst was. Okay?“
„Kein Problem, hätten wir sowieso nicht gemacht. Ich gebe den Kollegen dann Bescheid, dass ihr gleich kommt. Ciao.“
Westhoven legte den Hörer auf und ging aus seinem Büro Richtung KK D’Angelo und KOKin Stotzem-Randerath.
„Guten Morgen, ihr zwei. Könnt ihr bitte raus fahren? Irgendwer hat den Volvo entdeckt. Die Kollegen der PI 1 sind gleich vor Ort und sichern alles ab.“
„Prima. Wo steht denn der Wagen?“ fragte D’Angelo.
„Im Parkhaus in der Maastrichter Straße.“
„Ach, das kenne ich. Da parke ich auch immer, wenn ich abends noch in Köln weggehe.“

***

08.05 Uhr.
„Heiiiinz!“ Schmerzverzerrter hatte der Ermittler seinen Namen noch nie gehört.

„Doris, alles in Ordnung?!“ Dembers Puls hatte sich soeben rasant beschleunigt.
„Das Baby, es kommt. Au. Aaaah.“ Doris wurde von der nächsten Wehe erwischt. „Komm schnell.“
„Ich fliege.“ Dember rannte aus seinem Büro. Ein paar Schritte weiter kam er an Westhovens Büro vorbei und rief im Vorbeirennen hinein, dass er sofort nach Hause müsse. Das Baby käme. Als Westhoven etwas erwidern wollte, war es bereits zu spät. Die Zwischentür zum Treppenhaus fiel ins Schloss – Dember war fort.
Keine drei Minuten später raste er mit quietschenden Reifen aus dem gegenüberliegenden Parkhaus und bog Richtung Zoobrücke ab. Wochen später würde er sich dann die Fotos angucken dürfen, welche von den beiden Starenkästen gemacht wurden, als er wie ein Irrer daran vorbeiraste.
Zu Hause angekommen parkte er auf dem Gehweg, verließ ohne abzuschließen den Wagen und rannte hinein. Gerade nicht von einer Wehe beeinträchtigt, war Doris dabei, im Schlafzimmer ihre bereits vorbereitete Geburtstasche zu holen, in der sich ihr Schlafanzug und ähnliches für ein paar Tage Krankenhausaufenthalt befanden.
„Doris! Doris? Alles in Ordnung?“
Bevor sie antworten konnte, kam die nächste Wehe. Doris ließ sich aufs Bett sinken. „Scheiße noch mal, das zieht ja vielleicht! Lass uns fahren!“
Dember nahm die Tasche, packte diese auf die Rückbank und schloss dann die Beifahrertür. Er überholte alle vor ihm fahrenden Fahrzeuge im Gegenverkehr. Nach wenigen hundert Metern schrie sie ihn an: „Heinz, wenn wir nicht heil ankommen, haben wir alle nichts davon! Willst du uns umbringen?“
Doris war erleichtert, als sie das Schild mit der Nummer 47 und

dem Schriftzug „Frauenklinik“ sah. Über die Fahrweise ihres Mannes hatte sie schon fast ihre Wehen verdrängt, als die nächste Welle ihr wieder solche Schmerzen bereitete, dass es sie fast in die Knie zwang, nachdem sie ausgestiegen war. Sie hielt sich an der offenen Wagentür fest. Zum Glück hatte Dember den Wagen in unmittelbarer Nähe zum Haupteingang auf der Kerpener Straße geparkt. So waren es nur noch ein paar Schritte bis zur erlösenden Ambulanz.

***

Arndt Siebert saß auf einem der freien Besucherstühle in Westhovens Büro und erkundigte sich nach dem Stand der Ermittlungen. Der Leiter der MK 6 berichtete dem Kommissariatsleiter von der Aussage Gerd Lindweilers, dem Verhältnis des Opfers zu Susanne Schifflechner und über das vorläufige Sektionsergebnis.
„Zurzeit ist das Kaderteam unterwegs zur Maastrichter Straße, da man in dem Parkhaus dort den vermissten Wagen des Opfers gefunden hat“, berichtete Westhoven.
„Und was ist mit Heinz? Als ich vorhin kam, ist der wie eine gesengte Sau aus dem Parkhaus gerast. Ist es das, was ich denke?“
„Ja! Bestimmt macht er gerade die Hebamme im Kreißsaal kirre. Unser Dember ist außer Rand und Band, wenn es um die Geburt geht. Seit Tagen nervt er schon alle hier. Ich hoffe, es ist kein falscher Alarm und das Baby kommt jetzt auch.“
„Wie machst du das denn jetzt? Brauchst du Ersatz für Heinz?“
„Ehrlich gesagt, ja. Ich kann Toni wohl kaum allein zum Ermitteln rausschicken. Ich habe da aber eine Idee, die uns weiterhelfen könnte und keine weitere Dienststelle belastet“, sagte Westhoven und erzählte Siebert von KHKin Judith Schlowinczyk, die

derzeit auf der Kriminalwache hospitierte, und schlug vor, dass sie die Hospitation doch auch beim KK 11 zu Ende bringen könnte. „Außerdem kennt sie den Fall von Anfang an und auf die Arbeit in einer Mordkommission wäre sie alle Male erpicht. An ihr wird's jedenfalls nicht scheitern."
„Ich kümmere mich darum", sagte Siebert. „Du weißt ja, wie das läuft. Da werden sich unsere KIL[59] 1 und 6 drüber verständigen müssen. Mal sehen, was ich tun kann. Die Idee ist jedenfalls super. Ach ja, vergiss bitte nicht, die Anmeldung für die Kommission zu schreiben und die Tabelle für die Stundenabflüsse zu führen. Du weißt schon."
Westhoven wusste genau, worauf Arndt Siebert anspielte. Für die letzte Kommission hatte Westhoven vergessen, von Anfang an die Tabelle zu führen, die im Anschluss an jede Kommission an die Führungsstelle zu steuern war. Anhand dieser Tabelle konnte nämlich seitens der Leitung lückenlos nachvollzogen werden, wer an welchen Tagen in der Kommission gearbeitet hatte. Westhoven sah in dieser Tabelle überhaupt keinen Sinn – er wollte mit diesen administrativen Dingen auch in Ruhe gelassen werden und sich der Klärung des Falles widmen. Dennoch kam er nicht umhin, sowohl die Anmeldung zu schreiben als auch die Tabelle zu führen, sofern er nicht wieder eine Nachtschicht für die Nachbearbeitung einlegen wollte.

***

Plötzlich musste alles schnell gehen. Der behandelnde Arzt war mit den schwächer werdenden Herztönen des Babys überhaupt nicht

[59] *Abk. für Kriminalinspektionsleiter*

zufrieden und hatte deshalb entschieden, das Baby zur Sicherheit per Kaiserschnitt auf die Welt zu holen. Noch bevor Dember alles begriffen hatte, lag Doris schon seitlich auf der Krankenliege, versuchte, weisungsgemäß ihre Schultern zu entspannen, und machte den Rücken krumm. Nach der nötigen Desinfektion und Lokalanästhesie der Haut zwischen zwei Dornfortsätzen der Wirbelsäule schob der Anästhesist unter ständiger Kontrolle des Einspritzwiderstandes die Nadel vorsichtig ungefähr vier bis fünf Zentimeter tief in den Rücken, bis er widerstandsfrei die Flüssigkeit injizieren konnte. Die Periduralanästhesie bei Doris war erfolgreich. Eine Indikation für die schneller wirkende Spinalanästhesie lag nicht vor. Wie auch immer, Dember kannte den Unterschied sowieso nicht. Hauptsache, seine Doris würde eine schmerzarme Geburt haben und dem Baby würde nichts passieren.

Die laute, nervige Geräuschkulisse der Überwachungsmonitore, die verwirrende Fachsprache des Krankenhauspersonals und die Vorstellung, dass seiner Doris der Unterleib quer aufgeschnitten würde, verursachte bei Dember enormen Stress. Plötzlich wurde ihm schwarz vor Augen; er stolperte und knallte mit dem Kinn auf eine Stuhllehne. Aus der klaffenden Wunde spritzte Blut. Doris war alles andere als begeistert: „Das kann ja wohl nicht wahr sein! Da kippt der einfach um! Wer hat denn hier die Schmerzen auszuhalten? Weichei! Schafft mir diesen Kerl aus den Augen! Statt mir beizustehen, klappt der hier zusammen!"

Kurz darauf wurde er abgeholt und in der Ambulanz mit neun Stichen am Kinn genäht. Er hatte großes Glück, dass er sich nicht die Zähne beim Aufprall verletzt hatte. Den Moment, als der Arzt das Baby ans Licht der Welt brachte und es den ersten Atemzug machte, bekam er leider nicht mit.

***

Der dunkle Volvo von Dr. Waechter stand in der hinteren Ecke auf Ebene 4, quer davor der Streifenwagen der Polizeiinspektion 1. Das Kaderteam parkte vor dem Streifenwagen und Michael Drees, der für den Erkennungsdienst mitgekommen war, stellte seinen Zivilwagen in einer der aufgezeichneten Parktaschen ab.

D'Angelo sah zur Decke. „Wie sollen wir denn hier den Wagen herausbekommen? Der Abschlepper passt hier doch nicht ins Parkhaus und wenn doch, dann aber offenkundig nicht mit einem Wagen auf der Ladefläche."

„Immer locker durch die Hose atmen, Kollege", sagte Drees. „Wir machen das so: Die äußere und innere Spurensicherung, also Finger, Fasern und DNA, mach ich hier im Parkhaus und danach fahre ich den Wagen zur weiteren Begutachtung in die KTU[60]-Garage. Deswegen haben wir ja damals den Zweitschlüssel bei der Hausdurchsuchung mitgenommen. Falls wir den Wagen irgendwo finden."

„Ist das denn erlaubt?" Für D'Angelo war dieser Plan schier unvorstellbar.

„Hast du eine bessere Idee, wie wir den Wagen aus dem Parkhaus bekommen sollen? In dem „Parkhausmord" vor über zehn Jahren haben wir das genauso gemacht. Also, wo ist das Problem? Das Opfer wird sich wohl kaum darüber beschweren."

Michael Drees begann sodann mit der Suche nach Fingerabdruckspuren.

[60] *KTU: Abk. für Kriminaltechnische Untersuchung*

***

Heinz Dember drückte sich das Kühlpack ans Kinn und stand mit Tränen in den Augen vor Doris, die das Baby auf ihrer Brust liegen hatte. Vorsichtig berührte er seinen Jungen und streichelte ihm über den Rücken. Als er sich nach vorn beugte, arbeitete in seinem Kopf ein ganzes Geschwader von Presslufthämmern. Zärtlich küsste er Doris, die noch völlig erschöpft wirkte.
„Das hast du gut gemacht, mein Schatz. Ist unser Kind gesund, fünf Finger, fünf Zehen an jeder Seite?"
„Heinz, du bist mir ja ein Held. Kippst hier einfach um! Was soll ich denn sagen?"
Dember schaute betroffen drein – ihm war das mehr als peinlich. Aber wenigstens hatte Doris sich wieder beruhigt. „Ich wusste schon immer, dass Frauen mehr aushalten als Männer", sagte er kleinlaut.
„Ja, ja. Aber um dich zu beruhigen: Die Hebamme hat dann für dich die Nabelschnur durchtrennt, die erste Untersuchung durchgeführt und ihn versorgt, während ich wieder zugenäht wurde. Kerngesund ist unser Junge und wiegt 3.310g bei 49cm."
„Gott sein Dank! Hast du denn was gespürt, ich meine – du warst ja bei Bewusstsein, trotz dieser komischen Betäubung im Rücken."
„Ich habe alles mitbekommen. Wegen des Tuches konnte ich zwar nix sehen, aber ich habe schon gespürt, wie mir die Bauchdecke geöffnet wurde und das Baby aus mir heraus genommen wurde. Das war richtig komisch, so als wenn man was unter einer Decke hervorzieht. Aber dieses ulkige Gefühl ist nichts im Vergleich zu dem Glücksgefühl, als ich unser Baby das erste Mal gesehen habe. Etwas Schöneres habe ich noch nie zuvor erlebt! Nachdem die Ärzte dann mit mir fertig waren, wurde ich hier ins Zimmer geschoben und

seitdem habe ich unseren Kleinen auf dem Arm."
„Welchen Namen wollen wir ihm geben? Wir hatten ja schon genug in die engere Auswahl genommen."
„Wir nennen ihn Leon. Und sein zweiter Vorname soll Heinz sein, wie sein Vater. Einverstanden?" Ein strahlenderes Lächeln hatte Dember bei Doris noch nie gesehen.
„Leon Heinz Dember – mein Junge", schluchzte Dember. „Das muss ich gleich Paul erzählen."
„Das kannst du später immer noch tun. Willst du ihn mal halten?"
Mit aller Vorsicht hob Dember das Baby von Doris' Brust und nahm es auf den Arm. Mit einem Zeigefinger strich er ihm zärtlich über die Wangen. „Leon Heinz – ich bin's – dein Papa."

***

Arndt Siebert bekam die Rückmeldung seines Kriminalinspektionsleiters, dass der Hospitationsverwendung von Judith Schlowinczyk in der „MK Beton" nichts im Wege stünde. Diese müsse aber erst selbst noch zustimmen.
Westhoven freute sich über die Nachricht. „Keine Sorge, Arndt. Judith wird sich sehr darüber freuen. Geh mal davon aus, dass das klappt."
In die noch geöffnete Tabelle über Stundenabflüsse tippte er also schon ihren Namen, Dienstgrad und ihre Stammdienststelle. Weiterhin aktualisierte er die Meldung für die Kommission – strich also Dember und setzte Schlowinczyk ein.

***

Keine Stunde später stand KHKin Schlowinczyk in Westhovens

Büro. „So, mein Lieber. Jetzt erkläre du mir noch mal bitte, wieso ich meine Hospitation hier bei dir fortsetzen soll. Der KI-Leiter hat mir nur gesagt, einer von deinem Team sei plötzlich ausgefallen und mit einer schnellen Rückkehr sei nicht zu rechnen. Oder hast du einfach Sehnsucht nach mir gehabt?“

Westhoven musste sich konzentrieren, denn allein Judiths Anwesenheit brachte ihn aus dem Konzept. „Da ist mal wieder nur die Hälfte an Informationen transportiert worden“, sagte er. „Die Erklärung ist ganz einfach: Kollege Dember ist hier heute Morgen abgedüst und steht wahrscheinlich jetzt bei seiner Frau im Kreißsaal. Und ich gehe nicht davon aus, dass er morgen wieder hier ist.“

„Na prima. Ich habe jedenfalls Zeit und schwanger bin ich gerade auch nicht.“

Paul Westhoven ging mit ihr ins Büro von Toni Krogmann und stellte sie einander vor. Als vorübergehenden Arbeitsplatz übernahm sie Dembers Schreibtisch.

„Hi, ich bin die Judith. Wir kennen uns ja schon flüchtig vom See.“

„Ach ja, stimmt. Ich bin Antoinette – kannst gern Toni sagen. Alle hier nennen mich so.“ Sie erzählte ihr das bisherige Ermittlungsergebnis und fragte, warum ausgerechnet sie nun für Dember einspringen würde. Sie gehöre doch überhaupt nicht zum Kaderteam.

„Paul hat mich persönlich angefordert. Und da habe ich natürlich sofort ja gesagt. Was steht denn für heute an, Toni?“

„Wir beide kümmern uns heute nochmal um diesen Alois Schifflechner. Ich glaube zwar immer noch nicht an Dembers Theorie, aber wenn Paul dich angefordert hat, dann kennst du ihn und weißt, dass er diese Theorie trotzdem abgeklärt haben will.“

***

Kurz vor der Mittagspause der Apotheke erreichten die beiden Ermittlerinnen Odenthal. Alois Schifflechner bekam große Augen, als er Toni Krogmann sah. Mit beschwichtigenden Gesten bedeutete er ihnen, dass er kein Aufsehen bei den Kundinnen im Laden erregen wollte. Er übergab sein Kundengespräch an eine Mitarbeiterin und kam vor die Tür.
„De Kommissarin scho wieda. I muaß orbatn. Wos gibt's den no?“[61] Schifflechners Tonfall war nicht gerade freundlich.
„Das müssen wir auch. Also, Sie haben jetzt die Möglichkeit, Ihre Mittagspause zu nutzen und mit uns zu kommen, oder ich lade Sie für morgen früh um 07.30 Uhr ins Präsidium nach Kalk. Wir brauchen Ihre Aussage. Sie entscheiden, Herr Schifflechner“, sagte Judith Schlowinczyk.
Alois Schifflechner hatte scheinbar nicht mit einer so resoluten Beamtin gerechnet und wurde ganz kleinlaut.
„Herrschaftszeiten...wenn' s unbedingt sei muaß..... I sog grod drin bscheid, das I glei weg bin.“[62]

***

„So, fertig. Zumindest hier vor Ort. Wir packen jetzt unsere Sachen wieder zusammen und dann fahre ich den Volvo nach Kalk. Dort machen wir weiter“, resümierte Drees.
KK D'Angelo und KOKin Stotzem-Randerath hatten Michael Drees und den anderen Kollegen vom Erkennungsdienst bei der

[61] *„Meine Damen. Ich muss arbeiten. Was gibt es denn noch?“*

[62] *„Lieber Himmel...wenn's unbedingt sein muss. Ich sage nur eben drinnen Bescheid, dass ich jetzt weg bin.“*

Spurensicherung zugesehen.
„Wonach wollt ihr denn jetzt noch suchen? Ihr habt zig Folien zur Fasersicherung geklebt, nach Fingerspuren gesucht und über ein Dutzend Wattestäbchen verrieben, um DNA zu sichern“, sagte D’Angelo.
„Es gibt viele Dinge, Kollege, die kannst du mit bloßem Auge nicht sehen. Dafür setzen wir dann unsere forensische Lichtquelle ein. Vielleicht haben wir ja Glück und finden was. Ich will versuchen festzustellen, ob das Opfer hier eventuell im Kofferraum transportiert wurde.“
„Auch wenn ich jetzt vielleicht wie ein blutiger Anfänger rüberkomme – was ist das für ein Licht, womit du so was feststellen könntest? Das habe ich noch nie gehört und das war auch nie Thema im Kriminalistikunterricht an der Fachhochschule.“
„Also, hier die Kurzfassung: Die forensische Lichtquelle erzeugt ein spezielles Licht, das mit sechzehn Hochleistungs-LEDs eine starke Illumination mit optimalen Wellenlängen kombiniert. Für unsere Zwecke nutzen wir grundsätzlich eine Lichtstärke von 320 – 450nm. Durch dieses Zusammenspiel können in der Regel unterschiedlichste Arten von Beweisstücken fluoreszierend und somit für das menschliche Auge sichtbar gemacht und lokalisiert werden. Im besten Fall können wir dann gefundene Haare, Blut oder auch andere Körperflüssigkeiten fotografisch sichern. Alles klar?“
„Klingt logisch. Aber ist das nicht ziemlich hell und schädlich für die Augen, wenn man reinguckt? Ich stelle mir das so hell vor wie beim Schweißen. Da kann man doch auch nicht ohne Schutz hingucken.“
„Stimmt. Hab ich noch gar nicht erwähnt. Hätte ich aber noch. Später in der KTU-Garage. Wir warnen immer die Kollegen, nicht ohne entsprechende Schutz- bzw. Sperrfilterbrille ins Licht

zu schauen. Das könnte dann ziemlich wehtun – gelinde ausgedrückt."

***

Alois Schifflechner war anzusehen, dass es ihm überhaupt nicht gefiel, dass er mit zwei Frauen über seine Ehe reden sollte. Nur widerwillig hatte er seine Personalien angegeben und bei der Frage nach seinem Beziehungsstatus regimentsartig *„I bin traut"*[63] gesagt. Nach einer guten dreiviertel Stunde erhitzten sich die Gemüter auf beiden Seiten. KHKin Schlowincyzk wurde deutlich: „Dieses ganze Rumgeeiere hier bringt uns nicht weiter. Wir drehen uns jetzt seit 45 Minuten im Kreis. Ich frage Sie jetzt zum allerletzten Mal: Haben Sie von dem Verhältnis zwischen Ihrer Frau und Dr. Waechter gewusst? Ja oder Nein?"
„Jo, aba mei Weib ko nix dafüa. Da *feine Doktor*, der hod si an mei Susanne ro gmacht, der Saulump!"[64]
„Und haben Sie Ihre Frau von einem Detektiv beschatten lassen – ja oder nein?"
Alois Schifflechner antwortete etwas zögerlich: „Erst nachad, zerscht hob I's selba versuacht. Nachad hob I ma denkt, dass die Susanne wos gmerkt hod. Dann bin I zu dem Dedektiv ganga. Des hod mi an haufa Geid kost, aba nachad hob I a Gwissheid kappt."[65]
„Welche Detektei war das?"

[63] *verheiratet*

[64] *„Ja, aber meine Frau kann nichts dafür. Dieser feine Doktor hat sich einfach an meine Susanne heran gemacht."*

[65] *„Später ja. Anfangs habe ich es noch selbst versucht. Dann aber hatte ich den Eindruck, dass meine Susanne was gemerkt hat. Da bin ich dann zu diesem Privatdetektiven gegangen. Das hat mich eine schöne Stange Geld gekostet, aber dann hatte ich wenigstens Gewissheit."*

„A groaße, do in Köln. I woit doch koan aus'm Bergischn. Des war ma wegn de Leid ned recht gwesn. Des Ganze is ma ned so recht gwesn."[66]

„Der Name?"

Alois Schifflechner kramte seine Geldbörse hervor und zog eine Visitenkarte heraus, auf der als Symbol ein Auge aufgedruckt war.

„Des war de Detektei Groß & Größer in Köln, do am Hohenzollernring."

„Von wann bis wann lief die Beauftragung?"

„Des laft imma no!"

„Wieso das denn?", fragte Schlowinczyk erstaunt. „Dr. Waechter ist doch tot – oder gab es gar noch mehr Geliebte Ihrer Frau?"

Alois Schifflechner verlor die Fassung. Wutentbrannt sprang er von seinem Stuhl auf und schlug mit der Faust wuchtig auf den Schreibtisch. „Jetz iss aba guad, Kreizkruzefix noamoi, a so a Frechheit, des muaß i ma ned bietn lossn. I mecht sofort an Adwokat sprecha."[67]

Toni Krogmann mischte sich ein: „Hinsetzen! Sofort! Wir sind hier nicht sonstwo. Und wenn Sie einen Anwalt sprechen wollen – bitteschön, Sie können gern jemanden anrufen, falls Sie der Meinung sind, dass Sie einen nötig haben."

Alois Schifflechner zischte zurück: „A, de Adwokatn kenna eh nix macha und kostn nur an haufn Geid. I hob schon gnuag ausgebn. I hob nix gmacht, I braoch koan Adwokat!"[68]

„Was denn jetzt, Anwalt ja oder nein?", fragte Schlowinczyk.

[66] *„So eine Große. Hier in Köln. Ich wollte doch keine aus Bergisch Gladbach. Das wäre mir viel zu peinlich gewesen. Das Ganze hier ist peinlich."*

[67] *„Jetzt reicht's mir aber, [bayerischer Fluch], so eine Frechheit muss ich mir nicht bieten lassen. Ich will sofort einen Anwalt sprechen."*

[68] *„Ach, diese Advokaten können ja auch nichts machen und kosten nur Geld. Ich habe schon genug für die Detektei ausgegeben. Ich habe nichts gemacht, ich brauche keinen Anwalt."*

Nachdem Schifflechner wiederholt verneinte, wurde dies als Anmerkung in die Vernehmung protokolliert.
Der Zeuge erklärte dann, dass er einfach nicht dazu gekommen sei, den Auftrag zu beenden. Er sagte weiterhin aus, dass die Detektei ausschließlich seine Gattin beschatten sollte und nicht noch weitere Personen.
„Schade eigentlich, vielleicht hätte die Detektei uns sonst einen Tipp geben können, wo Dr. Waechter vor seinem Tauchgang gewesen ist." Schifflechner schwieg. Wenn er einem den Tod gewünscht hatte, dann diesem Doktor, der mit seiner Frau rumgevögelt hatte.
„Kon I wieda gehn? I mua no glei in de Apothekn."[69]
Nachdem der Zeuge die Vernehmungsniederschrift gelesen und unterschrieben hatte, verabschiedete er sich mit einem gutturalen „Grüß Gott".
Toni Krogmann wendete sich zu Judith Schlowinczyk: „Er ist nicht der Mörder von Dr. Waechter. Davon bin ich immer noch überzeugt."
„Da stimme ich dir zu. Ich bin jetzt schon gespannt, ob wir noch was über die Schifflechners hören werden."

***

KK D'Angelo und KOKin Stotzem-Randerath folgten dem Volvo, den Michael Drees zum Präsidium fuhr. Vor dem Volvo fuhren die anderen Kollegen des Erkennungsdienstes. Keine fünfzehn Minuten später durchquerten alle drei Fahrzeuge die schwere Schiebetür auf der Rückseite des Polizeipräsidiums.
Drees lenkte den Volvo bis in die KTU-Garage und KK D'Angelo

[69] *„Kann ich denn jetzt wieder gehen? Ich muss gleich wieder in die Apotheke."*

parkte den Zivilwagen gegenüber deren Einfahrt.
„So, dann kommt mal rein, ihr beiden. Wir machen das Tor zu, wenn wir gleich mit dem forensischen Licht arbeiten." Drees betätigte den Schalter für das Garagentor und während dieses sich schloss, holte er aus dem Schrank die kleine Apparatur. Bevor er diese einschaltete, verteilte er die Schutzbrillen und wies noch einmal ausdrücklich darauf hin, dennoch nicht direkt in den Lichtstrahl zu schauen.
Gebannt schauten die beiden Ermittler zu, wie Drees Zentimeter für Zentimeter des Wageninneren absuchte. Nach einer guten Viertelstunde verkündete er das Ergebnis:
„Wie ihr selbst sehen konntet, war nichts zu sehen. Die Karre ist wie klinisch gereinigt. Entweder hatte unser Opfer einen extremen Reinigungsfimmel oder jemand anderes hat hier ganze Arbeit geleistet."
„Also können wir nicht feststellen, ob Dr. Waechter möglicherweise mit seinem eigenen Wagen zum See verbracht und versenkt wurde?", fragte KOKin Stotzem-Randerath.
„Ich kann nur sagen – und das werde ich auch in meinen Untersuchungsbericht schreiben – dass ich keinerlei Spuren mittels des forensischen Lichts feststellen konnte. Nicht mehr und nicht weniger."
„Und was ist mit der Untersuchung des Erdreichs? Man könnte doch die Vegetation am See mit dem Dreck im Profil der Reifen vergleichen. Oder?", fragte KK D'Angelo.
„Kollege, vielleicht hast du es einfach nur nicht mitbekommen, aber auch das haben wir schon im Parkhaus gesichert. Viel Dreck war das aber nicht – ich erwarte auch hier keine großartige Wendung des Falles."
„Vielen Dank für deine Unterstützung, Michael. Wenn du uns hier

nicht mehr brauchst, dann gehen wir mal rüber zu Paul und erzählen ihm alles", sagte KOKin Stotzem-Randerath.
„Geht ruhig. Und falls er fragt: Den vorläufigen Bericht über alles, was wir alles gesichert haben, maile ich ihm morgen vorab zu."

***

Gegen 17.00 Uhr saßen Paul Westhoven und seine zwei Ermittlungsteams zusammen im Besprechungsraum des KK 11. Westhoven, D'Angelo und Toni Krogmann tranken alkoholfreies Kölsch, während Sigrid Stotzem-Randerath und Judith Schlowinczyk sich lieber an eiskalten Orangensaft hielten.
„Hat sich eigentlich Dember mal gemeldet? Ist das Baby schon da oder was ist jetzt?", fragte Toni.
„Woher soll ich das wissen? Keine Ahnung. Bei mir hat er sich jedenfalls nicht gemeldet", sagte Westhoven.
„Komm, dann rufen wir ihn an! Ich bin neugierig, ob es schon ein kleines, schreiendes Demberlein gibt." Westhoven tippte Dembers Mobilfunknummer in die Tastatur und schaltete auf Lautsprecher.
„Dember", flüsterte Heinz.
„Hallo, Heinz, wird sind's, deine MK. Wie sieht's aus? Wir sind alle sehr gespannt."
„Pst, ich kann nicht so laut reden. Der kleine Leon Heinz schläft. Aber danke für euren Anruf. Tut mir leid, dass ich noch nicht angerufen habe. Aber hier war es ziemlich turbulent."
„Herzlichen Glückwunsch!", schrie die „MK Beton" im Chor.
„Jetzt erzähl doch mal, wie war es? Wie ist das so, das erste Mal Vater zu werden?", fragte Toni.
Heinz Dember erzählte von den zwei Starenkästen auf der Zoobrücke, seiner rasanten Autofahrt und der schimpfenden Beifahrerin

Doris und dann vom Kaiserschnitt.
„Und? Was war das für ein Gefühl, als du das Baby zum ersten Mal gesehen hast? Jetzt sag schon!"
„Also, der kleine Racker ist 49cm groß und wog bei der Geburt 3.130g."
„Heinz, was verschweigst du uns? Ist wirklich alles in Ordnung?", fragte Toni Krogmann.
Heinz Dember erzählte nun von seinem Zusammenbruch, und dass seine Wunde mit neun Stichen genäht werden musste. Gelächter brach im Besprechungsraum aus.
„Mensch, Heinz, du bist und bleibst ein Pechvogel", lachte Toni. „Wenn es irgendwo ein Fettnäpfchen gibt, dann bist du der erste, der es findet. Aber mach dir nix draus, beim nächsten Baby wird alles anders. Und du bist in guter Gesellschaft. Ich habe schon öfters gehört, dass Männer bei der Geburt schlapp machen."
„Ja, genau. Wie heißt es doch: Wenn Männer Kinder kriegen müssten, dann wäre die Menschheit ausgestorben", lachte Judith Schlowinczyk.
„Hast du schon überlegt, wie lange du jetzt zu Hause bleiben und Babypause einlegen willst?", fragte Westhoven.
„Wie lange wäre es denn möglich? Der Kaiserschnitt war ja nicht geplant und da würde ich Doris schon mehr zur Seite stehen wollen."
„Mach dir erstmal keinen Kopp. Judith übernimmt solange deinen Part, jedenfalls solange sie hier bei uns hospitiert. Und das dauert noch ein Weilchen."
„Das beruhigt mich; ich hatte schon ein schlechtes Gewissen. Ich sage Bescheid, wenn ich mit Doris darüber gesprochen habe. Was hat eigentlich die Sache mit dem Schifflechner ergeben, hat er den Mord gestanden?"

„Heinz, vergiss den und kümmere dich um deine Familie. Wir machen das schon. Also, liebe Grüße an die junge Mutter und nochmals herzlichen Glückwunsch von uns allen."
Westhoven legte auf.
„Ich werde morgen auf der Dienststelle herumgehen und den obligatorischen Obulus für ein Geschenk sammeln", sagte Toni.
„Gut, mach das. Für heute machen wir dann Schluss und morgen früh besprechen wir das weitere Vorgehen. Seid also bitte alle wieder um halb acht hier."

***

„Kannst du mich vielleicht ein Stück mitnehmen, Paul? Ich bin heute Morgen mit öffentlichen Verkehrsmitteln gekommen, aber darauf habe ich jetzt so gar keinen Bock", fragte Judith Schlowinczyk.
„Kein Problem, klar kann ich dich mitnehmen und irgendwo absetzen. Wo musst du denn überhaupt hin?"
„In deine Richtung", sagte sie mit samtiger, schmeichelnder Stimme.
„Ich fahre aber nach Odenthal", sagte Westhoven. Er verstand die eindeutige Anspielung nicht. Oder er wollte sie nicht verstehen. „Anne ist bei ihren Eltern und wir essen dort alle zusammen. Mein Schwiegervater hatte vor kurzem einen Herzinfarkt, und seitdem hilft Anne ihrer Mutter noch mehr als vorher. Sie hat einfach Sorge, dass Alfons noch einen Herzinfarkt bekommt und sie nicht da ist."
„Alfons?"
„Ja, Alfons Stern, so heißt mein Schwiegervater. Liegt Odenthal in deine Richtung?"
„Ach nee, dann lass mal. Völlig falsche Richtung. Ich komme schon irgendwie weg."

Gut dreißig Minuten später parkte Westhoven sein Auto vor dem Haus in Odenthal und schloss die Haustüre auf. Anne saß mit ihren Eltern im Wohnzimmer. Sie sprachen über die bevorstehenden Feiertage, Weihnachtseinkäufe und Sylvester – auch wenn diese noch Wochen entfernt waren. Westhoven war jedenfalls noch gar nicht in Weihnachtsstimmung.
Er begrüßte seine Schwiegereltern wie üblich mit einer Umarmung und Anne zusätzlich mit einem Kuss.
„Und Paul, habt ihr schon eine heiße Spur?“, fragte Alfons Stern.
„Nichts Konkretes. Das ist ein ganz schön verzwickter Fall. Bis auf ein paar vage Hinweise und eigene Vermutungen gibt's noch nicht viel, was uns bisher weitergebracht hat.“
„Ach komm, jetzt essen wir erst einmal. Deine Schwiegermutter hat leckere Rouladen mit allerlei Beilagen gekocht. Das magst du doch so gern. Dazu machen wir uns eine gute Flasche Rotwein auf.“
Wenig später genossen sie alle das Abendessen. Westhoven steckte sich gerade eine Kartoffel in den Mund, als sein Mobiltelefon den Eingang einer Kurznachricht meldete. Ihm wurde heiß und kalt, als er las, was auf dem Display stand: *„Meine Tochter übernachtet heute bei einer Freundin und ich komme grad aus der Dusche. Ist Odenthal weit weg? :-) Judith.“*
Anne fragte nach, ob es wichtig sei und ob er weg müsse. Wenn Westhoven allerdings eins wusste, dann, dass er, wenn er jetzt zu Judith fahren würde, den größten Fehler seines Lebens begehen würde. Er wich aus: „Nichts Wichtiges. Ich mach das Ding jetzt aus. Vor morgen früh will ich nicht mehr erreichbar sein.“
Anne flüsterte ihm ins Ohr: „Dann weiß ich schon, was wir zwei nachher zu Hause noch Schönes machen können.“

***

Toni Krogmann war an diesem Dienstagabend mit Laura noch ins Fitnessstudio gefahren. Ihre Partnerin war seit Monaten in einem Zumba-Kurs und hatte Toni überredet, mitzukommen. Sie schwor auf diese Mischung aus Aerobic und lateinamerikanischen Tänzen, die zur Belastungsintensivierung mit Kniebeugen und Ausfallschritten begleitet wurden.

Gemeinsam schwitzten sie nun in ihren engen Gymnastikhosen. Sie bewegten sich rhythmisch zur Musik und versuchten, die Tanzschritte der Kursleiterin nachzumachen, während sie sich immerzu zärtliche Blicke zuwarfen.

Die Gemeinschaftsdusche im Studio nutzten sie an diesem Abend nicht, sondern machten sich eilig auf den Weg nach Hause. Dort wollten sie duschen. Ungestört. Zusammen…

***

Mittwoch, 07.30 Uhr

Westhoven saß schon wieder im Büro, trank gerade seine erste Tasse Kaffee und genoss einen Schokoriegel, als Judith Schlowinczyk im Türrahmen stand.

„Hast du meine SMS nicht bekommen?"

„Doch, habe ich. Und fast hätte Anne sie auch gelesen. Ich glaube nicht, dass sie darüber begeistert gewesen wäre. Was sollte das denn?"

„Krieg's doch selber raus." Judith warf ihm eine Kusshand zu und ging zu Toni ins Büro. Die Ermittlerin machte einen unglaublich fröhlichen Eindruck auf Judith.

„Moin moin, Judith. Hattest du auch einen schönen Abend?"

„Ging so. Und du?"
„Es war toll. Gestern war ich zum ersten Mal mit Laura in ihrem Zumba-Kurs. Echt geil, wir waren total ausgelaugt. So, dann werd ich mal gleich für Dember sammeln."
„Und was soll ich machen?"
„Trink dir doch in der Zeit eine Tasse Kaffee. Ich brauche nicht lange."

***

Westhoven leitete die Frühbesprechung. „Sigrid, du und Guido, ihr kümmert euch heute um diese Detektei und fragt dort nach, ob sie nicht doch unser Opfer observiert und was über sein plötzliches Verschwinden mitbekommen haben. Toni, ihr beide geht gleich mal zu den Glücksspielsachbearbeitern beim KK 34 und fragt, welche Spielcasinos rund um das Parkhaus in der Maastrichter Straße in Frage kommen, wo unser Opfer gewesen sein könnte."
Toni war mit ihren Gedanken noch immer beim Geschenk zur Geburt: „Sollen wir auch noch das Geschenk besorgen?"
„Was für ein Geschenk?"
„Für Dember? Zur Geburt? Schon vergessen?"
„Von mir aus, es wäre prima, wenn ihr das besorgen könntet. Wir können ja später versuchen, dass wir alle gemeinsam ins Krankenhaus fahren und das Baby bewundern. Aber nicht, bevor wir nicht unsere Sachen hier erledigt haben."

***

Düres und Harry hatten die Situation, in der sie sich befanden, schon mehrfach durchgesprochen, als Wolle gegen 20.00 Uhr in der Druckerei eintraf. Die Angestellten waren schon vor drei Stun-

den gegangen und so waren sie ungestört.
„Wolle, och e Kölsch? Isch han noch a paar Fläschelscher Jaffel kalt lije."[70]
Ohne eine Antwort auf diese wohl eher rhetorische Frage abzuwarten, ging Düres zum Kühlschrank und holte drei neue Flaschen Kölsch. Er setzte sich wieder und sah Wolle an.
„Dä Harry un isch han uns en dr Zick schon ens drüver ungerhalde. Mir sin an för sisch dr Meinung: Die Kess es uns zo heiß jewode. Unsere Hollo-Physiker es duud. Die Nas es sick Daare wie vum Ädboddem verschlöck. He jeht nit an et Händy und als isch bei im klingele wollt, soh isch, dat dä Breefkaste üvverleef. Dat es mieh als unjewöhnlisch und dat määt mir en Driss-Angst. Die Zeidunge, besonders dä Express, schrieve laufend vum orjaneseete Verbreschen. Wat es, wann mer wirklisch dä Mafia or wäm och immer op de Föös jetrudde sin? Isch ben jespannt wie ne Flitzebore, ov un wann mer die Nas met Betongstivvele irjendwo erusfische deit. Ob mer dä üvverhaupt noch ens sinn oder jet vun im hüüre. Isch jläuv, mer sin unsers Levvens nit mieh sischer. Isch han de Schnüss voll. Isch will endlisch widder roisch schlofe künne."[71]
Wolle nahm einen tiefen Schluck aus seiner Bierflasche. „Als wir am Elften im Elften die Idee hatten, es allen noch mal zu zeigen, dass wir noch lange nicht zum alten Eisen gehören, haben wir uns

[70] *„Wolle, auch ein Kölsch, ich habe noch ein paar Flaschen Gaffel kalt."*

[71] *„Harry und ich haben uns in der Zwischenzeit schon mal unterhalten. An für sich sind wir einer Meinung: Die ganze Kiste wird uns zu heiß. Unser Holo-Physiker ist tot. Die Nas ist seit Tagen wie vom Erdboden verschluckt. Er geht nicht an sein Handy und als ich bei ihm klingeln wollte, sah ich den überquellenden Briefkasten. Das ist mehr als ungewöhnlich und das macht mir eine Scheiß-Angst. Die Presse, besonders der Express, schreibt dauernd vom organisierten Verbrechen. Was ist, wenn wir wirklich der Mafia oder wem auch immer auf die Zehen gestiegen sind? Ich bin gespannt, ob und wann die Nas mit Betonfüßen irgendwo rausgefischt wird. Wenn wir den überhaupt noch mal wiedersehen oder was von ihm hören. Anscheinend sind wir unseres Lebens nicht mehr sicher. Ich habe die Schnauze voll. Ich will endlich wieder ruhig schlafen können."*

nicht die Folgen überlegt. Heute wissen wir, was wir können. Wir können im Prinzip aufhören. Was meint ihr?" Wolle schaute die beiden anderen an.
„Aber wie?" warf Harry ein.
Düres atmete tief durch. „Mir stonn dofür jrad, wat mer jedonn han. Mir sin doch kein Wäschlappe. Isch schlare vür, mir jon zur Krim un maachen reine Desch. Mir han doch noch nie jet anjestellt, su schlemm kann dat nit wäde. Usserdem han mer keine Sching fottjejovve. Dat wed bestemp berücksischtischt."[72]
Harry: „Düres, vertu dich nicht. Es geht hier nicht um Eierdiebstahl. Aber du hast Recht, wir müssen reinen Tisch machen. Das ist auf jeden Fall besser, als in Betonstiefeln zu sterben."
„Morgen gehen wir zur Kripo", sagte Wolle. „Ich möchte das Ganze vom Hals haben, egal was daraus wird."

***

Am nächsten Morgen fuhr Düres in die Innenstadt, um vier Aktenkoffer zum Transport der Blüten und der Platten zu kaufen. Er fuhr direkt zur Breitestraße 48, zu dem ältesten Fachgeschäft in Köln. Als er der versierten Verkäuferin die Wunschmaße 56 cm x 40 cm x 11cm für seine Aktenkoffer nannte, traute er seinen Ohren nicht.
„Sie wünschen also einen Aktenkoffer in den Normalmaßen?"
Wie viele Kölner fuhren mit einer Million Euro im Aktenkoffer durch die Gegend, beziehungsweise nach Lichtenstein, dass diese Maße Normalmaße wurden? Düres kaufte vier der Aluminiumkof-

[72] *„Wir stehen dafür ein, was wir getan haben. Wir sind doch keine Waschlappen. Ich schlage vor, wir gehen zur Kripo und machen reinen Tisch. Wir haben noch nie etwas angestellt, so schlimm kann es nicht werden. Außerdem haben wir keinen einzigen Schein in Umlauf gebracht. Das wird bestimmt berücksichtigt."*

fer und sah plötzlich in jedem Aktenkofferträger einen potentiellen Geldboten.

Als Harry und Wolle wie verabredet in die Druckerei kamen, standen die Aktenkoffer fertig gepackt im Büro von Düres Schmidt. Gemeinsam fuhren sie in Wolles Wagen nach Kalk zum Walter-Pauli-Ring 6 ins Polizeipräsidium. Allen dreien war es sehr mulmig zumute.

Als die drei mit der Klappkarre beladen mit vier Aktenkoffern den Eingangsbereich am Walter-Pauli-Ring 6 des Polizeipräsidiums betraten, erregten sie sofort die Aufmerksamkeit aller Anwesenden. Drei gut gekleidete Sechzigjährige mit diesem Gepäck waren kein alltäglicher Anblick. Düres, der sich schon am Vormittag nach der sachbearbeitenden Dienststelle erkundigt und den Termin vereinbart hatte, ging zu dem hinter einer Glasscheibe sitzenden Pförtner, und bat ihn, KHK Natorp vom KK 34 zu benachrichtigen. Dieser wisse Bescheid und würde dann herunterkommen, um ihn abzuholen.

Minuten später begrüßte der Ermittler für Falschgelddelikte die drei Besucher. Mit Erstaunen sah er auf die vier Aluminiumkoffer. Er konnte seine Neugier kaum zügeln, denn Düres Schmidt hatte nur den Termin vereinbart und erklärt, dass es sich um Falschgeld handele, die genauen Umstände jedoch nicht erläutert.

Im Büro angekommen, legte Harry die vier Koffer nebeneinander auf den Besprechungstisch.

Düres hatte schon Platz genommen und begann ohne Umschweife mit seiner Aussage, die er sich in seiner schlaflosen Nach überlegt hatte.

„Här Natorp, mir wolle e Jeständis avläje. Mir wolle uns selvs wäje dr Herstellung vun Falschjeld anzeije.“[73]

[73] *„Herr Natorp, wir wollen ein Geständnis ablegen. Wir möchten uns selbst wegen der Herstellung von Falschgeld anzeigen.“*

Wie um den Satz zu unterstreichen öffnete Harry die vier Koffer. KHK Natorp blieb der Mund offen stehen. Damit hatte er bestimmt nicht gerechnet: drei Koffer bis an den Rand voll mit Bündeln von 50 Euroscheinen. Eine solche Menge Banknoten hatte er das letzte Mal in der Landeszentralbank gesehen. Der vierte Koffer enthielt die Druckplatte. Obenauf lag ein kleiner, unscheinbarer USB-Stick. KHK Natorp griff, ohne etwas zu dem Trio zu sagen, zum Telefon. Er wählte den Anschluss seines Kommissariatsleiters.
„Klaus, es wäre gut, wenn du zu mir ins Büro kommen könntest."
„Grad ist schlecht, hier bei mir sitzen drei Kommissaranwärter mit einem Kollegen von der Ausbildungsleitung. Später!"
„Es wäre schon gut, wenn du direkt kommen könntest. Oder hast du schon mal drei Koffer voller Falschgeld gesehen, die dir von den Fälschern frei Haus geliefert werden?" Einen Moment herrschte Stille in der Leitung. Dann sagte der Erste Kriminalhauptkommissar (EKHK) Klaus Lubitz: „Ich bin sofort da. Moment."
Lubitz hatte sein Büro direkt nebenan. So dauerte es nur wenige Sekunden, bis er den Raum betrat. Wie angewurzelt blieb er in der Tür stehen. Der Anblick der vier geöffneten Aktenkoffer machte auch ihn kurzfristig sprachlos.
„Und das soll alles Falschgeld sein?", brachte er dann heraus.
„Mir wolle e Jeständnis avläje. Mir möschte uns selvs dr Herstellung vun Falschjeld anzeije. Dat sin die drei Millione, die mir han. In däm Koffer do sin die Druckplaate, Filme und dä USB-Stick met dene Daten."[74]
Lubitz schüttelte den Kopf. „Ich verstehe nicht. Warum tun Sie das? Wieso zeigen Sie sich selbst an? Bei dieser Menge Falschgeld

[74] *„Wir wollen ein Geständnis ablegen. Wir möchten uns selbst der Herstellung von Falschgeld anzeigen. Das hier sind die drei Millionen, die wir haben, in dem Koffer da sind die Druckplatten, Filme und der USB-Stick mit den Programmdaten."*

kommen Sie alle garantiert ins Gefängnis."
„Immer noch besser, als im Leischehus ze lande. Uns wäd die Saach zo heiß. Einer vun uns wod schon kapüngelt, ne andere es einfach fott. Dä Dude in Vingster See wor einer vun uns. Mir wolle nit och su ende. Deshalb nempt die Blöte, nempt uns fass, evver helft uns, dat mir nit esu ende wie unsere Fründ oder wie die Nas, also wie dä Clemens Moeck, vun däm mir nit wesse, wo un wat met im es.[75]"
Klaus Lubitz wusste sofort, worüber der Mann sprach. Das Tötungsdelikt – der Mann mit Betonfüßen im Vingster Freibad – war von Arndt Siebert in der Dienststellenleiterbesprechung vorgetragen worden.
„Bei dieser Menge an Falschgeld werde ich unseren Direktionsleiter am besten direkt anrufen. Derart wichtige Informationen sollte er sofort erfahren. Bestimmt kommt er dann herüber, um sich aus erster Hand zu informieren. Bin gleich wieder da", sagte EKHK Lubitz.
Er verließ den Raum, ging zurück an seinen Schreibtisch und rief den Kölner Kripochef Bert Stellmacher an. Dieser war gerade aus einer Besprechung mit dem Präsidenten gekommen, als ihn der Anruf erreichte. Klaus Lubitz schilderte in wenigen Sätzen den Sachverhalt.
Minuten später stand Bert Stellmacher in seinem Büro.
Da die drei geständigen Täter sowieso mit Sicherheit ihre Aussage schon abgesprochen hatten, hielten sie es für das Beste, diese erst einmal gemeinsam anzuhören, um möglichst schnell einen Über-

[75] *„Immer noch besser, als im Leichenschauhaus zu landen. Uns wird die Sache allmählich zu heiß, wir haben Angst. Einer von uns wurde bereits ermordet, ein anderer ist verschwunden. Der Tote im Vingster See war einer von uns. Wir wollen nicht auch noch so enden! Deshalb nehmen Sie die Blüten, nehmen Sie uns fest, aber helfen Sie uns, dass wir nicht so enden wie unser Freund oder wie „die Nas", also wie Clemens Moeck, von dem wir nicht wissen, wo er ist und was mit ihm ist."*

blick über den Gesamtkomplex und die Verbindung zu dem Leichenfund zu erhalten, und erst danach jeden einzeln zu vernehmen, um noch Folgemaßnahmen zu treffen. Gleichzeitig sollte ein weiteres Team die Druckerei durchsuchen und etwaige weitere Tatmittel sicherstellen. Stellmacher und Lubitz gingen ins Büro von KHK Natorp, der den drei Männern in der Zwischenzeit eine Tasse Kaffee angeboten hatte und sich mit den drei Selbstgestellern angeregt zu unterhalten schien. Aus den Satzfetzen, die sie verstanden, schien das Thema der Unterhaltung jedoch nicht Falschgeld zu sein, sondern der Kölner Karneval. Stellmacher und Lubitz nahmen ebenfalls Platz.

„Dann wollen wir jetzt mal anfangen." Der Leiter des KK 34 übernahm das Gespräch.

„Wenn ich uns vorstellen darf: Dies ist der Leitende Kriminaldirektor, Herr Stellmacher, er ist Leiter der Kölner Kriminalpolizei. Ich bin der Leiter des Kommissariats 34, Lubitz mein Name, unter anderem zuständig für Falschgelddelikte. Vorhin hatte ich mich noch nicht richtig vorgestellt. Wir halten es für das Beste, zunächst mit einer gemeinsamen Anhörung von Ihnen allen zu beginnen."

KHK Natorp unterbrach seinen Chef: „Klaus, Entschuldigung, wir haben schon einmal angefangen. Die drei haben sich mit einem Mitschnitt des Gesprächs einverstanden erklärt." Er zeigte dabei auf das kleine digitale Aufnahmegerät, halb so groß wie eine Zigarettenschachtel, welches unscheinbar vor ihm lag.

„Alles fing am Elften im Elften im letzten Jahr an. Herr Potreck, erzählen Sie noch einmal kurz."

„Vor etwa anderthalb Jahren hatten wir einen Brand in der Firma. Ich arbeite ja in einer Papierfabrik. Wir stellen unter anderem auch Papier für Banknoten her. Kurz vor dem Brand hatte ich Papier aus der Stahlkammer geholt: zwei Ries und ein einzelnes Blatt für einen Probedruck. Es sollte als Proben an verschiedene Zentralbanken verschickt werden. Ich hätte dieses Papier sofort in den Sicherheitsbereich bringen müssen. Ich habe das Papier aber – ich hatte abends keine Lust mehr – entgegen der Richtlinien in meinem Büro liegen lassen. Dann geschah das Unvorhersehbare: In der Nacht ist der gesamte Sicherheitsbereich ausgebrannt. Nun stand ich da mit 501 Bögen Banknotenpapier, jeder Bogen mit Wasserzeichen für zwanzig mal zehn 50-Euro-Noten. Zuerst hatte ich den Gedanken, die Bögen so schnell wie möglich zu vernichten, da ich ja nicht sagen konnte, dass sie die Nacht über in meinem Büro waren. Da aber viel zu viele Leute herumliefen, ging das nicht. Und so habe ich sie erst einmal in meinem Schrank eingeschlossen. Da würde sowieso niemand reingucken. Am Elften im Elften hatten wir, also wir drei hier und Clemens Moeck, alle etwas getrunken und saßen spät abends im Casino unserer KG. Im Verzäll kamen wir darauf, dass wir alle im Laufe unseres Lebens verarscht worden waren. Harry hatten sie nach Jahrzehnten harter Arbeit als Chemiker für seine Farbenfabrik durch eine jüngere und daher billigere Arbeitskraft ersetzt."

Harry nickte.

„Ich war in den Vorruhestand geschickt worden. Theodor Schmidt, also Düres hier, stand mit seiner Druckerei im Rahmen der Marktbereinigung kurz vor der feindlichen Übernahme durch einen koreanischen Konzern. Und dem Clemens Moeck hatten sie in der Firma einen dreißigjährigen Jungdynamiker vor die Nase gesetzt. Clemens ist Informatiker der ersten Stunde. Als der studierte, war Informatik noch gar kein Studienfach. Der musste noch Mathe studieren. Wir hatten alle vier wirklich die Nase voll. So kamen wir beim Bier auf die Idee, wir müssten allen noch mal zeigen, dass wir nicht zum alten Eisen gehören. Da erzählte ich, dass in meinem Schrank zwei Ries Banknotenpapier vor sich hin dümpelten. Bei dem Klaaf, wir nahmen das zu Anfang gar nicht so ernst, stellten wir fest, dass jeder von uns Fachmann für einen Teil der Geldherstellung war. Ich hatte das Papier, Harry Michel war Experte für Farben. Der Düres hatte damals noch eine der besten Druckereien. Er machte vor allem Bildbände und so feine Sachen."

Düres unterbrach Wolle: „Jo, isch wor met minger Druckerei en janz Deutschland bekannt. Die Koreaner han die nur jekoof, weil se selver die Qualität nit hinkrieje däte. Evver wat maache die Saujunge? Nit dat se jetz met minger Druckerei die Qualität wigger maache wulte, enäh, se maache se Engs des Johrs zo. Dat nennt sisch dann „Maatbereinjung", su wie se dat och in Rüdesheim met Penaten jemaat han: jekoof, zojemaat, die Lück entlasse un nur dä Nome behalde. Dat, wat se hück verkoofe, hät met dä ahle Creme nix mieh zo dunn."[76]

Wolle fuhr fort: „Der Clemens Moeck hat uns dann die Programme geschrieben, die wir für die Geldscheinnummern benötigten. Begriffen habe ich das noch immer nicht, aber das war auch egal. Harry, gib mir mal den Zettel aus dem Koffer, auf dem die Nas versucht hat, uns zu erklären, wie man die Nummern generiert und dann auf die Druckmaschine überträgt."

Harry griff in den vierten Koffer und gab Wolle ein Blatt Papier. „Sehen Sie mal, verstehen Sie das auf Anhieb?"

Er las vor:

„Dem ersten Buchstaben folgen eine zehnstellige Nummer und eine

[76] *„Ja, ich war mit meiner Druckerei in ganz Deutschland bekannt. Die Koreaner haben die nur gekauft, weil sie selber die Qualität nich hinbekommen haben. Und was machen die Saujungen? Nicht, das sie mit meiner Druckerei die Qualität weiter machen wollten, nein, sie schließen sie Ende des Jahres. Das nennt man Marktbereinigung, so wie sie es in Rüdesheim mit Penaten gemacht haben: gekauft, geschlossen, die Leute entlassen und nur den Namen behalten. Das was die heute verkaufen, hat mit der alten Creme nichts mehr zu tun."*

Prüfziffer von 1–9. Die wiederholte Quersumme dieser elf Ziffern ergibt eine Prüfsumme, die der folgenden Tabelle zu entnehmen ist. Ersetzt man den vorangestellten Kennbuchstaben des jeweiligen Landes durch seinen ASCII-Wert (A = 65 … Z = 90), ergibt diese Quersumme immer 0, das heißt, die Quersumme der Seriennummer ist immer durch 9 teilbar.“

Code	Land	Quersumme	Code	Land	Quersumme
D	Estland	4	E	Slowakei	3
F	Malta	2	G	Zypern	1
H	Slowenien	0	L	Finnland	5
M	Portugal	4	N	Österreich	3
P	Niederlande	1	S	Italien	7
T	Irland	6	U	Frankreich	5
V	Spanien	4	X	Deutschland	2
Y	Griechenland	1	Z	Belgien	0

Wolle sah die Ermittler an: „Haben Sie das verstanden? Wir drei hier verstehen das bis heute noch nicht. Aber ich habe es ausprobiert und es hat immer funktioniert. Die einzige Schwierigkeit, die wir aber wirklich hatten, war das Hologramm. Das haben wir partout nicht hingekriegt. Jeder Blinde mit Krückstock hätte die Fälschung erkannt. Da wusste die moecksche Nas aber Rat. Er kannte vom Studium her so einen verrückten Physiker. Der ha tte vor ein paar Jahren schon mal Hologramme für Spielbankchips gefälscht. Eigentlich hätten wir uns nicht mit ihm abgeben sollen. Wir hatten also die Wahl zwischen Pest und Cholera. Ohne sein Know-How hätten wir jedenfalls kein vernünftiges Hologramm hinbekommen. Aber der Kerl war spielsüchtig und hat uns bei erstbester Gelegenheit dann auch prompt den Probebogen aus der Druckerei geklaut. Was mit ihm schließlich passiert ist, wissen Sie besser als wir. Wir haben nur in der Zeitung gelesen, dass Taucher ihn im Vingster See gefunden haben, mit Betonfüßen. Die Nas hat noch

versucht, was über sein Schicksal herauszufinden, aber der ist jetzt auch verschwunden."
„Künnt ihr jetz verstonn, dat mir Angs han? Isch kann nit mieh. Jett ze drucke es dat eine, evver immer ze waade, dat et klingelt un de Mafia steht vür de Dür, weil de inne op de Föös jetrodde häs, dat es jet anderes. Nemmt dä janze Driss, steckt uns in et Kaschott, evver surscht dofür, dat mer am Levve blieve. E Zahbösch un en frische Ungerbotz hammer alle drei schon metjebraat"[77], sagte Düres.
Wolle übernahm wieder das Gespräch: „Wir haben fünf Millionen in 50-Euro-Scheinen gedruckt. Hier sind unsere drei. Die anderen zwei Millionen hat der Clemens Moeck, nämlich seine und die von dem Waechter. Wo die sind, wissen wir nicht."
Stellmacher, Lubitz und Natorp gingen kurz auf den Flur, um das weitere Vorgehen zu besprechen. Sie waren sich schnell einig, dass die „MK Beton" schnellstmöglich von dieser neuen Entwicklung erfahren und darin eingebunden werden müsste. Die drei geständigen Täter sollten sofort durch Beamte des KK 34 und KK 11 vernommen werden. KHK Nautorp sollte sofort mit zwei Beamten der Kriminalwache die Druckerei durchsuchen.

***

KOKin Stotzem-Randerath und KK D'Angelo sahen auf die Hinweistafel am Haus. In diesem Gebäude am Hohenzollernring gab es neben der Detektei Groß & Größer auch noch zwei Immobili-

[77] *„Können Sie jetzt verstehen, dass wir Angst haben? Ich kann nicht mehr. Etwas zu drucken ist das eine, aber immer zu warten, dass es klingelt und die Mafia vor der Tür steht, weil du ihnen auf die Füße getreten bist, das ist etwas anderes. Nehmt den ganzen Mist, steckt uns ins Gefängnis, aber sorgt dafür, dass wir am Leben bleiben. Eine Zahnbürste und eine frische Unterhose haben wir alle drei schon mitgebracht."*

enbüros und einen Steuerberater. Von der Straße aus führten einige Stufen auf die erste Etage. Der Hausflur schien klinisch gereinigt, die Marmortreppen glänzten im Licht der Halogenbeleuchtung. Auf einem großen goldfarbenen Türschild stand der Name der Detektei. In der Mitte des Schildes befand sich ein dicker Klingelknopf.
Nachdem die Ermittler der Empfangsdame ihr Anliegen erklärt hatten, bat diese die beiden in den Wartebereich und bot ihnen einen Kaffee an. Frau Größer sei noch nicht da und nur diese könne Auskunft geben. Aber sie erwarte die Chefin eigentlich jeden Moment.

***

Ose Arndt, 38 Jahre alt und als langjährige Sachbearbeiterin im Bereich des illegalen Glücksspiels beim KK 34 tätig, saß im Büro von Toni Krogmann und Judith Schlowinczyk.
„Bevor du uns was über die Zockerbuden erzählst – woher stammt eigentlich der Name Ose? Habe ich noch nie gehört, ist das eine Abkürzung oder ein Kosename?“, fragte Judith.
Ose lachte und fuhr sich mit der Hand durch ihr langes blondes Haar, das sie zu einem Zopf gebunden hatte. „Nee, nee, das ist mein richtiger Name. Ose bedeutet eigentlich der Platz, wo der Fjord beginnt. Mehr weiß ich auch nicht darüber, da müsstest du meine Eltern fragen.“
Toni Krogmann meinte: „Erst mal vielen Dank, dass du zu uns heruntergekommen bist. Ich habe dir ja schon am Telefon gesagt, dass es um den Mordfall in Vingst geht und dass unser Opfer wohl ein Spieler war. Da er aber in Odenthal wohnt und wir seinen Wagen im Parkhaus in der Maastrichter Straße gefunden haben, gehen wir davon aus, dass er dort in der Gegend gespielt haben

könnte. Wissen tun wir das natürlich nicht. Und jetzt kommst du ins Spiel, Ose. Kannst du uns eine Aufstellung über sämtliche Zockerhöhlen zusammenstellen, die ihr beim KK 34 kennt? Vielleicht ist er in einer von denen tatsächlich gewesen."
Ose Arndt dachte nach. „Das ist total schwierig. Es gibt so viele Spielhallen in Köln. In den meisten Fällen, wo wir die Nase dran kriegen, wurde in einem Hinterzimmer illegal gezockt. Ich schlage vor, dass wir damit beginnen. Da habt ihr dann schon genug mit zu tun, wenn ihr die alle abklappern wollt."
„Hast du eine bessere Idee?"
„Wir sollten zweigleisig arbeiten. Ich stelle die Liste zusammen und ihr überprüft parallel, welche Taxi- oder Mietwagenfahrten es vom Parkhaus gegeben hat. Ihr werdet ja sicher wissen, wann der Wagen da rein gefahren wurde oder zumindest, seit wann das Opfer verschwunden ist. Vielleicht haben wir Glück."
„Ich kann dir grad nicht folgen, Ose."
„Sorry, jetzt habe ich den zweiten Schritt vor dem ersten gemacht. In der Vergangenheit hat sich immer wieder mal herausgestellt, dass viele Spieler heimlich angereist sind. Sprich, sie haben in der Nähe geparkt und sind den Rest der Strecke mit dem Taxi oder eben dem Mietwagen gefahren. Das könnte hier ja auch der Fall gewesen sein. Immerhin war Dr. Waechter einschlägig in Erscheinung getreten. Da tippe ich mal, dass der nicht mit seinem eigenen Wagen bis vor die Tür fahren wollte. Daher halte ich eine Örtlichkeit in fußläufiger Entfernung eher für unwahrscheinlich, aber ohne Gewähr. Das müsstet letztendlich ihr entscheiden, wie ihr vorgehen wollt."
„Wir machen es so, wie du vorgeschlagen hast. Das scheint mir das Sinnvollste. Das heißt, du stellst für uns die Liste zusammen, auch über die fußläufigen Entfernungen hinaus, und wir fragen bei

den Taxileuten nach. Ich finde die Idee sogar ziemlich gut. Siehste, hat sich doch gelohnt, dass wir miteinander gesprochen haben. Danke!", sagte Toni Krogmann.

***

Judith Schlowinczyk telefonierte direkt mit der Taxizentrale. „Werden denn alle Fahrten von allen Taxen in Köln über die Zentrale gesteuert?"
Der freundliche Mitarbeiter am anderen Ende der Leitung antwortete: „Jein. Wir haben in Köln rund 1.200 Taxen, von denen die meisten unseren Service nutzen. Ich kann nur für die sprechen. Soll ich denn trotzdem mal nachgucken, ob wir letzten Dienstag/Mittwoch eine Abfahrt im Bereich Maastrichter Straße registriert haben?"
„Ja, bitte. Das wäre furchtbar nett. Ich hatte Ihnen ja gesagt, dass es um die Abklärung einer Spur in einem Mordfall geht. Wir wollen hier nichts unversucht lassen."
„Das kann ein paar Minuten dauern. Haben Sie eine E-Mail-Adresse, wohin ich die Tabelle schicken kann, sofern ich was finde?"
Die Ermittlerin gab dem Mann von der Taxizentrale ihre dienstliche E-Mail-Adresse und zusätzlich noch ihre Rückrufnummer.

***

Die Kassiererin der Bankfiliale in Köln-Ehrenfeld hatte ein komisches Gefühl bei dem 50 Euroschein, der obenauf in der Kasse lag. Auf den ersten Blick sah er aus wie schief geschnitten. Sie legte einen anderen 50 Euroschein darüber und hielt die beiden Geldscheine gegen das Licht. Eindeutig, es waren nur Millimeter, aber

die eine Kante des Geldscheins war sichtlich ein wenig höher. Sie schob den Geldschein ins Geldscheinprüfgerät. Fehlanzeige – dieser Schein war echt!
Mit einem Griff holte sie sämtliche 50 Euroscheine aus dem Fach und sortierte noch drei weitere Scheine aus, die ihr schief geschnitten vorkamen. Aber auch diese wurden vom Gerät als echt klassifiziert. Sie ging mit den Scheinen zu ihrem Filialleiter.
Nach weiteren Versuchen an anderen Prüfgeräten blieb das Ergebnis dasselbe: Die Scheine wurden als echt akzeptiert. Trotzdem waren sie kaum sichtbar schief geschnitten. Um sicher zu gehen, dass sie nicht Falschgeld in Umlauf brächten, wurde die Polizei gerufen.

***

Als Frau Größer die Detektei betrat, staunten die beiden Ermittler nicht schlecht: Die Mittvierzigerin machte ihrem Namen alle Ehre, allerdings genau im Gegenteil: Bianca Größer war selbst in ihren Pumps kaum größer als 150 cm.
Sie bat KK D'Angelo und KOKin Stotzem-Randerath in ihr Büro und beauftragte die Sekretärin, die Fallakte zu bringen. Außerdem orderte sie drei Tassen Kaffee, ohne zu fragen, ob überhaupt Kaffee gewünscht wurde. Bianca Größer führte in ihrem Büro ein eisernes Regiment, niemand wagte es, ihr zu widersprechen, und in den seltensten Fällen wurde sie hinterfragt. Ihre Aufträge wurden stets unmittelbar erledigt.
„Sie werden verstehen, dass ich die Aufträge meiner Klienten nicht offenlegen kann. Da kann ich ja gleich meinen Laden schließen, wenn sich das herumspräche."
KOKin Stotzem-Randerath ergriff das Wort: „Frau Größer, was

glauben Sie, wie wir auf Ihre Detektei gekommen sind? Bestimmt nicht einfach nur so. Herr Schifflechner hat uns umfänglich informiert und es interessiert uns auch nicht im geringsten, was Sie über die außerehelichen Kontakte seiner Ehefrau herausgefunden haben oder nicht. Was uns aber interessiert, ist die Frage, ob Sie irgendwas zu dem Verschwinden von Dr. Waechter sagen können. Und für diesen Part sind Sie Zeugin – hier *müssen* Sie Angaben machen. Ich denke nicht, dass dies im Widerspruch zur Verschwiegenheit steht. Wir können Sie auch zum Präsidium vorladen und Sie bitten, die Unterlagen mitzubringen. Wenn Sie dieser freundlichen Bitte nicht nachkämen, würden wir es mit einer Vorführung über die Staatsanwaltschaft angehen. Sie haben also die Wahl und ich verstehe überhaupt keinen Spaß, wenn man bei Mord so zurückhaltend reagiert, obwohl man möglicherweise zur Lösung des Falles beitragen könnte. Ach ja, ich möchte keinen Kaffee."
Wenn Blicke töten könnten, dann hätte Bianca Größer diese Waffe jetzt gegen die Beamtin eingesetzt. So eine Ansprache hatte sie das letzte Mal von ihrer Mutter gehört. Ihre Augen funkelten, ihre Mimik wirkte wie versteinert. „Ich habe verstanden." Die Detektivin blätterte in der Akte und meinte dann süffisant: „Eins kann ich Ihnen versichern: In meinen Unterlagen befinden sich jedenfalls keine Hinweise auf das Verschwinden von Dr. Waechter, höchstens von einem seiner Körperteile in das von Frau Schifflechner. Und das dürfte Sie wohl nichts angehen." Sie verzog keine Miene bei dieser Anmerkung.
Die beiden Ermittler ließen den Kaffee unangetastet stehen und wünschten Frau Größer noch einen schönen Resttag.
Sie waren gerade ins Auto eingestiegen, als KOKin Stotzem-Randeraths Mobiltelefon klingelte. Nach einem kurzen Gespräch wies sie KK D'Angelo an: „Fahr bitte zurück zum Präsidium. Paul hat

gesagt, wir sollen sofort zurückkommen. Es gibt eine interessante Wendung."

***

Kurz vor 11.00 Uhr saßen Paul Westhoven, Arndt Siebert, Klaus Lubitz, Anton Natorp sowie die KIL 1 und 3 im Büro von Bert Stellmacher.

Nach ausführlichem Informationsaustausch der bisherigen Ermittlungsergebnisse fasste der Kripochef zusammen: „Ich erwarte eine professionelle Zusammenarbeit, aber das setze ich ohnehin voraus. Und halten Sie mich auf dem Laufenden – unmittelbar, auch nach Dienstschluss. Dieser Fall ist brisant, meine Herren. Wir haben es hier mit einer kriminellen Vereinigung zu tun, die Geldscheine fälscht, und auf der anderen Seite mit mindestens einem Mord, der hiermit im Zusammenhang stehen könnte!" Die Bemerkung ‚*unmittelbar*' schmeckte den KIL 1 und 3 überhaupt nicht, aber sie akzeptierten. Selbstverständlich würden sie auch von ihren Dienststellen umgehend informiert.

Die nächsten Ermittlungsschritte wurden noch in Stellmachers Büro abgestimmt.

Das KK 34 sollte sich darum kümmern, dass die Geldscheine alsbald von den Gutachtern der Bundesbank begutachtet würden, um eine Klassifizierung des Grads der „Echtheit" zu erhalten. Aufgrund der Dringlichkeit wegen der bevorstehenden vorläufigen Festnahme des Trios – immerhin standen hier mindestens zwei zu erwartende Jahre Freiheitsstrafe im Raum – fuhr ein Kollege des KK 34 nach vorheriger Rücksprache mit der Bundesbank selbst zu den Gutachtern nach Mainz. Die sonst übliche Versendung per Wertpaket über die hauseigene Poststelle hätte zu viel Zeit in An-

spruch genommen.
KHK Natorp, zwei weitere Ermittler des KK 34 und Toni Krogmann würden zu Dr. Waechters Haus fahren und es nun mit neuem Blickwinkel durchsuchen. Die anderen Ermittler bildeten jeweils paritätische Vernehmungsteams unter Federführung des KK 34.

***

Der Filialleiter der Bank in Ehrenfeld erklärte unterdessen der Streifenwagenbesatzung, dass die 50-Euro-Scheine zwar vom Prüfgerät als „echt“ erkannt würden, sie aber schief geschnitten seien. So etwas habe er in seinen immerhin dreißig Jahren Berufserfahrung noch nie erlebt. Hier würde etwas nicht stimmen. Die Beamtin fragte, ob denn die Sicherheitsmerkmale auch überprüft worden wären oder man sich nur auf ein elektronisches Prüfgerät verlassen habe. Der Filialleiter erklärte, dass „Fühlen“, „Sehen“ und „Kippen“ ebenfalls nichts gebracht hätten. Das Relief sei deutlich zu ertasten und wenn man die Scheine gegen das Licht hielte, würden das Wasserzeichen, der Sicherheitsfaden und die unvollständige Zahl erscheinen. Auf dem Sicherheitsfaden würden sofort das Wort „EURO“ und die Wertzahl der Banknote in kleiner Schrift sichtbar. Sogar die unterschiedlichen Motive im Hologramm auf der Vorderseite seien einwandfrei zu erkennen. Der Glanzstreifen und die Zahl 50 mit Farbwechsel auf der Rückseite wären ebenso da. Trotzdem sei er sich hundertprozentig sicher, dass diese Scheine gefälscht seien. Schief geschnittene Geldscheine hätte es nie gegeben und würde es auch nie geben. Das könne nur eine Fälschung sein. Aus diesem Grunde bestand er darauf, dass die Scheine sichergestellt und fachmännisch begutachtet würden. Die Beamten wollten nicht über die Aufnahme einer Anzeige diskutieren und stellten daher ein Sicherstellungsprotokoll aus, nahmen die Scheine an sich und fertigten die Strafanzeige gegen Unbekannt, die einen Tag später als Neueingang beim KK 34 bearbeitet werden würde.

***

Toni Krogmann riss den Umschlag auf, in dem sich die drei neuen Schlüssel befanden, und öffnete die Haustür zu Dr. Waechters Haus in Odenthal.

„Dann wollen wir mal." Mit diesen Worten gingen KHK Natorp und die beiden anderen Ermittler des KK 34 ins Haus, um gezielt nach allem zu suchen, was mit Falschgeld in Verbindung stehen könnte.

***

Theodor Schmidt, genannt Düres, wurde vom Vernehmungsbeamten als Beschuldigter belehrt. KK D'Angelo hatte sich bereit erklärt, alles zu protokollieren.

„Ich han alles kapeet, evver jläuven Se mir: Isch kumme leever in de Blesch, als met Betongstivvele in dat ahle Kissloch. Isch saare wigger us."[78]

Im Nachbarbüro wurde Wolfgang Potreck ebenso belehrt und hatte auch wiederholt, dass er aussagebereit sei. Der Chemiker der kriminellen Vereinigung, Harald Michel, stellte sich den Fragen des Falschgeldermittlers. Keiner der drei bestand auf Rechtsbeistand.

[78] *„Ich habe das alles verstanden. Aber glauben Sie mir: Lieber lande ich im Kittchen als mit Betonstiefeln in die alte Kiesgrube. Ich sage weiter aus."*

***

„Bingo!“ KHK Natorp war hocherfreut. Schon nach wenigen Minuten schien er gefunden zu haben, wonach er gesucht hatte. Vor ihm auf dem Schreibtisch stand eine mechanische Papierschneidemaschine DIN A3. Im Papierkorb daneben lagen zusammengeknüllte Papierreste. Sämtliche Ausschnitte glichen augenscheinlich der Größe einer Banknote. Er rieb ein Stück Papier zwischen seinen Fingern. Aufgrund seiner jahrelangen Tätigkeit hatte er keinen Zweifel daran, dass es sich hierbei um Banknotenpapier handelte. Zum Vergleich holte er einen echten 50-Euro-Schein aus seinem Portemonnaie und fühlte mit geschlossenen Augen die Beschaffenheit des Papiers zwischen seinen Fingern.

„Und?“ Toni Krogmann stand jetzt hinter ihm.

„Das ist unglaublich, aber das hier ist definitiv echtes Banknotenpapier. Ich habe zwar schon richtig gute Fälschungen gesehen, aber das hier ist ja im Grunde keine. Na ja, zumindest das Papier ist Original.“

„Ja, aber mit dem Papier allein kann man doch überhaupt nichts anfangen. Oder?“

„Da hast du recht. Ich könnte damit auch nichts anfangen, aber wir haben es hier mit einer Tätergruppe zu tun, wovon jeder für sich gesehen ein Spezialist ist. Habt ihr denn bei der ersten Durchsuchung das Papier im Eimer nicht gesehen?“, fragte KHK Natorp vorwurfsvoll.

„Doch, hier im Arbeitszimmer war ich sogar selbst. Für mich sah das aber aus wie der Rest eines Fotobogens oder so was. Wie soll ich als Todesermittler darauf kommen, dass es sich bei dem Opfer um einen der größten Geldfälscher handeln könnte?“

„Spielt auch keine Rolle. Ich pack die Reste jetzt ein und nehme die mit ins Büro. Wer weiß, wofür die gut sind. Mit ein bisschen Glück tauchen vielleicht mal die Scheine auf."

***

Nachdem Westhoven den Beginn der Vernehmung von Harald Michel mit angehört hatte, ging er zurück in sein Büro und rief die Kapitaldezernentin Steinmann an, um sie über die neueste Entwicklung zu informieren.
„Oh, damit habe ich jetzt überhaupt nicht gerechnet! Ich werde gleich mal mit der Abteilungsleiterin bei der Abteilung 107 darüber sprechen. Die weiß bestimmt schon Bescheid. Oder?"
„Keine Ahnung, Sarah. Wenn die 107 für Falschgeld zuständig ist, dann wird sie ganz sicher informiert sein. Würde mich wundern, wenn die 34er die Haftsache dort noch nicht angekündigt haben. Das gibt hier immerhin sogar drei Haftsachen, wenn die alle vernommen sind."
„Da gehe ich aber auch mal von aus. Geldfälschung ist immerhin ein Verbrechen. Wenn das kein Haftgrund ist, dann weiß ich es nicht. Fester Wohnsitz hin oder her. Und wenn ich dich eben richtig verstanden habe, haben die quasi darum gebettelt, inhaftiert zu werden."
„Stimmt!"
„Können die drei denn was zum Ableben unseres Opfers sagen? Nicht, dass die am Ende selbst den Mord begangen haben. Bliebe ja mehr Anteil für jeden."
„Diese logische Schlussfolgerung hatte ich auch schon. Aber warum sollten die sich dann stellen und uns so eine abenteuerliche Geschichte auftischen? Noch dazu mit der Aussicht auf Knast. Wäre es da nicht klüger gewesen, sich mit den Millionen abzuset-

zen? Würde doch mehr Sinn ergeben, wir hatten sie doch noch nicht mal ansatzweise verdächtigt."

***

Mittlerweile war es 15.00 Uhr. Die Vernehmungen im KK 34 waren beendet. Die drei Geständigen hatten die Geschichte wiederholt und ihren Part ausführlich beschrieben.

Die Abteilungsleiterin der Abteilung 107 bei der Kölner Staatsanwaltschaft war höchstpersönlich erschienen, um über die richterliche Vorführung zu entscheiden.

Nach einer guten Dreiviertelstunde entschied sie, dass die drei Männer zu entlassen seien, es gäbe aus ihrer Sicht keinen greifbaren Haftgrund. Das Falschgeld und die Druckplatten sowie der USB-Stick seien abgeliefert worden und die Täter seien geständig. Außerdem gäbe es augenscheinlich zurzeit keine Verdunkelungsgefahr, die die weitere Aufklärung erschweren würde.

Klaus Lubitz traute seinen Ohren nicht. „Also, bei allem Respekt, aber diese Entscheidung kann ich grad überhaupt nicht nachvollziehen. Immerhin haben die zugegeben, dass sie ein Verbrechen begangen haben, worauf eine Mindestfreiheitsstrafe von zumindest einem Jahr zu erwarten ist. Da würde ich mir persönlich drei Mal überlegen, ob ich mich dem Verfahren stelle. Für mich gehören die in Untersuchungshaft. Außerdem sind wir mit unseren Maßnahmen noch nicht fertig."

Die Abteilungsleiterin konterte: „Herr Lubitz, wir können doch nicht jeden in U-Haft nehmen, schon gar nicht mit der Begründung, dass Sie noch nicht mit den Maßnahmen durch sind. Das geht auf keinen Fall. Die drei sind doch so was von geständig, haben einen festen Wohnsitz und leben in geordneten Verhältnissen. Es gibt derzeit keinen einzigen Haftgrund und ich mach mich bestimmt nicht mit einem aussichtslosen Haftbefehlsantrag beim Haftrichter lächerlich. Das soll zwar keine Rechtfertigung sein, aber schauen Sie doch mal in den Medien, wer alles im Verdacht steht, Steuerhinterziehung in Millionenhöhe begangen zu haben. Die sitzen auch nicht in U-Haft."

„Das ist doch Äpfel mit Birnen vergleichen. Außerdem wollen die gar nicht wieder gehen. Sie haben doch gelesen, dass die um ihr Leben fürchten."

„Meine Entscheidung steht, die drei sind zu entlassen. Und wenn Sie tatsächlich der Meinung sind, dass die gefährdet sind, dann muss eben die Polizei über Schutzmaßnahmen nachdenken. Das ist für mich ebenso irrelevant bei meiner Bewertung."

EKHK Lubitz war sprachlos. Da saßen drei geständige Geldfälscher und die konnten nun wieder nach Hause gehen, als wenn nichts gewesen wäre.

***

Toni Krogmann, KHK Natorp und die weiteren Durchsuchungskräfte waren zwischenzeitlich von der Durchsuchung in Waechters Haus zurückgekehrt.

Krogmann prüfte ihren E-Mail-Posteingang. Seit Stunden schlummerte dort die Tabelle der Taxizentrale. Sie überflog die rund drei Dutzend Datensätze und leitete die E-Mail an Ose Arndt weiter. Als nächstes rief sie bei ihr an.

„Hallo, Ose, Toni hier. Ich habe dir eben eine E-Mail von der Taxizentrale weitergeleitet. Bitte guck sie dir an, ob dir irgendwas auffällt, was uns weiterbringen könnte."

„Mach ich, klar. Ich gebe dir dann eine Rückmeldung."

Sie hatte gerade wieder aufgelegt, als KHK Natorp anrief. „Toni, ich bin es noch mal. Wir müssen noch mal raus und eine Druckerei in Ehrenfeld und danach eine Wohnung in Porz durchsuchen. Und wir müssen uns beeilen, die Staatsanwältin hat beschlossen, die drei Typen wieder freizulassen."

„Was? Ich hör wohl nicht richtig." Bevor Natorp etwas erwidern konnte, stand Westhoven im Türrahmen.

„Toni, du müsstest noch mal..."

„...mit dem KK 34 eine Druckerei und eine Wohnung durchsuchen. Richtig?"

Westhoven nickte.

***

Theodor Schmidt, alias Düres, saß im Fond des Zivilwagens und war überaus nervös.

„Wiesu kumme mer nit en de Blesch? Jetz han mir jarnix erreischt, un han immer noch Angs dat et uns su jeiht wie unsere Fründe. Mir steht jetz schon dr Schweiß op dä Steen, wenn isch nur an Wasser denke. Als Panz wör isch ens fas versoffe. Beim Spelle..."[79]

KHK Natorp unterbrach ihn: „Herr Schmidt, Sie hatten vorhin Gelegenheit, ausgiebig über Ihren Werdegang zu erzählen. Lassen Sie mich Ihnen einen Tipp geben: Sollte es wirklich zu einer wie auch immer gearteten Bedrohung kommen, zögern Sie nicht, die 110 anzurufen. Das geht am Schnellsten. Rufen Sie nicht mich oder sonst wen an – wählen Sie den Notruf."

[79] *„Wieso wurden wir wieder freigelassen? Jetzt haben wir nichts erreicht und immer noch große Angst, dass uns das gleiche Schicksal ereilt wie unseren Kumpel. Ich habe sowieso schon Schweißausbrüche, wenn ich nur an große Gewässer denke. Als Kind wäre ich fast ertrunken. Beim Spielen..."*

„Danke, dat weden isch dun. Se künne üvrijens do vürre dursch die Einfaht op dä Hof fahre.“[80] Das zweite Zivilfahrzeug folgte und parkte ebenfalls auf dem Hof. Gemeinsam mit Düres betraten die Ermittler die relativ überschaubare Druckerei.

„Herr Schmidt, eine formale Frage noch: Wollen Sie, dass ein unabhängiger Zeuge, beispielsweise jemand aus der Nachbarschaft, bei der Durchsuchung anwesend ist?“

„Nä, op keene Fall. Dat die sisch noch de Muul drüvver zerrieße.“[81]

„Ihre Entscheidung. Dann führen Sie uns bitte durch die Räumlichkeiten der Druckerei, damit wir uns einen Überblick verschaffen können.“

***

Westhovens Telefon klingelte.

„Hallo, Paul. Sarah hier. Tut mir leid wegen vorhin. Was gibt's Neues von unseren Fälschern?“

„Die sind schon wieder weg“, antwortete Westhoven.

„Du machst Witze?“

„Deine Kollegin sah hier keinen Haftgrund und hat angeordnet, dass die zu entlassen sind.“

„Ich nehme das zur Kenntnis, aber ich sage nichts dazu.“

„Brauchst du auch nicht. Es ist, wie es ist. Für unser Verfahren ist das im Grunde nicht von entscheidender Bedeutung. Durch deren Aussagen sind wir den mutmaßlichen Tätern nicht einen Schritt näher gekommen. Wir können lediglich annehmen, dass dem Phy-

[80] *„Danke. Das werde ich machen. Sie können übrigens da vorn durch die Einfahrt auf den Hof fahren.“*

[81] *„Nee, das will ich auf keinen Fall. Das fehlt mir noch, dass die sich das Maul zerreißen.“*

siker die falschen Fünfziger vom Probebogen irgendwie zum Verhängnis geworden sind, wenn das überhaupt eine Rolle spielt. Dass die drei aber etwas mit dem Mord zu tun haben, glaube ich genausowenig wie bei dem bayerischen Apotheker."

„Welche Ermittlungen stehen heute noch an? Soll ich noch rüberkommen?"

„Es war ein anstrengender Tag, wir machen Feierabend, sobald alle Teams wieder hier sind. Vielleicht bekommen wir morgen eine Rückmeldung von der Kollegin Arndt bezüglich der Fahrtziele der Taxen. Wir werden sehen."

***

Nachdem Düres den Ermittlern alle Räume gezeigt und die Durchsuchung nach weiterem Falschgeld keinen Erfolg gebracht hatte, standen sie allesamt vor der rund 300 Tonnen schweren Druckmaschine. KHK Natorp entschied, dass diese zwar formal sichergestellt und versiegelt werden, aber dennoch in der Druckerei verbleiben sollte. Aufgrund der Geschäftsverhältnisse käme eine Einziehung als Tatmittel voraussichtlich nicht in Betracht. Es verbliebe lediglich der Missbrauch durch den jetzigen Geschäftsführer.

„So, Herr Düres." KHK Natorp legte ihm das Durchsuchungsprotokoll vor und erklärte ihm, was er eingetragen hatte. „Wir haben nichts gefunden, also nehmen wir auch nichts mit. Die Druckmaschine ist jedoch sichergestellt. Weil es allerdings viel zu aufwändig wäre, dieses schwere Gerät hier aus dem Gebäude zu kriegen, bleibt die hier. Sie dürfen sie aber vorläufig nicht nutzen."

„Dat hätt isch misch och jefroch, wie Sie die he erus transportiere wollte. Öm die an dä Plaaz zo krieje, wo se jetz steht, moote mer domols die Wand e Stöck einrieße, domet mer se üvverhaup in die Hall krääte. Ich akzeptiere dat Nutzungsverbot, evver isch jläuv nit, dat die Koreaner dat och esu sinn. Die han investeet un wolle Jeld sinn."[82]

Natorp zuckte mit den Schultern: „Dann müssen sich die Koreaner daran gewöhnen. Bevor die Druckmaschine nicht begutachtet wurde, passiert hier gar nichts. Ich gehe jedoch auch davon aus, dass die Staatsanwaltschaft die Maschine danach sofort wieder freigeben wird."

„Do kann isch jo direck stempele jonn. Die schmießen misch jnadenlos erus."[83]

„Herr Schmidt, Sie kennen doch den schlauen Spruch *‚Jeder ist seines Glückes Schmied'*. Ich kann Ihnen nicht helfen."

***

KHK Natorp gab der Leitstelle die neue Einsatzörtlichkeit in Köln-Porz-Westhoven bekannt. Am heutigen Tag musste auf jeden Fall noch die Wohnung von Clemens Moeck durchsucht werden, zum einen nach Hinweisen zum Computerprogramm und zum anderen nach Hinweisen zu seinem Aufenthaltsort.

Nach rund 25 Minuten Fahrzeit hatten sie das Ziel in Porz-Westhoven erreicht. Die Zivilfahrzeuge parkten sie verbotenerweise im Wendehammer des Ziegeleiwegs im Schatten der Hochhäuser.

Der Eingangsbereich des Gebäudes war bis zu den Briefkästen frei

[82] *„Ich hätte mich auch gefragt, wie Sie die hier raustransportieren wollen. Um die an den Platz zu stellen, wo sie jetzt steht, mussten wir damals die Außenwand teilweise einreißen lassen, damit wir sie überhaupt erst ins Gebäude kriegten. Ich werde das mit dem Nutzungsverbot akzeptieren, aber ich gehe nicht davon aus, dass die Koreaner das so einfach hinnehmen werden. Die haben hier schließlich investiert und wollen Geld sehen."*

[83] *„Dann kann ich mich ja direkt beim Jobcenter arbeitslos melden. Die schmeißen mich gnadenlos raus."*

zugänglich. Der Briefkasten von „C. Moeck" quoll unübersehbar über.
„Okay. Ich rechne hier mit allem. Wenn die drei mit ihrer Vermutung recht behalten, dann finden wir gleich in der Penthousewohnung eine Leiche. Ich bin gespannt", sagte Toni Krogmann.
„Ach, davon gehe ich nicht aus. Ich glaube nicht so recht an die Geschichte mit der angeblichen Mafia. Die drei haben einfach die Nerven verloren und leiden langsam aber sicher alle an Verfolgungswahn. Dieser Physiker hat sich nach meinem Dafürhalten in den falschen Kreisen bewegt und einen auf dicke Hose gemacht. Nee, die schaukeln sich gegenseitig hoch."
„Ich hoffe, du behältst Recht. Auf eine Leiche habe ich jetzt echt keine Lust. Wenn der Moeck nämlich tatsächlich tot in der Wohnung liegen sollte – und das bei aufgedrehter Heizung…"
Gerade als die Beamten bei jemandem klingeln wollten, um ins Treppenhaus zu gelangen, öffnete sich hinter dem abgeschlossenen Eingangsbereich die Fahrstuhltür. Eine etwa 55-jährige Frau in schrillen Farben öffnete die Tür zum Eingang und fragte, was das denn hier für ein Auflauf sei. Toni Krogmann zog ihre Kriminalmarke heraus und erklärte, dass man dringend ins Haus müsse – zur obersten Etage.
Die Frau ließ die Beamten herein und wies darauf hin, dass mehr als drei Personen lieber nicht in den Fahrstuhl hinein sollten, es sei denn, sie hätten viel Zeit mitgebracht, bis sie durch die Feuerwehr aus dem feststeckenden Fahrstuhl wieder befreit werden würden. Außerdem sollten sie sich nicht wundern, der Fahrstuhl würde nämlich nur mit einem extra Schlüssel bis ganz nach oben fahren. Eine Etage müssten sie also auf jeden Fall zu Fuß gehen.
„Danke für die Tipps, Frau…?"
„Munster, wie Münster, nur ohne Pünktchen."

„Danke, Frau Munster. Dann fahren wir eben in zwei Gruppen nach oben. Das sind immerhin über zehn Etagen“, sagte KHK Natorp.

Wenige Minuten später standen sie allesamt vor der Wohnungstür. Auf Klingeln und Klopfen erfolgte keinerlei Reaktion. Der Falschgeldsachbearbeiter entschied daher, über die Leitstelle einen Schlüsseldienst anzufordern. Während der zwanzigminütigen Wartezeit setze sich Toni Krogmann auf die Stufen und schrieb Laura eine Kurznachricht.

Der Mann vom Schlüsseldienst stellte seinen Werkzeugkoffer vor der Tür ab. Fachmännisch ging er an die Arbeit und nach wenigen Minuten war die Tür offen.

„Hier liegt definitiv keine Leiche in der Wohnung. Es sei denn, unser guter Herr Moeck liegt in seiner Tiefkühltruhe. Aber das hatten wir grad erst in Nippes“[84], sagte Toni Krogmann.

Die Penthousewohnung war übersichtlich und modern eingerichtet. Rechts hinter der Wohnungstür war ein kleines Badezimmer mit Toilette, Dusche und Minisauna.

„Das nenne ich mal ökonomische Raumnutzung. Echt prima. So eine Minisauna habe ich zwar noch nie gesehen, das wäre aber echt was für Laura und mich.“ Toni Krogmann machte mit ihrem Smartphone einige Fotos vom Bad.

Keine drei Meter weiter schloss sich eine hochmoderne Küchenzeile an, die mit ihren auffälligen Rottönen sehr exklusiv wirkte. Auf dem Podest auf der linken Seite des Wohnungseingangs waren das Bett, eine Essgruppe und der Schreibtisch mit PC-Tower.

„Wow, guckt euch mal die Aussicht von hier an!“

Ein Kollege vom KK 34 blickte von der Dachterrasse auf den sich

[84] *KRIMINAListenROMAN Bd. II „Eiskalt in Nippes“ (erschienen bei Edition Lempertz 09/2011)*

dahinschlängelnden Verlauf des Rheins und Köln-Rodenkirchen auf der gegenüberliegenden Rheinseite. Etwas weiter rechts konnte er die Rodenkirchener Brücke sehen, deren Autolärm aber nicht bis zur Wohnung drang.
Die Penthousewohnung war schnell durchsucht, gefunden wurde nichts. Den PC-Tower hatte KHK Natorp allerdings entkabelt. Die Festplatte sollte später durch die Fachdienststelle gesichert werden, um zu überprüfen, ob sich eventuell hier das beschriebene Programm für die Geldscheinnummern befand. Toni Krogmann füllte noch ein amtliches Siegel aus und klebte es nach Verschließen der Wohnungstür quer über das Schloss. Sollte Clemens Moeck nach Hause kommen, so müsste er sich die Schlüssel erst bei der Polizeiwache in der Ernst-Mühlendyck-Straße abholen, da Schlüssel in der Regel immer bei der nächstgelegenen Polizeiwache hinterlegt wurden, sofern die Wohnung nicht mehr spurentechnisch benötigt wurde.
Keiner der Ermittler ahnte zu diesem Zeitpunkt, dass Clemens Moeck als unbekannte Person im Koma lag und nach Einschätzung der Ärzte nur eine vage Hoffnung bestand, dass der Patient überhaupt wieder zu Bewusstsein kommen könnte. Und falls dieses Wunder eintreten sollte, dann wäre es fraglich, ob er sich überhaupt an seine eigene Identität erinnern könnte.

***

Nachdem sie die Zivilfahrzeuge ins Parkhaus gestellt hatten, gingen die Ermittler zurück in ihre jeweiligen Kommissariate. Westhoven warf einen kurzen Blick auf die Uhr, als seine Kommissionsmitglieder um 17.30 Uhr hereinkamen.
„Wart ihr erfolgreich?“

„Ja und nein“, antwortete Judith Schlowincyzk. „Wir haben die Druckmaschine gefunden, mussten sie aber dort lassen. Die passte nicht in meine Handtasche.“

„Und eine weitere Leiche haben wir auch nicht gefunden“, ergänzte Toni Krogmann. „Ich weiß auch noch nicht, was ich davon halten soll, aber mich beschleicht das Gefühl, dass diese drei Typen nicht alles gesagt haben, was diesen Moeck betrifft. So richtig eindeutig haben sie die Frage, wo die restlichen gefälschten zwei Millionen geblieben sind, nicht beantwortet, aber das scheint auch keinen weiter zu interessieren.

KK D'Angelo warf ein: „Mich würde überhaupt nicht wundern, wenn sich dieser IT-Fritze mit noch mehr Falschgeld abgesetzt hat und sich noch immer lachend auf die Schenkel schlägt, wie blöd die Polizei ist.“

„Ihr habt ja recht, aber unsere Aufgabe ist es nicht, die Falschgeldklamotte zu klären. WIR klären den Mord im See. Wenn wir dadurch parallel auch noch die Fälscherbande hinter Gitter kriegen können, dann ist das für mich zunächst mal nachrangig. Darum sollen sich die 34er kümmern, das sind die Fachleute. Toni, was ist mit der Taxizentrale, gibt's da schon eine Rückmeldung?“, fragte Westhoven.

„Ich habe noch vor der Durchsuchung die Auflistung der Fahrten zur Kollegin Arndt weitergeleitet. Ich versuche gleich, sie anzurufen, aber um diese Uhrzeit sehe ich da eher schwarz. Spätestens morgen weiß ich hoffentlich mehr.“

„Okay, Leute. Für heute machen wir Schluss. Morgen ermitteln wir weiter und vielleicht schaffen wir es dann auch noch, Dember zu besuchen. Das hat ja heute gar nicht geklappt. Schönen Feierabend.“

***

Judith Schlowinczyk stand plötzlich vor Westhoven, als dieser sein Büro verlassen wollte. „Musst du wirklich schon los?"
„Ich wollte jetzt eigentlich nach Hause fahren."
„Wir wäre es mit einem Abstecher? Ich lade dich ein?" Die Zweideutigkeit in ihrer Stimme unterstrich sie mit einem lasziven Blick.
Er blickte auf seine Armbanduhr. „Was schwebt dir denn vor? Eine Stunde hätte ich sicher noch Zeit. Anne ist noch bei ihren Eltern. Sie kann ja auch erst nach der Arbeit dorthin fahren."
Judith Schlowinczyk machte einen kleinen Schritt auf ihn zu und ergriff sein Handgelenk. „Wir könnten zu mir fahren. Ich habe einen Crémant im Kühlschrank. Erst stoßen wir damit an und dann... dann..." Sie zog ihn zu sich.
Westhoven sperrte sich. „Judith! Bitte! Lass das! Bring uns nicht in diese Situation. Ich bin verheiratet, das weißt du. Anne ist meine Frau und ich liebe sie! Ich kann das nicht machen."
„Gefalle ich dir nicht mehr?" Sie knöpfte die beiden obersten Knöpfe ihrer Bluse auf und der schwarze BH blitzte hervor. „Komm schon. Nur einmal – wie früher. Es erfährt doch niemand." Ihre Hand bewegte sich nun provokativ in Richtung seines Schritts.
Westhoven machte einen Schritt zurück. „Hör auf! Du verstehst es nicht. Ich kann das nicht tun. Das mit uns ist lange her, und vorbei ist vorbei. Ich bin glücklich verheiratet und ich habe nicht vor, das zu ändern, nur weil du grad eine Nummer mit mir schieben willst. Meine Güte, Judith! Sei vernünftig. Such dir einen anderen Kerl. Noch einmal und du bist morgen wieder auf der K-Wache."
Hektisch knöpfte sie die beiden Knöpfe wieder zu und verließ wutschnaubend das Büro. „Dann eben nicht – wer nicht will, der hat schon. Spießer!"

***

Westhoven zog sich zu Hause seine Sportsachen an und ging joggen. Er wollte sich einfach den Kopf freilaufen, um auf andere Gedanken zu kommen. Immer wieder dachte er an die Situation mit Judith. Zehn Kilometer weiter und 65 Minuten später fühlte er sich wesentlich besser.

***

Laura saß auf der Couch und Toni hatte ihren Kopf auf ihre Oberschenkel gelegt, während sie sich entspannt ausstreckte. Sie griff zu ihrem Mobiltelefon. „Guck mal, Süße. Ist *das* nicht geil?“
„Eine Sauna und Dusche in einem?“
„Ja, ist doch klasse. Das würde hier in unserem Mini-Bad auch passen. Unser Bad ist sogar noch mindestens ein Quadratmeter größer. Wir könnten sicherlich sogar zwei Plätze in der Sauna hinbekommen.“ Sie reckte ihren Kopf hoch und küsste Laura.
„Wir könnten uns das doch zu Weihnachten schenken.“
„Ich bin dabei, aber lass uns ins Schlafzimmer gehen und es uns gemütlich machen.“ Laura streichelte zart Tonis Gesicht. „Bei dem Gedanken, mit dir in der Sauna zu sitzen… “

***

Judith Schlowinczyk knallte die Wohnungstür hinter sich zu. „Scheiße, so ein Arschloch!“ Sie ging in die Küche und holte den Crémant aus dem Kühlschrank. „Dann trinke ich eben allein, Penner!“ Sie goß sich ein Glas nach dem anderen ein, bis die Flasche leer war und sie ins Bett torkelte. Bevor sie einschlief, kreisten ihre

Gedanken um Westhoven und wie sie ihm diesen Korb heimzahlen könnte.

Donnerstag, Diensträume der Mordkommission

Arndt Siebert rief Westhoven an. „Morgen, Paul. Judith hat eben angerufen und gesagt, dass sie sich krank meldet. Ihr ginge es nicht gut – hat sich wohl den Magen verstimmt und ist seit heute Nacht per Du mit ihrer Kloschüssel. Sie versucht, sich bis Montag auszukurieren, ansonsten geht sie zum Arzt und lässt sich krankschreiben."

„Okay. Danke. Ich werde das in der Stundentabelle berücksichtigen." Westhoven behielt für sich, was er über diese Krankmeldung dachte. Er glaubte nicht daran, dass Judith wirklich die ganze Nacht gekotzt hatte. Wahrscheinlich wollte sie ihm nur nicht begegnen. Er würde sich auch nicht wundern, wenn die Hospitation aus irgendwelchen vorgeschobenen Gründen vorzeitig abgebrochen würde. Im Grunde war er aber über die Entwicklung nicht traurig – er hatte Angst, der Versuchung doch noch zu erliegen.

Toni Krogmann hatte derweil Ose Arndt angerufen und war nun auf dem Weg zu ihrem Büro in der 3. Etage.

„Guten Morgen", rief sie. Die Tür zu Oses Büro stand sperrangelweit auf. Ose hatte gerade von ihrem Brötchen abgebissen und murmelte „Mommem." Als sie den Mund leer hatte, fragte sie, ob Toni auch eine Tasse Kaffee haben wollte.

„Nein, danke. Ich habe schon zwei Tassen intus. Lass uns lieber über die Taxifahrten sprechen. Paul ist schon ganz ungeduldig."

„Um es vorweg zu nehmen: Ich denke, ich habe da was gefunden, was interessant sein könnte. Ich sage extra *könnte.* Die Adresse habe ich auch mit meinem Kollegen besprochen und er ist der gleichen Meinung wie ich." Sie tippte auf die Zeile am Bildschirm. „Hier, diese Anschrift am Venloer Wall ist uns schon öfter zu Ohren gekommen. Bisher haben wir aber nichts Dingfestes, nur dass uns diese Adresse zugetragen wurde. Wahrscheinlich von irgendwelchen armen Socken, die dort ihr Hab und Gut verspielt und dann Ärger zuhause bekommen haben. Eine offene Aussage haben wir nicht."

„Was ist denn an dieser Adresse?"

Ose öffnete eine digitale Landkarte. Aus der Vogelperspektive sah der Kartenausschnitt wie ein von einem Zaun umgrenzter Gebäudekomplex aus. „Da ist eine Baufirma, so eine Klitsche."

„Gibt's über die Firma denn polizeiliche Erkenntnisse?"

„Nicht wirklich. Das Einzige, was ich gefunden habe, ist eine Anzeige wegen Bedrohung. Der Firmeninhaber hat vor knapp vier Jahren einen ehemaligen Angestellten angezeigt, weil dieser ihm nach der Entlassung gedroht hat, ihm den Kopf runterzuschießen."

„Tja, so kann's gehen. Aber jetzt sag doch mal, warum diese Baufirma so interessant sein soll."

„Ganz einfach, weil das die einzige Zieladresse im Auswertezeitraum war, die mit illegalem Glücksspiel zumindest ansatzweise in Verbindung stehen könnte. Falls euer Opfer überhaupt dort war. Werdet ihr dort hinfahren?"

„Alles andere würde mich bei unserem MK-Leiter wundern. Paul würde nie eine Spur unbeachtet lassen, vor allem nicht, weil wir keinen blassen Schimmer haben, wo unser Opfer gewesen ist, bevor er im See entsorgt wurde. Wenn unser Dr. Waechter in dieser Spielbude war, dann finden wir das hoffentlich heraus."

***

Toni Krogmann, KK D'Angelo und Sigrid Stotzem-Randerath saßen bei Westhoven im Büro.

„Judith hat sich krank gemeldet. Hat wohl die ganze Nacht über der Schüssel gehangen. Wir müssen also gucken, wie wir die Teams bestücken. Im Notfall fahre ich auch mal selbst mit raus."

„Wie lange ist sie denn krank?"

Westhoven antwortete mit einem Schulterzucken.

„Für heute schlage ich Folgendes vor: Toni, du klärst diese Firma ab. Finde alles heraus, was möglich ist. Ich will alles über diesen Firmenbetreiber wissen. Und besorg einen Grundriss vom Gebäude – nur für den Fall, dass wir dort durchsuchen müssen, wovon ich mal ausgehe. Also – ich will alles wissen und später nicht von einer Begebenheit überrascht werden." Toni nickte.

„Und ihr beiden fahrt bitte zum Venloer Wall und klärt dieses Objekt ab. Macht Fotos von den Eingängen, Einfahrten etc. Ihr wisst schon. Benehmt euch unauffällig. Wenn nötig, schlendert Hand in Hand als Liebespärchen die Straße entlang. Wir müssen davon ausgehen, dass dort eine Videoüberwachung sein könnte und ihr gesehen werdet."

Guido D'Angelo und Sigrid Stotzem-Randerath sahen sich an. Händchen haltend schlendern? Zumindest aber vom äußeren Erscheinungsbild würden sie nicht auffallen – der athletische 1,95m große Blonde und die schlaksige Dunkelhaarige.

Guido D'Angelo stand auf und hielt ihr seine Hand hin. „Darf ich bitten?" Er zwinkerte. Sigrid lachte. „Ich dachte schon, du fragst nie." Mit einem verschmitzten Lächeln stand sie vor ihm und hielt ihm die Hand hin, so wie es Eltern bei ihren kleinen Kindern machen, wenn sie diese über die Straße führen. „Komm, worauf wartest du?"

Er ergriff die Hand, ließ sich mitziehen und kommentierte: „Na, das fängt ja gut an."
Westhoven schüttelte den Kopf. „Ich bin umgeben von einem Kindergarten."

***

Um den Venloer Wall zu erreichen, mussten sie am Mediapark vorbei über die Erftstraße und am Beginn der Subbelrather Straße wenden.
„Letztens war ich am Tag der offenen Tür bei ‚Radio Köln 107,1'. Warst du auch schon mal in so einem Sender?", fragte Guido D'Angelo.
„Nee, aber ich habe mal als Komparsin für den Kölner *Tatort* mitgespielt. Damals war ich noch im Streifendienst. Umso witziger, dass ich jetzt selbst in einem Mordfall ermitteln darf."
„Echt? Wie sind die denn so, ich meine Ballauf und Schenk?"
„Ganz normal. Menschen wie du und ich, die spielen auch nur ihre Rolle."
„Mit dem kleinen Unterschied, dass die nicht tagelang Überstunden machen müssen bei ihren Fällen. Da läuft immer alles wie am Schnürchen und nach 90 Minuten kommt der Abspann!", lachte D'Angelo.
„Mensch, Guido! Unter dem Blickwinkel darfst du so was echt nicht gucken. Das ist wie bei den Arztserien. Oder glaubst du, dass es so einen Typen wie *Dr. House* gibt? Ist doch immer alles total unrealistisch. Trotzdem finde ich es unterhaltsam."
Nachdem sie den Zivilwagen auf der linken Straßenseite geparkt hatten, gingen sie auf die gegenüberliegende Seite auf den Weg im Grüngelände in Richtung Hans-Böckler-Platz, der hinter dem Fir-

mengrundstück vorbeiführte. Bevor sie die Rückseite des Anwesens erreichten, ergriff Sigrid plötzlich Guidos Hand.
„Paul hat gesagt, wir sollen Händchen halten und schlendern", sagte sie mit einem Lächeln. Guido fand das alles andere als schlimm, Sigrid war zwar lang und schlaksig, aber sie hatte etwas Besonderes. Ihre Hand fühlte sich jedenfalls gut an.
„Dann lass uns noch einen draufsetzen, damit es richtig echt wirkt. Wenn wir in Höhe des Einfahrttores sind, nehmen wir uns in den Arm und derjenige, der freie Sicht hat, guckt sich alles ganz genau an, okay?", sagte Guido.
„Meinetwegen, aber jetzt stell dich mal mit dem Rücken zum Firmengelände. Ich mache ein Foto von dir, ähem, vor dem Betriebsgelände", antworte Sigrid.
Sie gingen weiter und taten so, als ob sie sich angeregt unterhielten. Auf der Rückseite des Geländes zeigte Sigrid auf den Wachhund, der an einer langen Kette ungeduldig und aggressiv hin- und herlief und sogar das Flugzeug anbellte, das soeben am Himmel entlang flog. „Guido, hast du auch den Schäferhund gesehen?"
„Ja, und gehört. Das Kalb ist ja nicht zu übersehen. Gut, dass wir den Köter bemerkt haben. Das Viech rennt bestimmt nach Feierabend frei über das Gelände. Sollten wir also mal außerhalb der Arbeitszeiten kommen, sollten wir nicht unbewaffnet sein."
„Bin ich sowieso nie. Ich fahre niemals ohne meine P99[85]. Aber sag mal, du würdest doch nicht wirklich den armen Hund erschießen?"
D'Angelo zog die Schultern hoch. „Armer Hund? Guck dir den doch an, der ist total irre. Kläfft ein Flugzeug an. Nee, lass mal. Was freilaufende Hunde betrifft, bin ich ein gebranntes Kind. Vor Jah-

[85] *Dienstwaffe*

ren hat mir beim Joggen ein Köter ins Bein gebissen. Völlig grundlos. Das passiert mir nicht noch mal. Und wenn doch, dann überlebt das Viech das garantiert nicht. Ich jogge nur noch mit einem Klappmesser in der Tasche. Und wenn ich dann mit dem Hund fertig bin, haue ich dem Herrchen eins in die Fresse. Das steht schon mal fest."

Sigrid schüttelte verständnislos den Kopf. „Meine Güte, jetzt übertreibst du aber. Erstens würdest du einen heranstürmenden Hund kaum treffen und ein Messer kannst du vergessen. Die Reaktion eines Hundes ist viel schneller als deine. Denk lieber an dein Pfefferspray, sollten wir noch mal hier hinmüssen. Das wirkt wenigstens."

Als die beiden Ermittler am Ein- und Ausfahrtstor ankamen, fuhr ein dunkler Mercedes an ihnen vorbei aufs Gelände und hielt vor dem Gebäude. Der Fahrer sprang eilig heraus und öffnete die hintere rechte Beifahrertüre. Ein übergewichtiger Mann wälzte sich aus dem Fond und verschwand eilig ins Haus.

„Merk dir das Kennzeichen." Sigrid versuchte, unbemerkt Fotos zu machen, stellte ihren Versuch aber ein, weil der Fahrer noch immer am Wagen stand und mit einem weißen Tuch den Lack polierte. Die Gefahr, von ihm entdeckt zu werden, war zu groß.

***

Toni Krogmann hatte die Baufirma „Fleischer GmbH" inzwischen auf Herz und Nieren überprüft und zahlreiche Informationen über die Firma und den Inhaber, der gleichzeitig als Geschäftsführer fungierte, zusammengetragen.

***

Zur Mittagszeit trafen sich die Mitglieder der „MK Beton" zum aktuellen Informationsaustausch wieder in Westhovens Büro. Sigrid Stotzem-Randerath erläuterte anhand ihrer Fotos das Firmengelände und erzählte auch von dem dunklen Mercedes, der auf das Gelände gerast war. Dann ergriff Toni das Wort.

„Der Mercedes ist als Firmenfahrzeug zugelassen und wird nach meinen Erkenntnissen nur vom Geschäftsführer benutzt. Mit Fahrer natürlich, so wie ihr es auch beobachtet habt. Hermann Fleischer, das ist der schwergewichtige Typ, ist aus polizeilicher Sicht kein Unbekannter. Unsere OK[86]-Dienststellen hatten den schon mal auf der Rolle, als er vor Jahren in einen Bauskandal verwickelt war. Die konnten ihm aber nichts nachweisen. Er kam damals mit einer Verfahrenseinstellung gegen Zahlung einer Geldstrafe in Höhe von 15.000 EUR an eine karitative Einrichtung davon. Dafür haben seine drei Anwälte gesorgt. Die Geldstrafe hat er dann fristgerecht abgestottert. Mit seinen 55 Jahren ist Fleischer noch Junggeselle und besitzt eine Wohnung im Rheinauhafen. Man munkelt, dass er auf Männer steht und die attraktiven Frauen in seiner Begleitung, übrigens allesamt Escort-Ladies, reine Fassade sind. Wer das allerdings in seiner Gegenwart offen erwähnt, der kann anschließend seine Zähne vom Boden aufheben. Seine Bodyguards sind schillernde Gestalten der Kölner Unterwelt, topfit und so hoch wie breit. Einer von denen soll sogar mal einen Gegner beim so genannten Käfigkampf in Belgien totgeschlagen haben. Dieses Gerücht hält sich hartnäckig. Ich frage mich aber, wieso ein Bauunternehmer so einen Schutz benötigt. Das stinkt doch zum Himmel."

[86] *Abk. für Organisierte Kriminalität*

„Boah, wie der sich aus dem Auto gewuchtet hat“, sagte Sigrid. „Dieser Typ ist so gewaltig. Wie sagt man so schön – noch ein paar Kilo mehr und der bekäme eine eigene Postleitzahl.“
„2011 war die Fleischer GmbH dann in großen wirtschaftlichen Schwierigkeiten“, fuhr Toni fort. „Fleischer hat die drohende Insolvenz damals gegenüber der Presse bestätigt. Und jetzt kommt‘s: Bevor es allerdings zum Insolvenzverfahren kam, herrschte plötzlich erstaunliche Liquidität. Niemand hat nachgefragt, wo das Geld hergekommen war. Offene Rechnungen wurden beglichen, die Löhne und Abgaben nachgezahlt.“
„Was sagt denn die Kollegin vom 34, haben die den Laden mal observiert oder durchsucht? Die haben doch ein paar Hinweise darauf bekommen, dass dort illegales Glücksspiel stattfindet“, meinte Westhoven.
„Wenn es nach Ose geht, schon. Aber die haben so viele Hinweise in diesem Deliktsbereich und das Personal wird deswegen nicht aufgestockt. Antwort: Nein!“
„Dann müssen wir uns darum kümmern. Ich werde noch mit Sarah sprechen und versuchen sie zu überreden, dass sie einen Durchsuchungsbeschluss erwirkt.“
„Wie jetzt, willst du jetzt mit der „MK Beton“ die Arbeit vom KK 34 machen?“, fragte Toni überrascht.
„Ich würde es anders formulieren: Wir könnten vielleicht zwei Fliegen mit einer Klappe schlagen. Ich erinnere an die Aussage von Herrn Lindweiler, der „ein dunkles Schlachtschiff“ und vier Personen in der Nacht am See gesehen haben will. Vielleicht waren das die Bodyguards mit dem Fahrer und Dr. Waechter. Außerdem gibt’s in der Baufirma bestimmt solche Betonkübel und den passenden Schnellbeton, mit dem unser Opfer beschwert wurde. Nicht zu vergessen die anonymen Hinweise auf diese illegale Spiel-

stätte und die Taxifahrt von der Maastrichter Straße aus dorthin. Und dann noch die Schifflechner. Die hat auch davon gesprochen, dass Waechter schnell reich werden wollte. Vielleicht finden wir sogar ein paar von diesen gefälschten 50-Euro-Scheinchen in der Firma. Irgendwo muss die Kohle doch abgeblieben sein. Wieso also nicht da? Es wäre einen Versuch wert und außerdem reicht die Erfolgsvermutung für die Beantragung des Beschlusses."

„Ich will ja nicht klugscheißerisch sein, aber meine Ausbildung ist ja auch noch nicht lange vorbei", warf D'Angelo ein. „Aus meiner Sicht kann man hier nur einen Beschluss für die Durchsuchung bei einem Unverdächtigen beantragen. Und dafür braucht man Tatsachen; die Vermutung reicht nicht aus."

„Gut aufgepasst im Unterricht. Aber du hast wohl übersehen, welche Fakten wir bereits haben. Ich weiß, dass es schwierig wird, aber wenn wir es nicht versuchen, werden wir auch nicht schlauer. Das kläre ich aber gleich mit Sarah. Sonst noch Anmerkungen?"

Niemand sagte etwas und D'Angelo hoffte, dass niemand seinen roten Kopf bemerkte.

***

Paul Westhoven hatte soeben Sarah Steinmann den kompletten Sachstand vorgetragen.

„Ich bin ganz deiner Meinung, Paul. Das ist die erste, wenn auch sehr vage Spur in unserem Fall. Formuliere bitte den Antrag mit allen Daten und maile ihn mir rüber. In der Zwischenzeit spreche ich mit dem Bereitschaftsrichter und kündige die Sache schon mal an. Die vielen Mosaiksteinchen passen doch gut zusammen", sagte die Staatsanwältin begeistert.

„Mach ich, bis später dann."

Nachdem Westhoven aufgelegt hatte, rief er Klaus Lubitz an.
„Selbstverständlich fahren meine Sachbearbeiter mit zur Durchsuchung. Kollege Natorp und Kollegin Arndt freuen sich bestimmt, mal einen Blick in die Räumlichkeiten dieser Baufirma zu werfen. Außerdem habe ich eventuell noch was für deinen Antrag. Wir haben heute eine Anzeige zur Bearbeitung übernommen, die von einer Bank in Ehrenfeld erstattet wurde. Die Scheine sehen auf den ersten Blick aus wie die, die uns die drei Fälscher gestern gebracht haben. Mit dem kleinen Unterscheid, dass die kaum sichtbar schief geschnitten sind."
„Moment mal. Kollege Natorp hat doch im Haus von unserem Opfer entsprechende Papierreste gefunden. Hast du ihm den Vorgang zugeschrieben?"
„Nö, das habe ich ja auch nicht gewusst. Aber ich gehe gleich mal zu ihm. Das wäre ja wohl ein Kracher. Ich melde mich, wenn ich mehr weiß."
Eine Viertelstunde später blinkte in Westhovens Apparat die Durchwahl von Natorp.
„Hallo, Anton", sagte Westhoven.
„Nee, hier ist Klaus. Ich bin grad hier und wollte direkt anrufen. So wie es aussieht, sind die vier Fünfziger tatsächlich auch aus dem gleichen Druck wie die drei Millionen von gestern, wie ich vermutet habe."
„Das heißt ja dann zumindest, dass die Scheine in Ehrenfeld in Umlauf gebracht wurden. Vermutlich von unserem Opfer."
„Genau."
„Und die Fleischer GmbH ist genau auf der Grenze zu Ehrenfeld."
„Richtig."
„Das reicht, Klaus. Ich bin jetzt noch zuversichtlicher, dass wir den Beschluss bekommen werden. Vielleicht finden wir ja noch die

restlichen Falsifikate."
„Dann passt das mit dem Team Natorp und Arndt umso besser. Sag uns Bescheid, wenn der Beschluss da ist."

***

Sigrid Stotzem-Randerath und Guido D'Angelo standen im Vorraum der Taxizentrale und warteten auf Makoto Bitangaro. Dieser Name stand in der Tabelle neben der Fahrt von der Maastrichter Straße zum Venloer Wall.

Ein junger Mann kam herein und fragte auf Kölsch, wieso er denn jetzt hierher kommen sollte. Die Frau von der Zentrale zeigte auf die beiden Ermittler.

Bitangaro war Mitte 20, seine Familie war aus Südafrika und er sprach astreines Kölsch mit leichtem holländischem Einschlag.

„Herr Bitangaro, mein Name ist Stotzem-Randerath, das ist mein Kollege D'Angelo. Wir ermitteln in einem Mordfall und haben in diesem Zusammenhang eine Frage zu einer Ihrer Fahrten letzte Woche."

„Mord?", fragte Makoto Bitangaro ungläubig.

„Einer Ihrer Fahrgäste wurde vergangenen Samstag im Naturfreibad in Vingst tot aufgefunden. Und eben dieser Mann hat sich von Ihnen von der Maastrichter Straße am Parkhaus zum Venloer Wall fahren lassen. Zu einer Baufirma Fleischer GmbH. Können Sie sich daran noch erinnern?"

„Wann soll das gewesen sein?"

„Letzte Woche Mittwoch, um 19.30 Uhr. Maastrichter Straße, Parkhaus."

Makoto Bitangaro überlegte. „Wissen Sie eigentlich, wie viele Fahrten ich in den letzten Tagen hatte? So genau gucke ich eigent-

lich nicht hin. Wenn Sie sagen, ich habe den Mann gefahren, dann wird es wohl so gewesen sein. Haben Sie vielleicht ein Foto?"
D'Angelo holte ein Foto hervor, das von dem Toten in der Rechtsmedizin gemacht worden war, als er auf dem stählernen Obduktionstisch gelegen hatte.
„Ja, den habe ich schon mal gesehen. Jetzt erinnere ich mich auch. Der hat mir die Ohren voll gesülzt von wegen mit seiner Frau auswandern. Ich habe da aber nicht so genau hingehört. Im Gegenteil, ich habe mich über die kurze Fahrtstrecke geärgert. Und Trinkgeld hat er mir auch nicht gegeben. Fehlte nur noch, dass er eine Quittung haben wollte, aber zum Glück nicht. Und der ist tot?"
„Ja. Haben Sie das denn nicht in der Zeitung gelesen? Der Express hatte doch eine Riesenschlagzeile darüber." Als Makoto Bitangaro verneinte, fragte D'Angelo: „Wo ist denn der Mann hin, nachdem er das Taxi verlassen hatte? Wissen Sie das noch?"
„Im Rückspiegel habe ich gesehen, wie er auf das Grundstück der Firma ging. Und das war's."
„Herr Bitangaro, wir brauchen Ihre Aussage auch schriftlich. Könnten Sie uns zum Präsidium begleiten?"
„Ginge das auch nach meiner Arbeit? In zwei Stunden, also um 15.00 Uhr, habe ich Schluss."
D'Angelo gab ihm die Anschrift.
Auf der Rückfahrt zum Präsidium freute sich D'Angelo über die Aussage. „Paul wird begeistert sein. Wir haben einen Augenzeugen, der gesehen hat, wie Waechter auf das Firmengelände ging. Und danach hat ihn keiner mehr lebend gesehen. Zumindest kennen wir niemanden. Wenn das kein Zufall ist…"

***

Dr. Antoni war seit fast 15 Jahren als Gutachter für die Deutsche Bundesbank tätig. Der Mittvierziger im unscheinbaren grauen Anzug, der sich selbst nach einer näheren Betrachtung einer Personenbeschreibung entzog, hatte den Auftrag, die 50-Euro-Scheine zu begutachten, die bei der Kölner Polizei abgegeben worden waren. Er öffnete einen der drei Aluminiumkoffer und entnahm ihm drei Banknoten. Das gleiche wiederholte er bei den anderen Koffern.

Während der Begutachtung zollte er den Fälschern Bewunderung und Respekt: „Genial", „unglaublich", „sogar das Hologramm." Nach Stunden trug er die letzten Ergebnisse ein. Die Hologrammfolie war um 0,16 Mikrometer dicker als das Original und der Farbwert des Hologramms wich um 14 Nanometer vom echten ab. Beides war für das menschliche Auge nicht zu erkennen. Auch die Tests in den herkömmlichen Geldprüfgeräten verliefen bei dieser Qualität wie erwartet: Die Fälschungen wurden nicht als solche erkannt.

Dr. Antoni griff zum Telefon und rief KHK Natorp an. Die beiden kannten sich aus etlichen anderen Verfahren und es hatte sich bewährt, wenn Dr. Antoni direkt den Sachbearbeiter beim KK 34 anrief.

Natorp schien überrascht. Zum ersten Mal während seiner Tätigkeit als Falschgeldsachbearbeiter war hier die Fälschungsklasse 1+ vergeben worden. Dies bedeutete, dass diese 50-Euro-Scheine nahezu perfekt waren. Niemand würde feststellen können, dass er es hier mit Falschgeld zu tun hatte, noch nicht mal mit einem Prüfgerät, wie sie oft an Supermarktkassen eingesetzt wurden.

***

Westhovens Telefon klingelte. Im Display erschien eine Mobilfunknummer.
„Paul, ich bin's. Ich rufe vom Handy aus an", meldete sich Sarah Steinmann.
„Das sehe ich."
„Der Bereitschaftsrichter hat den Beschluss ausgestellt. Er meinte zwar, dass er beide Augen zudrücken müsste, was ich übrigens überhaupt nicht so sehe, aber das ist mir auch egal. Wir haben, was wir wollten. Und ich habe ihm gleich angekündigt, dass wir, wenn wir in der Firma was finden, im Anschluss die Wohnung von Fleischer auch noch durchsuchen müssen. Wie schnell könnt ihr vollstrecken?"
Westhovens Antwort kam wie aus der Pistole geschossen: „Im Grunde sofort, aber ich würde das gern auf morgen früh verschieben. Ein Team hat mir vorhin mitgeteilt, dass wir einen Augenzeugen haben, der gesehen hat, dass unser Dr. Waechter auf dieses Firmengelände ging. Letzten Mittwoch."
„Wo habt ihr den denn her?"
„Das ist der Taxifahrer, der ihn von der Maastrichter Straße aus dorthin gefahren hat."
„Prima. Jetzt kommt endlich ein bisschen mehr Schwung in die Sache."
„Also, wann soll ich morgen bei euch sein? Ihr könnt mich doch mitnehmen, oder?"
„Klar nehmen wir dich mit. Da es eine Baufirma ist und da in dieser Branche nicht erst mittags mit der Arbeit begonnen wird, sollten wir um 06.00 Uhr dort auf der Matte stehen."
„Meinst du denn, dass der Fleischer dann auch schon da sein wird?

Die Geschäftsführung fängt doch sicher nicht im Morgengrauen an zu arbeiten", meinte Sarah Steinmann.
„Ich will nichts dem Zufall überlassen und ab 06.00 Uhr dürfen wir nach dem Gesetz loslegen. Und wenn Fleischer dann noch nicht da ist, meinetwegen. Dann rufen wir ihn eben an und sagen, dass er dorthin kommen soll. Irgendwer wird aber schon da sein und wir können schon mal rein", antwortete Westhoven.
„Puh, okay. Reicht das, wenn ich um 05.30 Uhr bei dir im Büro bin?"
„Klar, bis morgen dann. Tschüß, Sarah."
„Tschüß."
Nach dem Telefonat stellte Westhoven schon mal die Einsatzmappe mit den erforderlichen Dokumenten zusammen, die dem Betroffenen nach der Maßnahme auszuhändigen waren. Die bisher vorhandenen Daten trug er schon einmal in das Durchsuchungsprotokoll ein.

***

Als Westhoven gegen 18.00 Uhr nach Hause kam, lag ein weiterer Brief des Jugendamtes Mülheim auf der Kommode. Schon beim Anblick des Absenders merkte Paul, wie sein Blutdruck anstieg. Für dieses Thema hatte er derzeit überhaupt keinen Kopf.

„*…aus diesem Grund muss der Termin verschoben werden. Sie erhalten kurzfristig eine erneute Einladung…*"

Anne, die in die Diele gekommen war, sah ihn besorgt an. „Und, was steht da?"
„Der Termin findet nicht statt. Die blöde Alte ist wohl krank.

Wenn du mich fragst, will die das Ganze nur in die Länge ziehen und den Gefährdungsmeldungssofortdienst ad absurdum führen. Oder die plant was hinter meinem Rücken. Aber ich habe im Moment keine Kraft für so einen Nervenkrieg, auch wenn ich von dieser Abteilung beim Jugendamt bisher nur Positives gehört habe. Helfen können die mir aber im Endeffekt sowieso nicht. Am Ende wird alles vor dem Familiengericht entschieden. Du kennst die Madame."

Westhoven war nach solchen Schreiben immer öfter sehr angeschlagen. Er hatte Angst, dass seine Tochter Fiona bald nur noch in seiner Erinnerung existieren und er sich gänzlich mit ihr auseinanderleben würde.

Anne versuchte ihn aufzubauen: „Komm, das wird schon. In diesem Sofortdingsda arbeiten bestimmt keine Anfänger. Außerdem ist der Termin nur aufgeschoben und nicht aufgehoben. Andererseits gebe ich dir absolut recht. Deiner Ex ist nicht zu trauen. Aber du weißt: Was auch passiert, ich stehe das mit dir gemeinsam durch." Sie nahm Paul in den Arm. Dann passierte etwas, womit sie nicht gerechnet hatte. Westhoven weinte; sein Nervenkostüm lag in dieser Sache blank. Minutenlang schmiegte er sich an Anne und ließ seinen Gefühlen freien Lauf.

Als er um 01.00 Uhr immer noch auf den Wecker schaute, wusste er, dass dies wieder einmal eine schlaflose Nacht für ihn werden würde. Seine Gedanken und Sorgen um Fionas Zukunft ließen ihn nicht zur Ruhe kommen. Schon durch diese hirnrissige 14-tägige-Wochenendregel war ihm Fiona immer fremder geworden. Von Freitag- bis Sonntagnachmittag war einfach kein normales Alltagsleben möglich.

Als der Wecker um 04.45 Uhr klingelte, hatte er das Gefühl, dass sein Körper schwer wie Blei war.

Anne drehte sich kurz zu ihm herüber: „Viel Erfolg heute, Schatz.“ Westhoven schlurfte lustlos ins Badezimmer, rasierte sich, putzte sich die Zähne, wusch sein Gesicht und gelte sich die kurzen dunklen Haare. Eine kleine, heiße Tasse Kaffee war das einzige, was er an diesem Morgen herunterbekam.
Entgegen seiner sonstigen Fahrweise fuhr er diesmal unter Missachtung sämtlicher Geschwindigkeitsbegrenzungen einen neuen Rekord bis zum Präsidium und buchte sich um 05.17 Uhr im Zeiterfassungssystem ein.

***

Freitagmorgen, KK 11

Nacheinander trudelten die anderen Durchsuchungskräfte ein, und nach der Bewaffnung gingen alle zu ihren Fahrzeugen. Natorp fuhr mit seiner Kollegin Ose Arndt und Guido mit Sigrid. Toni begleitete Paul zum Hauseingang, um dort Sarah Steinmann zu treffen. Diese konnte ohne Zutrittsberechtigung nicht allein das Dienstgebäude betreten.

***

Das Tor zum Betriebsgelände der Baufirma Fleischer GmbH stand weit auf. Auf dem Hof herrschte reger Betrieb. Männer in dicken Winterjacken liefen herum. Zwei Betonmischer und ein Lastwagen parkten mit laufendem Motor. Ein Mann mit weißem Helm auf dem Kopf brüllte lautstark gegen den Dieselmotorenlärm an. Die Ermittler parkten die drei Fahrzeuge hintereinander auf dem Venloer Wall, unmittelbar neben dem Betriebsgelände.
Sarah Steinmann und Westhoven gingen vorneweg, als plötzlich

der Schäferhund laut anschlug und knurrend auf sie zustürmte. Westhoven griff instinktiv zu seiner Dienstwaffe und wollte sie gerade herausziehen, als der Hund wie von Geisterhand nach hinten gerissen wurde und nun auf der Stelle sprang und bellte. Die lange Kette hatte Schlimmeres verhindert.

KHK Natorp ging auf den tobenden Hund zu und rief lautstark *„Asta! Halt! Platz!“* und unterstrich diese Kommandos mit ausgestrecktem Arm und zum Boden zeigender Handfläche. Der Hund stutzte und als Natorp ein weiteres Mal die Kommandos gab, verstummte der Wachhund und legte sich ruhig hin. Die Ohren noch angelegt, begann er zaghaft mit dem Schwanz zu wedeln. Westhoven, dem immer noch die Knie zitterten, ließ den Griff seiner Waffe wieder los.

„Wieso hört der denn auf dich?“

„In bin seit über fünfzehn Jahren im PSV[87] in der Hundsportgruppe. Die Asta habe ich vor Jahren selbst ausgebildet. Ich war mir zwar zu Anfang nicht sicher, ob sie es tatsächlich ist, denn damals gehörte sie definitiv nicht dem Fleischer. Aber einen Versuch war es alle Male wert. Es hat ja auch geklappt, offenbar hat Asta mich nicht vergessen.“

Ein Mann mit Schnauzbart und mit einem weißen Helm, der alles mit angesehen hatte, eilte heran und rief: „Wer sind Sie und was wollen Sie hier? Das ist Privatgelände!“

„Mein Name ist Westhoven, das hier ist Staatsanwältin Steinmann und hinter mir sind meine Kollegen und Kolleginnen. Wir haben einen Durchsuchungsbeschluss, der heute vollstreckt werden soll. Ihr Name, bitte?“, fragte Westhoven ruhig und eiskalt.

„Ich bin hier der Polier. Solange Herr Fleischer nicht persönlich

[87] *Polizeisportverein*

anwesend ist, habe ich hier die Verantwortung. Um was geht es eigentlich?", fragte der Mann.
„Haben Sie auch einen Namen, Herr...?"
„Mankovitz, Peter Mankovitz."
Sarah Steinmann ergriff das Wort. „Herr Mankovitz. Sie haben ja eben gehört, dass wir einen Durchsuchungsbeschluss haben. Da Sie hier die Verantwortung haben, zeigen Sie uns jetzt bitte die Räumlichkeiten, damit wir anfangen können."
„Wie jetzt – anfangen? Wir warten noch auf Herrn Fleischer, damit der seine Zustimmung gibt. Vorher durchsucht hier keiner irgendwas. Für so einen Scheiß habe ich jetzt auch keine Zeit. Ich habe es nicht so gut wie ihr Beamten, ich werde nämlich nach Leistung bezahlt. Außerdem waren erst letztens eure Kollegen von der FKS[88] da und haben hier alles überprüft. Langsam reicht es, ich glaube es hakt, hier kommt man überhaupt nicht mehr zum Arbeiten!"
„Mit der FKS haben wir nichts zu tun", sagte Sarah Steinmann. „Wir sind nicht wegen Schwarzarbeit hier. Und ob Ihr Chef einverstanden ist oder nicht, spielt hier und heute auch keine Rolle. Aber es wäre natürlich gut, wenn Sie Ihren Chef anrufen und ihn herbitten würden. Das weitere besprechen wir dann mit ihm und nicht mit Ihnen. Und zeigen Sie uns die Räumlichkeiten. Oder wollen Sie uns ernsthaft an unserer Arbeit hindern?"
Mankovitz gab nach diesen deutlichen Worten der Staatsanwältin klein bei und murmelte leise vor sich hin: „Is ja jut, ich mach ja schon." Von juristischen Angelegenheiten schien er keine Ahnung zu haben. Er fragte auch nicht mehr nach dem Beschluss, sondern führte die Ermittler ins Bürogebäude.
Das Büro von Hermann Fleischer war ein Eckbüro und lag am

[88] *Abk. f. Finanzkontrolle Schwarzarbeit*

Ende des Flures. Es war unverschlossen. Ein schwerer antiker Schreibtisch aus Holz passte hervorragend zu dem ansonsten modern eingerichteten, rund 40m² großen Büro. An den Wänden hingen zwei Gemälde und einige Urkunden der Industrie- und Handelskammer zu Köln. Hinter dem Schreibtisch stand ein Humidor aus Walnussholz, in dem ein Hygrometer integriert war.
Sigrid Stotzem-Randerath hob vorsichtig eines der Gemälde an und schaute dahinter. „Das ist ja wie in einem schlechten Film. Ein Wandtresor hinterm Bild, wie einfallsreich."
Sarah Steinmann freute sich. „Den kann der mal direkt öffnen, wenn er hier ist. Hat dieser Polier eigentlich den Fleischer erreicht, Paul?"
„Ich frage ihn. Der wollte eigentlich nur kurz anrufen und dann wiederkommen", antwortete Westhoven und verließ den Raum.
„Ja, sicher kommt der gleich hier hin. Was denken Sie denn? Und Sie sollen sich schon mal warm anziehen, der bringt seinen Anwalt mit", sagte der Polier, als Westhoven ihn fand.
Solche „Drohungen" hatte Westhoven in seinem langen Polizeileben schon oft gehört. Meist waren es Sprüche wie: „Sie wissen nicht, mit wem Sie sich hier anlegen", „Ich kenne Ihren Präsidenten", „Damit ist Ihre Karriere zu Ende", „Ich hetze Ihnen meinen Anwalt auf den Hals", und so weiter. Bisher waren das allesamt leere Drohungen gewesen und er hatte auch nie wirklich Sorge, nur weil er seinen Job erledigte. Zwangsläufig würde er immer wieder Leuten auf die Füße treten müssen.
„Hat er gesagt, wann das sein wird?"
„Der wollte direkt losfahren. Vom Rheinauhafen aus braucht man ja um diese Uhrzeit sicher nicht so lang. Der wohnt da irgendwo in einem der tollen Kranhäuser in der 15. Etage und schwärmt immer von der Aussicht auf den Rhein."

Minuten später fuhr ein dunkler Mercedes mit quietschenden Reifen auf den Innenhof. Der Fahrer sprang aus dem Wagen und eilte zur hinteren Beifahrertür. Hermann Fleischer wuchtete sich heraus und ging mit stampfenden Schritten Richtung Eingang.
Er hatte sein Büro noch nicht erreicht, als er auch schon lautstark lospolterte. „Wer hat hier das Sagen?! Was fällt Ihnen ein, in mein Büro einzubrechen?! Das wird Ihnen noch leid tun. Wer das hier zu verantworten hat, wird sich wünschen, nie hier gewesen zu sein!"
Als wenn Westhoven es geahnt hätte – schon wieder so ein Sprücheklopfer.
Er wollte sich gerade Hermann Fleischer widmen und antworten, als Sarah Steinmann sich einmischte: „Mein Name ist Steinmann, Staatsanwaltschaft Köln. Sind Sie Herr Fleischer?"
„Sonst würde ich mich wohl kaum so aufregen!"
„Haben Sie einen Ausweis, mit dem Sie das beweisen können?"
„Was fällt Ihnen ein? Natürlich hab ich einen Ausweis, aber den gebe ich Ihnen nicht."
Sarah Steinmann wandte sich zu Westhoven. „Herr Westhoven, offenbar hat sich hier jemand unberechtigt Zutritt verschafft, um unsere Amtshandlung zu stören. Könnten Sie bitte dafür Sorge tragen, dass der Mann hier das Gebäude verlässt und wir ohne Störung mit der Maßnahme fortfahren können?"
Bevor Westhoven reagieren konnte, kramte Fleischer seinen Personalausweis hervor und hielt diesen Steinmann vor die Nase. „Hier, lesen können Sie ja bestimmt. Zufrieden?!"
Steinmann ließ sich nicht aus der Ruhe bringen. „Vielen Dank, Herr Fleischer", sagte sie und hielt ihm den Durchsuchungsbeschluss hin. „Ich habe da auch was für Sie. Ich unterstelle mal, dass *Sie* auch lesen können." Fleischer riss ihr den Beschluss aus den Fingern.
Während er den Beschluss des Amtsgerichts las, atmete er schwer.

„Na, das ist ja wohl an den Haaren herbeigezogen. Da wird sich mein Anwalt aber freuen. Sie können sich auf eine Schadensersatzklage und Ihr Karriereende einstellen. Sie alle hier können sich darauf einstellen! Unverschämtheit! Illegales Glücksspiel und dann noch diese Anspielungen auf einen Dr. Waechter. Wer soll das sein?"
Westhoven antwortete: „Das wissen Sie besser als wir." Er ließ diese Aussage bewusst so stehen und erläuterte sie nicht, auch nicht, als Fleischer nachhakte.
„Durchsuchen Sie, was Sie wollen. Sie werden nichts finden. Aber eins sage ich noch mal in aller Deutlichkeit: Das werden Sie bereuen!"
„Öffnen Sie uns bitte den Tresor in Ihrem Büro", entgegnete Westhoven und ignorierte Fleischers Drohung. „Da müssten wir noch einen Blick reinwerfen."
„Der Inhalt ist geheim. Das geht die Polizei und Staatsanwaltschaft überhaupt nichts an. Ich werde Ihnen bestimmt nicht meine geheimen Geschäftsinterna zeigen."
„Sie müssen nicht mitwirken. Dann lassen wir jemanden kommen, der den Tresor gewaltsam öffnet."
Westhoven sah, wie Fleischer mit sich haderte. Einen Moment später stapfte Fleischer widerwillig voran, drehte an der Kombination und steckte den Schlüssel ins Schloss. Die Tür öffnete sich mit einem Ruck und die Ermittler staunten nicht schlecht.

***

Dr. Antoni hatte an diesem Morgen die Abteilung für Schwere und Organisierte Kriminalität (SO) beim Bundeskriminalamt angerufen. Aus seiner langjährigen Zusammenarbeit mit der SO wusste er, dass diese Abteilung für Falschgeld zuständig war. Ob es sich bei den drei Millionen Euro aus gefälschten 50-Euro-Scheinen um eine international organisierte Herstellung oder nur um Verbreitung von Falschgeld handelte, vermochte der Gutachter nicht zu sagen. Aber allein die Qualität der Falsifikate sprach Bände. Und in Zeiten einer Euro-Krise wäre es fatal, wenn größere Geldsummen dieser gefälschten Scheine in den Geldkreislauf der Bundesrepublik Deutschland gerieten und dies in den anderen EU-Ländern bekannt würde. Der Leitende Kriminaldirektor der Abteilung SO, Berthold Blötter, gab zu bedenken, dass es bisher niemand hinbekommen habe, Fälschungen zu erstellen, die an die Qualität des Originals heranreichten. Außerdem habe niemand Zugriff auf Originalbanknotenpapier, spezielle Druckfarben und Banknotendruckmaschinen, mal abgesehen vom fälschungssicheren Hologramm und den anderen Sicherheitsmerkmalen. Allerdings sah Blötter seine Zuständigkeit nach § 4 Bundeskriminalamtgesetz (BKAG) begründet, da er bei den fünf Fälschern die Bildung einer kriminellen Vereinigung gemäß § 129 Strafgesetzbuch (StGB) subsumierte, noch dazu kam die Unsicherheit, ob die Fälschungen hier internationalen oder nationalen Ausmaßes waren. Zum Ende des Gesprächs war Blötter endgültig davon überzeugt, dass es sich hier mit einer Wahrscheinlichkeit von 99% um ein Ermittlungsverfahren mit hohem wirtschaftlichem Schaden handelte. Er würde daher umgehend den Fall mit dem Generalbundesanwalt besprechen. Wenn dieser sich der Einschätzung anschlösse, würde das BKA den Fall übernehmen.

***

Nach der Erörterung mit dem Generalbundesanwalt (GBA) hieß es: „Das BKA hat sich eingeschaltet und übernimmt ab sofort die Ermittlungen."

Für den GBA wurde ein Dr. Riecke als Ansprechpartner benannt.

***

Westhoven und Sarah Steinmann blickten sich sprachlos an. Dann schauten sie wieder in den Tresor. Ein schwarzer Riesendildo, der auf einem kleinen Fotoalbum lag, forderte ihre ganze Aufmerksamkeit. Das Fotoalbum war randvoll mit Bildern von jungen Männern: Pornobildern mit eindeutigen gleichgeschlechtlichen sexuellen Handlungen.

Fleischers Gesicht war rot angelaufen. Er hatte sich in der Öffentlichkeit noch nie zur Homosexualität bekannt. „Jetzt beeilen Sie sich doch! Das ist meine Privatsache", rief er.

„Jetzt regen Sie sich mal nicht auf. Wir sind schließlich in Köln und da interessiert es wirklich niemanden, worauf Sie stehen. Und Sie haben recht, uns interessiert es auch nicht. In Ihrer Freizeit können Sie tun und lassen, was Sie wollen, solange Sie nicht gegen geltendes Recht verstoßen."

Neben ausgedruckten, eindeutigen E-Mails verschiedener Männer lag aber noch ein weißer Umschlag im Tresor. Westhoven zog ihn heraus. Ein dickes Bündel 50-Euro-Scheine steckte darin. Er rief KHK Natorp und bat ihn, die Scheine zu prüfen.

„Die 186 Scheine sehen aus wie die von gestern, nur dass die hier schief geschnitten sind. Daher tippe ich mal, dass es sich hier um die Scheine von dem Probebogen handeln könnte. Wenn wir die Puzzleteile zusammensetzen, also die Papierreste aus Waechters Haus, dann werden wir es genau wissen. Auf so einen Bogen passen meines Wissens nämlich immer 200 Stück."

Westhoven drehte sich zu Fleischer. „Herr Fleischer, die Luft wird langsam dünn für Sie."

„Pah!", war die ganze Reaktion des Firmeninhabers.

Sigrid Stotzem-Randerath und Toni Krogmann riefen über den

Hof nach Westhoven. Er solle mal dringend in die Lagerhalle kommen.
„Was habt ihr denn gefunden?", fragte er sie.
„Das solltest du dir selbst ansehen." Toni zeigte auf eine als Feuertür gekennzeichnete Blechtür in der hinteren Ecke der Lagerhalle.
„Du machst es aber spannend." Westhoven schritt auf die Tür zu. Als er in den Raum dahinter blickte, kam regelrecht Freude in ihm auf. Er blickte auf einen runden Tisch mit sechs Stühlen und einen Roulettetisch. Über dem mit grünem Filz bezogenen Tisch, auf dem Felder für verschiedene Kartenspiele gedruckt waren, baumelte eine Hängelampe. Die Luft stank nach kaltem Rauch, die Aschenbecher waren randvoll mit Zigarettenkippen und Resten von Cohibas. „Gute Arbeit, Mädels. Gute Arbeit."
Westhoven ging zurück ins Bürogebäude.
Fleischer hatte sich mittlerweile auf seinen Ledersessel in seinem Büro niedersinken lassen und sah nun noch beleibter aus. Sein Doppelkinn verdeckte den Halsbereich.
KHK Natorp, Guido D'Angelo und Sarah Steinmann waren enthusiastisch, als sie von der illegalen Zockerhöhle erfuhren.
„Herr Fleischer, wenn vorhin schon die Luft dünn war – jetzt ist sie ganz weg. Sie wären gut beraten, wenn Sie uns erzählen, was hier passiert ist. Wir gehen davon aus, dass Dr. Waechter in der Nacht vor seinem Verschwinden hier gewesen ist und im Raum hinter der Feuertüre gezockt hat. Die 50-Euro-Scheine in Ihrem Tresor sind ein Indiz dafür. Und ganz sicher finden wir auch Fingerabdrücke und DNA von Dr. Waechter auf den Scheinen, auf den Spielkarten und wer weiß wo noch hier. Und Sie fahren einen dunklen Mercedes und haben jede Menge Schnellbeton und Betonkübel drüben im Lager. Das sieht nicht gut aus."
„Sie können mir nichts beweisen", sagte Fleischer. „Ich kann meine

Räume einrichten, wie ich will. Und Geld darf ich in meinem Tresor auch haben."

„Wie heißt eigentlich Ihr Anwalt? Kommt der jetzt her oder nicht?"

„Ich habe dem Ommer eine Nachricht hinterlassen. Wenn der nicht bald hier aufkreuzt, war das der letzte Auftrag, den er von mir bekommen hat. Ich zahle dem schließlich eine Schweinekohle jeden Monat."

Westhoven kannte Rechtsanwalt Ommer. Mit diesem hatte er damals zu tun gehabt, als er den jungen Julius Stolz vorläufig festgenommen hatte, weil er ihn für tatverdächtig am Mord an einer jungen Studentin hielt.[89] Seinerzeit war er eigentlich mit ihm zurechtgekommen, aber grundsätzlich hatte er sich von Strafverteidigern noch nie beeindrucken lassen.

Westhoven telefonierte mit dem Leiter des KK 11. Mit wenigen Sätzen informierte er Arndt Siebert über das Ergebnis. Dieser würde sich nun darum kümmern, dass der Erkennungsdienst so schnell wie möglich zu Fleischers Firma fahren würde, um nach auswertbaren Spuren zu suchen. Dr. Waechter hatte bestimmt irgendetwas angefasst, was nicht in der Zwischenzeit gereinigt oder entsorgt worden war.

***

Als Michael Drees mit dem Fotografen und weiteren Spezialisten der Spurensuche eingetroffen war, wollte er als erstes mit dem forensischen Licht den dunklen Mercedes untersuchen. Ohne Diskussion öffnete der Fahrer den Kofferraum. Nach wenigen Minuten stand das Ergebnis fest: Keine Hinweise auf Blut, Spucke oder

[89] *Mörderischer Fastelovend (Bd. I der KRIMINAListenROMANE, erschienen 2010 im Edition-Lempertz-Verlag)*

sonstige Körperflüssigkeiten. Das gleiche Ergebnis im Innenraum. Der schmächtige Fahrer fragte noch, was Drees zu finden hoffte, bekam aber keine Antwort. Daraufhin erzählte der Fahrer stolz, dass er den Wagen jeden Tag reinige. Ansonsten würde täglich das Schwert der Arbeitslosigkeit über seinem Kopf schweben. Bei seiner Einstellung hatte Fleischer ihm deutlich gesagt, dass er ihn quasi beim ersten Vogelschiss auf dem Wagen entlassen werde. Und dies könne er sich nicht leisten. Er habe schließlich nichts anderes gelernt und zu Hause zwei Kinder und eine Ehefrau zu versorgen. Deswegen würde er den Innenraum auch zu jeder Gelegenheit saugen.

Westhoven vereinbarte mit Drees, dass Toni Krogmann noch als Ansprechpartnerin vor Ort bleiben würde, während er mit den anderen zum Rheinauhafen fahren wollte, um die Wohnung im Kranhaus zu durchsuchen.

„Wir können", sagte Sarah Steinmann, und Westhoven wusste sofort, was sie damit meinte. Sie hatte in den letzten Minuten mit dem Bereitschaftsrichter gesprochen und dieser hatte jetzt mündlich den Beschluss erlassen.

„So, kommen Sie, Herr Fleischer. Sie fahren mit uns."

Widerwillig stieg er ein und quetschte sich auf die Rückbank.

***

Willy-Brandt-Straße 1, 10557 Berlin - Kanzleramt

Die drei Jackenknöpfe ihres blauen Hosenanzugs spannten ein wenig, als SIE sich hinsetzte. Der Stress der letzen Besprechungen während des so genannten kleinen EU-Gipfels ließen ihre Mundfalten noch tiefer erscheinen. Ohne Umschweife eröffnete sie die allmorgendliche Besprechung:

„Meine Damen und Herren, ich wünsche Ihnen einen guten Morgen. Ich möchte sofort zu Punkt 1 der Tagesordnung, dem Ihnen vorliegenden Memorandum BUB 12478/13, kommen. Hierzu begrüße ich in unserem Kreis die Herren Dr. Antoni von der Bundesbank in Frankfurt und Dr. Riecke von der Bundesanwaltschaft. Herr Dr. Antoni, bitte erläutern Sie uns kurz das vorliegende Gutachten."

Dr. Antoni begann in dem ihm eigenen monotonen Tonfall mit der Erläuterung:

„Durch das Polizeipräsidium Köln wurden uns gefälschte 50-Euro-Scheine zur Begutachtung vorgelegt, deren hohe Qualität uns bisher nicht bekannt war und die wir ein und demselben Hersteller zuordnen konnten. Die Scheine wurden auch in Köln sichergestellt, die Fälscher selbst haben die Scheine und ihr gesamtes Equipment abgegeben. Es handelt sich bisher um drei Millionen Euro in 50-Euro-Noten. Die Täter verwendeten unterschlagenes Originalbanknotenpapier einer Firma aus dem Rheinland, einem der vier Hersteller dieses Papiers mit Wasserzeichen. Die Farbtextur stimmt mit den Originalfarben fast hundertprozentig überein. Der Druck ist erstklassig. Hätte nicht von Anfang an ein Geständnis der Täter vorgelegen, wäre die Fälschung mit den normalen üblichen Prüfmethoden nicht erkannt worden. Erst bei einer weitergehenden Untersuchung habe ich folgendes festgestellt:

Die aufgebrachte Hologrammfolie ist um 0,16 Mikrometer dicker als beim Original. Hierdurch verschiebt sich schließlich der Farbwert des Hologramms um 14 Nanometer. Diese Farbverschiebung lässt sich mit den normalen Mitteln einer Bank nicht feststellen. Eine Überprüfung der allgemein bekannten Sicherheitsmerkmale durch Fühlen, Sehen und Kippen ist ebenso ausgeschlossen. Auch die im Handel erhältlichen Geldprüfgeräte helfen hier nicht weiter,

keines der Geräte hat die Fälschungen erkannt.
Diese 50-Euro-Falsifikate sind demzufolge im Zahlungsverkehr nicht erkennbar und deswegen haben wir zum ersten Mal gefälschte Banknoten in die deutsche Fälschungsklasse 1+ eingestuft. Sollten Scheine dieser Qualität in großem Maße in Umlauf gebracht werden, steht die Bundesrepublik vor einem schwerwiegenden Problem."
SIE übernahm wieder das Wort: „Meine Damen und Herren, in der derzeitigen politischen Lage der Eurokrise ist es für mich undenkbar, dass die Öffentlichkeit und die anderen EU-Mitgliedsstaaten von der Existenz dieser nicht identifizierbaren Falsifikate erfahren. Die Reaktionen der Wirtschaft – insbesondere der Börsen – vermag ich mir gar nicht auszumalen. Hinzu kommen noch die nicht absehbaren Folgen in der internationalen Politik. Dieser Fall gefährdet eindeutig die innere Sicherheit der Republik. Ich habe mit dem Herrn Generalbundesanwalt die weitere Behandlung dieser Angelegenheit besprochen. Herr Dr. Riecke von der Bundesanwaltschaft wird Ihnen dies erläutern."
„Meine Damen und Herren, die Täter haben sich selbstständig bei der Kriminalpolizei Köln gemeldet und das Falschgeld übergeben. Der fehlende Restbetrag, es dürfte sich – soweit die Aussagen stimmen – um rund zwei Millionen Euro handeln, wird nicht wirtschaftsschädlich sein. Wichtig ist, dass alle Dateien und Druckplatten sichergestellt worden sind.
Das Bundeskriminalamt übernimmt ab sofort den Fall. Die Akten wiederum übernimmt sofort die Bundesanwaltschaft. Diese wird dann nach §153e StPO verfahren. Alle Akten und Ermittlungsergebnisse erhalten das Merkmal *geheim.* Alle Beteiligten werden belehrt. Danach hat es diesen Vorfall nie gegeben. Und das meine ich wörtlich, meine Damen und Herren, auch für Sie nicht. Ich bitte

Sie daher freundlichst, Ihre diesbezüglichen Unterlagen vor Verlassen des Raums am Ausgang abzugeben. Vielen Dank. Kommen wir dann zu Punkt 2."

***

Die Tiefgarage am Rheinauhafen hatte eine Länge von 1,6 Kilometern. Die Ermittler wollten nicht mit ihren Dienstwagen in Europas längster Tiefgarage parken und standen jetzt vor der Schranke, die die Zufahrt zum Rheinauhafen regelt. KHK Westhoven hatte dies bei der Einsatzplanung miteinkalkuliert. Er wusste um eine Vereinbarung zwischen Polizei und der RVG Rheinauhafen Verwaltungsgesellschaft. Am Vortag hatte er mit dem Geschäftsführer telefoniert und abgesprochen, dass am nächsten Tag die hydraulischen Sperrpoller heruntergefahren würden, um den Einsatzkräften die Zufahrt zum Objekt zu ermöglichen. Der Geschäftsführer bot sogar an, dass Westhoven auch eine Grundrisszeichnung der Wohnung haben könnte, was dieser jedoch ablehnte, da er den Namen nicht preisgeben wollte. Der Geschäftsführer bat Westhoven bei der ganzen Aktion um Diskretion und hatte ihn um die Verwendung einer Legende gebeten.
Als sie nun an der Schranke ankamen, stieg Westhoven aus und ging zum beleuchteten Pförtnerhäuschen. Der Angestellte des Sicherheitsdienstes öffnete das Fenster und sah Westhoven fragend an.
„Guten Morgen, Westhoven von der Local Crime Film Productions."
Der Pförtner reagierte sofort.
„Morjen. Die Verwaltung hat mir hier ein Schreiben hingelegt. Das geht in Ordnung. Fahren Sie da vorne durch und dann links.

Ich lasse die Hydraulikpoller herunter, dann können Sie durchfahren. Viel Spaß beim Dreh.
Er wandte sich seinem Schaltpult zu, öffnete die Schranke und senkte die Poller ab. Westhoven stieg wieder ein und die kleine Kolonne fuhr durch die teils menschenleeren Straßen des Hafengeländes zum Kranhaus Nord. Auf dem Weg dorthin blickte Sarah Steinmann in Richtung Rhein und dachte an ihre Eltern, die sich damals ernsthaft für eine der 133 repräsentativen Wohnungen mit ihrem atemberaubenden Blick auf Rhein und Dom interessiert hatten und dafür sogar ihr Einfamilienhaus verkaufen wollten. So hatten es seinerzeit auch die Schmitzemanns gemacht. Allein für den Parkplatz in der Tiefgarage hatten sie 10.000 hinblättern müssen. Aber nicht als Nutzungsentgelt, sondern nur für das Recht, überhaupt für 120 im Monat einen festen Parkplatz mieten zu dürfen. Gegenüber ihren Eltern hatten die ehemaligen Nachbarn auch vom tollen Service geschwärmt. Im Kranhaus gäbe es einen Concierge, der fast alle Wünsche erfülle. Dazu gäbe es ein taschenbuchdickes Heft, in dem alle Leistungen aufgeführt seien. Regelmäßig würde jemand kommen und den Kühlschrank nach ihren Wünschen füllen. Es wäre einfach traumhaft. Ihren großen Garten würden sie nicht vermissen und sich stattdessen an ihrem luxuriösen großen Balkon erfreuen und den Ausblick auf den Yachthafen und das Olympiamuseum genießen.
Die Ermittler betraten die Lobby und blickten auf die Fahrstühle, die dort warteten. Kurz darauf erreichten sie die 15. Etage. Der Flur, der zur Wohnung führte, gab den Blick auf das Atrium frei. Die Wohnungstür ließ sich per Knopfdruck mit einen Transponder öffnen. Schlösser suchte man hier vergebens.
„Kommen Sie schon. Ich will nicht, dass meine Nachbarn das mitbekommen.“ Fleischer drängte in die 98m^2 große Wohnung.

„Hoffentlich haben Sie keine Steinchen unter den Schuhen. Ich will nicht, dass Sie mir mein Parkett verkratzen. Es ist aus kerngeräucherter Eiche. Das hat mich nämlich eine ordentliche Stange Geld gekostet."

So grobschlächtig Fleischer auch war, bei der Einrichtung seiner Wohnung hatte seine Innenarchitektin Geschmack bewiesen. Vom Wohn- und Essbereich aus hatte man einen uneingeschränkten Blick auf den Kölner Dom. Das Wasser des Rheins glitzerte in der Sonne. Auch in den anderen Zimmern standen moderne und hochwertige Möbel. In der offenen Einbauküche mit Kochinsel stand neben einer Spülmaschine und einer Mirkowelle ein dunkelroter Dekantierschrank, in dem Rotweine aus aller Welt lagerten. Das luxuriöse Badezimmer hatte eine ebenerdige Dusche.

„Haben Sie hier auch einen Tresor?", fragte Westhoven. „Oder müssen wir erst alle Bilder anheben?"

Grimmig zog Fleischer einen kleinen Perserteppich zur Seite, unter dem sich ein im Boden eingelassener Tresor befand. Westhoven stand neben ihm, als er diesen öffnete. Nachdem die Verriegelung gelöst war, gebot Westhoven ihm Einhalt. Er wollte nicht riskieren, dass Fleischer eine Waffe aus dem Tresor hervorholen könnte. Schwitzend stand Fleischer daneben, als Westhoven zehn 50-Euro-Banknoten herausholte und sie KHK Natorp übergab. Westhoven wartete ungeduldig auf die erste Bewertung der Scheine.

„Entweder sind die echt oder genauso falsch wie die anderen. Jedenfalls sehen sie aus wie die anderen Scheine. Wenn man genau hinguckt, dann erkennt man, dass die schief geschnitten sind. Also, ich würde sagen, dass wir hiermit den gesamten Probedruck vervollständigt haben."

„Wollen Sie irgendwas dazu sagen, Herr Fleischer?", fragte Sarah Steinmann.

„Ich sage gar nichts. Sie drehen mir doch sonst sowieso nur das Wort im Mund herum."
„Herr Fleischer, Sie sind vorläufig festgenommen und werden noch heute einem Haftrichter vorgeführt."
„Weshalb denn das, wegen so ein paar Scheinchen? Woher soll ich denn wissen, dass die angeblich falsch sind? Das können Sie mir nicht anlasten. Sogar Ihr feiner Experte hier ist sich doch noch nicht einmal sicher, ob sie tatsächlich falsch sind. Das können Sie nicht machen! Scheiße, wo bleibt mein bescheuerter Anwalt? Verflucht noch mal!" Fleischers Gesicht lief puterrot an.
„Herr Fleischer, Sie stehen unter dem dringenden Tatverdacht, etwas mit dem Mord an Dr. Waechter zu tun zu haben. Die Indizien sprechen gegen Sie. Wir warten die Ergebnisse der Spurensuche ab. Außerdem dürfte Ihnen klar sein, dass wir auch feststellen können, ob der Beton, den wir an Waechters Füßen gefunden haben, aus Ihrer Firma stammt."
Auf das Anlegen von Handschellen verzichtete Westhoven aus zweierlei Gründen: Keine der dienstlichen „Achten" passte um Fleischers Handgelenke, ohne die Blutzirkulation erheblich zu beeinträchtigen. Ausserdem war Fleischer sehr ruhig und vermittelte eher den Eindruck, sich sicher zu sein, dass sein Anwalt ihn schon wieder rausholen würde.

***

Gegen Mittag saßen KK D'Angelo, Sarah Steinmann, Hermann Fleischer und Rechtsanwalt Ommer in Westhovens Büro. Zwischenzeitlich hatte Michael Drees ihnen mitgeteilt, dass etliche Fingerabdrücke von Dr. Waechter auf den Spielkarten und glatten Flächen der Jetons gesichert worden seien, ebenso auf dem Toilettendeckel. Nach den Formalien und knappen Angaben zum Werdegang und zur Person von Fleischer konfrontierte Westhoven diesen mit sämtlichen Ergebnissen, ohne dabei ins Detail zu gehen. Als der Bauunternehmer darauf etwas erwidern wollte, wurde er von seinem Anwalt davon abgehalten. Man wolle sich zunächst beraten. Zu diesem Zweck führte KK D'Angelo die beiden Männer in den Besprechungsraum und wartete davor.

Nach gut dreißig Minuten Beratung öffnete sich die Tür zum Besprechungsraum und Rechtsanwalt Ommer kam mit seinem bleichen Mandanten heraus. Er verkündete, dass sie nun ein paar Angaben machen wollten.

Im Büro von Westhoven teilte der Rechtsanwalt mit, dass sich sein Mandant vorerst nicht einlassen werde, und er im Falle einer Inhaftierung sofortige Beschwerde einlegen werde. Die Vorwürfe wären unhaltbar, hypothetisch und unbewiesen. Seit wann würde jemand unter Mordverdacht stehen, nur weil das Opfer ihn besucht habe und ansonsten rein garnichts für eine Täterschaft seines Mandanten sprechen würde?

„Ich denke, Sie irren sich, Herr Ommer", sagte Sarah Steinmann unbeirrt. „Aber es ist Ihr Mandant. Sie werden schon wissen, was Sie tun oder eben auch nicht tun. Herr Fleischer wird jedenfalls noch heute dem Haftrichter vorgeführt."

KK D'Angelo und Sigrid Stotzem-Randerath brachten Fleischer zum Polizeigewahrsam, wo er bis zur Vorführung vor den Haftrichter in eine Zelle gesperrt wurde. Seine Schnürsenkel und sein Gürtel wurden ihm abgenommen.

„Paul", fragte Sarah Steinmann, „habt ihr sämtliche Rufnummern von Fleischer?"

„Ich denke schon. Was hast du vor?"

„Ommer hat natürlich Recht mit seiner Annahme. Ich würde auch keine Hand dafür ins Feuer legen, dass der Haftrichter mitzieht und gegen Fleischer den U-Haft-Befehl erlässt, obwohl eigentlich alles gegen ihn spricht. Für diesen Fall sollten wir dann gewappnet sein und sämtliche Leitungen mithören, falls er entlassen wird."

„Weißt du was, Sarah? Im Grunde wünsche ich mir, dass er nicht in U-Haft genommen wird. Selbst wenn er einer der Männer am See gewesen sein sollte, gibt es definitiv noch weitere Täter. Und die müssen wir schließlich auch noch finden. Ich kümmere mich um alles, du musst mir nur den Antrag schreiben. Ich schicke dann Toni damit zum Ermittlungsrichter, damit dieser dann hoffentlich den Beschluss erlässt."

„Also, da sehe ich überhaupt keine Schwierigkeiten. Immerhin haben wir hier sogar zwei Katalogstraftaten, die im §100a StPO[90] aufgeführt sind, nämlich Geldfälschung und Mord. Mach dir keinen Kopf, diesen Beschluss kriegen wir auf jeden Fall."

Westhoven fing auf einmal an zu lachen.

„Hab ich was Lustiges gesagt, Paul, oder habe ich was im Gesicht?", fragte Sarah Steinmann.

„Nee, nee. Mir geht nur gerade der schwarze Riesendildo durch den Kopf. Wer weiß, was wir auf der TÜ alles für Schweinereien zu hören kriegen?"

„Mensch, Paul. Diese Erkenntnisse gehören zum Kernbereich der privaten Lebensgestaltung. Ich muss ja wohl nicht erläutern, dass diese Aufzeichnungen zu löschen und aktenkundig zu machen sind. Wir dürfen uns hier keinen Patzer erlauben; der Ommer ist dreimal chemisch gereinigt und haut uns das sonst um die Ohren."

[90] *Abk. f. Strafprozessordnung, hier konkret: Absatz 2, e) und h)*

***

Gegen 14.30 Uhr verließ Toni Krogmann das Büro des Ermittlungsrichters in der Luxemburger Straße. Sofort griff sie zum Telefon und rief Westhoven an: „Wir haben die Beschlüsse."
„Prima. Dann gib Gas, damit wir sie noch schnell an die Netzbetreiber schicken können."

***

Es war gerade kurz nach 15.00 Uhr, als die Beschlüsse per Fax versandt waren. Wenig später stellte das LZPD[91] NRW die Leitung auf dem Server zur Verfügung. Von diesem Server aus waren Westhoven und auch sein Team in der Lage, mit dem IT-Programm rsCase[92] die Datenmasse der Verbindungsdaten und Mitschnitte der Telefonate zu verwalten. Außerdem könnten die Ermittler die Telefonate unmittelbar mithören.
Sarah Steinmann schaute auf die Uhr. „So, jetzt kommt's auf den Haftrichter an. Paul, ist Fleischer schon bei ihm?"
„Ich frage mal im PGD[93] nach." Westhoven wählte die Durchwahl und bekam die Information, dass Fleischer seit genau 18 Minuten in Begleitung seines Anwaltes beim Haftrichter sei. „Ich denke, wir werden es gleich wissen. Die Kollegin vom PGD ruft direkt zurück, sobald eine Entscheidung vorliegt."
Um die Anspannung ein wenig zu lockern, griff Toni nochmal das Geschenkethema zur Geburt auf. Während sie darüber sprachen, was für ein Geschenk am sinnvollsten sei, klingelte Westhovens Telefon.

[91] *Landesamt für zentrale polizeiliche Dienste*
[92] *Unterstützungssoftware für Ermittlungen*
[93] *Polizeigewahrsamsdienst*

„Hmh, hm. Okay. Danke, Kollegin.“ Er wandte sich seinem Team zu. „Verschonungsbeschluss! Schnappt euch die Kopfhörer, die Telefonüberwachung beginnt. Toni, hör du besonders gut zu. Bei dir läuft das Mobiltelefon auf, das er dabei hat.“

***

Dr. Riecke betrat um 07.50 Uhr das Dienstgebäude in der Brauerstraße in Karlsruhe. Der Generalbundesanwalt (GBA), sein oberster Chef, hatte ihn für 08.00 Uhr zu sich bestellt. Schon auf dem Flur begrüßte ihn die langjährige Mitarbeiterin des GBA und Hüterin des Vorzimmers: „Kommen Sie herein, Herr Dr. Riecke, der Chef ist schon da und erwartet Sie. Gehen Sie einfach durch.“
Dr. Riecke klopfte an die gepolsterte Tür und trat ein. Der GBA saß hinter seinem Schreibtisch und bearbeitete die Unterschriftenmappe. Er erhob sich und bat seinen Mitarbeiter an den Besprechungstisch. Nach dem Bericht von Dr. Riecke über seinen Besuch in Berlin gab der Generalbundesanwalt ihm seinen Auftrag: „Im Vorzimmer liegen alle Unterlagen und Beschlüsse. Nehmen Sie sich einen Wagen der Fahrbereitschaft. Die Unterlagen können Sie auf der Fahrt lesen. In drei Stunden können Sie in Köln sein. In den Unterlagen finden Sie auch die Telefonnummer vom Leiter der Kölner Kripo. Es handelt sich um den Leitenden Kriminaldirektor (LKD) Bert Stellmacher. Rufen Sie ihn an und lassen ihn für heute Nachmittag sämtliche bisher beteiligten Beamten in dieser Sache zusammenrufen und dann verfahren Sie wie immer.“
Der dunkelblaue Audi A5 fuhr über die A 61 Richtung Köln. Dr. Riecke hatte schon mit LKD Stellmacher telefoniert und las jetzt die Unterlagen. Sie hatten verabredet, dass er alle Beteiligten um 14.00 Uhr in den Besprechungsraum der Direktionsführungsstel-

le Kriminalität bestellen würde. Vorher würden sie beide im Büro Stellmachers das Prozedere besprechen.
Klaus Lubitz und Arndt Siebert hatten ihren Mitarbeitern den Termin um 14.00 Uhr schon mitgeteilt. Das große Rätselraten über den Grund der Besprechung hatte begonnen. Im Grunde genommen konnte jedoch niemand etwas sagen. Als sie schließlich im Besprechungsraum zusammenkamen, stellten sie fest, dass auch Beamte der Kriminaltechnischen Untersuchungsstelle und des Erkennungsdienstes anwesend waren.
Als alle Platz genommen hatten, begann Bert Stellmacher: „Ich will Sie nicht länger auf die Folter spannen. Besondere Umstände erfordern besondere Maßnahmen." Er deutete auf den neben ihm sitzenden, den Beamten unbekannten Gast. „Das ist Herr Dr. Riecke von der Bundesanwaltschaft. Er wird Ihnen alles erklären. Herr Dr. Riecke, bitte, Sie haben das Wort."
„Meine Damen und Herren, erwarten Sie nicht von mir, dass ich Ihnen die Hintergründe und Zusammenhänge erkläre. Dazu bin ich auch nicht befugt. Je weniger Sie wissen, desto besser für Sie. Deshalb muss Ihnen folgende Erklärung genügen: Die Bundesanwaltschaft übernimmt ab sofort den Fall der sichergestellten Millionen. Sie werden im Anschluss an diese Besprechung alle Unterlagen des Falls inklusive aller Datenträger und handschriftlichen Aufzeichnungen hier abgeben. Eine Löschung im IGVP-System wird zurzeit durchgeführt. Der Fall ist ab sofort als geheim eingestuft. Jeder Besitz von Unterlagen, jede Weitergabe von Informationen gilt als Straftat gemäß § 95 StGB[94], für Sie als Amtsträger

[94] *§ 95 Strafgesetzbuch: „Offenbaren von Staatsgeheimnissen"*
(1) Wer ein Staatsgeheimnis, das von einer amtlichen Stelle oder auf deren Veranlassung geheimgehalten wird, an einen Unbefugten gelangen läßt oder öffentlich bekanntmacht und dadurch die Gefahr eines schweren Nachteils für die äußere Sicherheit der

sogar als besonders schwerer Fall. Das bedeutet für Sie im Falle des Bruchs der Geheimhaltung: Entlassung, Verlust der Pension, Freiheitsstrafe nicht unter einem Jahr. Die Geheimhaltung gilt auch gegenüber Ihrem privaten Umfeld, Ihrer Familie, ja sogar Ihrem Ehepartner.

Den Fall hat es für Sie nie gegeben, akzeptieren Sie das! Alle eventuellen Entscheidungen sind vorher ausschließlich mit LKD Stellmacher abzusprechen. Er ist der einzige, der die Hintergründe kennt. Gespräche untereinander zu diesem Thema sind nicht statthaft. Jeder von Ihnen hat eine Erklärung vor sich liegen. Sie enthält die Belehrung, Ihre Kenntnisnahme und den Hinweis auf den Straftatbestand. Bitte versehen Sie sie mit Datum, Uhrzeit und Ihrer Unterschrift. Ich erwarte die vollständige Abgabe Ihrer Akten innerhalb der nächsten Stunde. Zur Verpackung und Versiegelung hat mir Ihr Direktionsleiter die Beamten Westhoven und Krogmann zugeteilt. Ich bitte Sie, nachdem Sie Ihre Unterlagen geholt haben, sofort hierher zu kommen."

Paul und Toni schauten sich an. Ein solcher Fall war ihnen noch nicht untergekommen. Ein Raunen ging durch den Raum. Niemand sprach. Allen gingen die unterschiedlichsten Gedanken durch den Kopf, über die sie offiziell nie würden sprechen können. Jeder von ihnen unterlag dem Strafverfolgungszwang. Jeder würde im Grunde genommen einen Kollegen, der die Verschwiegenheit brach, sofort anzeigen müssen, sonst würde er wegen Strafvereitelung selbst verurteilt und vermutlich aus dem Dienst entfernt werden.

Bundesrepublik Deutschland herbeiführt, wird mit Freiheitsstrafe von sechs Monaten bis zu fünf Jahren bestraft, wenn die Tat nicht in § 94 StGB mit Strafe bedroht ist.
(2) Der Versuch ist strafbar.
(3) In besonders schweren Fällen ist die Strafe Freiheitsstrafe von einem Jahr bis zu zehn Jahren. § 94 Abs. 2 Satz 2 StGB ist anzuwenden.

Um 15.30 Uhr waren alle Akten einzeln in Papiertaschen verpackt und versiegelt worden. Die einzelnen Papiertaschen wurden wiederum in einem Umzugskarton verpackt und versiegelt. Groß prangte der Stempelabdruck „GEHEIM" auf dem Karton. Dr. Rieckes Fahrer brachte den Karton in die Tiefgarage, wo er ihn im Kofferraum des Autos einschloss. Dr. Riecke hatte sich mit Bert Stellmacher in dessen Büro zu einer Abschlussbesprechung zurückgezogen.
Während der Hinfahrt hatte Dr. Riecke für 17.00 Uhr Theodor Schmidt, Harald Michel und Wolfgang Potreck zum Präsidium vorladen lassen. Als Besprechungsraum hatte man ihm das Büro des Bereitschaftsstaatsanwalts zugewiesen. Kurz vor dem angegebenen Zeitpunkt meldeten sich die drei Vorgeladenen beim Pförtner im Foyer. Der Pförtner wies ihnen den Weg zum Büro, in dem Dr. Riecke bereits wartete.
„Guten Tag, meine Herren. Bitte nehmen Sie Platz." Den drei geständigen Fälschern war mulmig zumute.
„Meine Herren", eröffnete Dr. Riecke das Gespräch. „Dies wird keine Vernehmung. Ich bitte Sie jetzt genau zuzuhören, mich nicht zu unterbrechen und auch keine Fragen zu stellen. Mein Name ist Dr. Riecke. Ich bin Mitarbeiter des Generalbundesanwalts. Die Bundesanwaltschaft hat Ihren Fall übernommen. Und jetzt kommt der springende Punkt: Aus Gründen, die ich Ihnen nicht erklären werde, wird das Strafverfahren gegen Sie eingestellt und als geheim eingestuft. Das bedeutet für Sie, dass Sie mit niemandem in Zukunft über den Fall sprechen oder darüber schreiben oder irgendetwas öffentlich machen dürfen. Gleichzeitig bedeutet es aber auch, dass es für Sie keine Gerichtsverhandlung und kein Urteil gibt. Den Fall ‚Falschgeld in Köln' hat es nie gegeben. Sollte jedoch einer von Ihnen meinen, irgendetwas über den Fall bekannt werden las-

sen zu müssen, bedeutet es für Sie alle nicht nur eine Verurteilung wegen Herstellung und Verbreitung von Falschgeld, sondern auch wegen Geheimnisverrats. Ich kann Ihnen nur raten, die Angelegenheit ernst zu nehmen. Eine zweite Chance wird es nicht geben. Haben Sie das jetzt alle verstanden?"

Theodor Schmidt, Harald Michel und Wolfgang Potreck nickten.

„Ich hatte außerdem darum gebeten, dass Sie alle Unterlagen, Vorladungen usw. mitbringen sollten. Bitte händigen Sie mir die Schriftstücke jetzt aus."

Düres, Harry und Wolle wussten noch immer nicht so recht, wie ihnen geschah. Sie machten einfach das, was der Mann von ihnen wollte und schoben die Schriftstücke über den Tisch. Dr. Riecke nahm die Unterlagen an sich und legte ihnen im Gegenzug eine Erklärung vor, die ausführlich das zuvor Besprochene enthielt und von ihnen unterzeichnet werden musste. Zum Abschied erklärte Dr. Riecke: „Hören Sie genau zu, was ich Ihnen zum Abschluss sage: Dieses Treffen hat nie stattgefunden. Bitte versuchen Sie in Zukunft auch nicht, mich zu kontaktieren."

Dr. Riecke stand auf und ging aus dem Büro in Richtung Tiefgarage, wo schon sein Fahrer auf ihn wartete.

***

Toni Krogmann war ganz Ohr ob der charmanten Worte von Hermann Fleischer, die dieser gerade anscheinend mit seinem Fahrer wechselte:

„Du hältst jetzt einfach deine Schnauze und hörst zu! Wegen euch Idioten habe ich in so einer verfickten Polizeizelle gesessen! Ich frage dich jetzt zum letzten Mal! Und überleg erst, bevor du antwortest. Hast du die Krümel von meinen Brötchen alle weggemacht?"

„Chef, ich habe den Kofferraum mehrmals ausgesaugt und mit Schaum gereinigt. Nein, da war nichts mehr. Ehrlich, von dem Typen –"
Fleischer unterbrach den Fahrer und schrie in den Hörer: „Du Vollidiot! Was habe ich euch Doofköppen zu Telefonaten gesagt? Die einfachsten Dinge kapiert ihr nicht, alles muss man selbst machen. Wofür zahle ich euch eigentlich euer Gehalt?!"
„Chef, wir, also ich habe alles so gemacht, wie Sie es gesagt haben. Alle Krümel habe ich weggemacht."
„Laber keinen Mist! Ich komme jetzt erstmal zur Firma. Und sieh zu, dass die beiden anderen Trottel auch gleich da sind. Wir müssen reden."
„Ja, Chef. Mach ich."

***

„Paul! Paul, Sarah! Kommt mal schnell rüber! Das müsst ihr euch unbedingt anhören", rief Toni und ließ das Telefonat noch einmal ablaufen.
Sarah Steinmann war begeistert. „Na, wer sagt's denn?"
Westhoven zog sein komplettes Team zusammen und bat überdies noch weitere Kollegen vom KK 11, sofort mit zum Firmengelände zu fahren und sich draußen zu postieren.

***

Toni Krogmann hatte die Überwachungssoftware so eingestellt, dass aktuelle Telefonate von Fleischer auf ihr Mobiltelefon umgeleitet würden. Etwas abseits von der Baufirma standen die Ermittler der MK Beton und die Unterstützungskräfte des KK 11 mit

ihren Fahrzeugen auf dem Venloer Wall.
Tonis Mobiltelefon klingelte und sie hörte mit, wie Hermann Fleischer einen seiner Personenschützer anrief und ihn anblökte, wie lange er noch brauchen würde, bis er seinen Arsch in die Firma getragen hätte. Der Mann am anderen Ende der Leitung rechtfertigte sich, dass er soeben auf den Venloer Wall einbiegen würde, als Toni im Rückspiegel auch schon einen 3er BMW heranrasen sah, der eilig auf das Firmengelände fuhr.
„Wenn ich das richtig deute, dann sind jetzt alle vier Personen auf dem Gelände, und zwar in Fleischers Büro hinten am Ende des Ganges in der Ecke", sagte Toni.
Westhoven wies alle Einsatzkräfte an, die Schutzwesten anzulegen und den Zustand ihrer Dienstwaffen zu überprüfen. Wenige Augenblicke später betraten sie unbemerkt das Firmengelände. Mit den Waffen im Anschlag gingen sie leisen Schrittes bis zu Fleischers Büro. Drinnen beherrschte dessen Gebrüll die Atmosphäre.
„…Vollidioten! Wie konnte der Typ so schnell gefunden werden? Das kann ja wohl nicht wahr sein!"
Westhoven hob die linke Hand und zählte von drei herunter. KK D'Angelo stellte sich mit der 14,5 Kilogramm schweren Einmann-Doppelgriffframme vor die Bürotür und schwang sie zweimal hin und her, bevor er sie gegen das Türschloss donnern ließ. Mit einem ohrenbetäubenden Knall flog die Tür aus den Angeln und die Ermittler stürmten unter dem Ausruf „Polizei – Auf den Boden legen!" hinein.
Der schmächtige Fahrer, Hermann Fleischer und einer der beiden Personenschützer warfen sich sofort verängstigt auf den Boden. Nur einer der beiden Bodybuildertypen rannte zur Tür. Dort aber stand D'Angelo, der aufgrund seiner Körpermasse und Kraft keine Schwierigkeiten hatte, den Mann zu Boden zu bringen und ihm

mit Handschellen die Arme auf dem Rücken zu fixieren.
Als Hermann Fleischer erkannte, wer da in sein Büro eingedrungen war, protestierte er lautstark: „Noch vor einer Stunde hat ein Richter entschieden, dass ich unschuldig bin und nun brechen Sie hier gewaltsam ein. Das werden Sie bereuen!“
„Herr Fleischer“, Westhoven sprach betont langsam und machte eine kurze Sprechpause, „wir haben keinen Zweifel an Ihrer Täterschaft, was den Tod von Dr. Waechter betrifft. Wie Sie gehandelt haben, werden wir noch herausfinden, ob Sie nur den Auftrag gegeben haben oder vor Ort waren.“
„Sie haben NICHTS in der Hand.“
„Abwarten“, sagte Westhoven und dachte an das Telefonat, das er eben vor der Erstürmung des Büros mitgehört hatte. Außerdem hoffte er, dass das LKA den Schnellbeton an Waechters Füßen einer Mischung hier in der Firma zuordnen konnte. Drees hatte einige Proben dorthin versandt, da Schnellbetonmischungen so etwas wie persönliche Fingerabdrücke einer Baufirma waren und die zufällige, inhaltsgleiche Zusammenstellung der Substanzen in einer anderen Firma nahezu ausgeschlossen war.

***

Die Polizeiinspektion 1 unterstützte das KK 11 bei der Zuführung der vier vorläufig festgenommenen Tatverdächtigen zum Präsidium nach Kalk.
Hermann Fleischer, der sich überhaupt nicht mehr beruhigen wollte, mussten die Arme mit Einweghandfesseln, ähnlich wie Kabelbindern, auf dem Rücken fixiert werden, da die dienstlichen Handschellen nicht um dessen Handgelenke passten.
Die vier Männer wurden in getrennten Büros untergebracht, wo

sie sofort von den Teams vernommen werden sollten. Hermann Fleischer wurde in Westhovens Büro gesetzt. Es wurde nur noch auf Rechtsanwalt Ommer gewartet.

Bevor dieser eintraf, wurde Westhoven von seinem zuständigen Kriminalinspektionsleiter (KIL) ins Büro des Leiters des KK 11 zitiert. Der erfahrene Ermittler ahnte schon, dass ihm jetzt eine Standpauke blüte. Daher wunderte er sich auch nicht über die Begrüßungsworte des KIL 1.

„Paul, wie kann es sein, dass ich erst nach dem Einsatz davon erfahre? Bei einer so brisanten Lage wäre doch der Einsatz des SEK[95] allemal gerechtfertigt gewesen. Du hast unverantwortlich die Gesundheit und das Leben deiner Kollegen und Kolleginnen aufs Spiel gesetzt! Das wird ein Nachspiel haben."

„Vielen Dank auch für die Glückwünsche zur gelungenen Festnahme. War es das jetzt? Ich habe nämlich für so was jetzt gerade keine Zeit. Der Anwalt ist gleich da und wir wollen Fleischer unter dem Eindruck der Festnahme und dem Vorhalt unserer neuen Erkenntnisse vernehmen."

„Wir sprechen später." Der KIL wollte die Situation nicht eskalieren lassen und ließ die Sache zunächst auf sich beruhen. Er wandte sich an Arndt Siebert: „Hör mal, Arndt, dich betrifft das genauso. Du hättest mich auch rechtzeitig informieren können."

„Beruhig dich mal. Erstens hat sich die Lage aufgrund der Telefonüberwachung schneller als erwartet entwickelt und zweitens habe ich dich nicht erreichen können. Außerdem sei doch froh. Der angebliche Mafia-Mord ist so gut wie geklärt. Paul und seine Teams werden das schon gerichtsfest machen."

[95] *Spezialeinsatzkommando*

***

Hermann Fleischer hatte sich wie ein Aal gewunden und immer wieder versucht, seine Rolle kleinzureden. Er habe zu keinem Zeitpunkt gewollt, dass Dr. Waechter getötet würde. So etwas habe er auch nicht in Auftrag gegeben. Wer so etwas behauptete, sei ein verdammter Lügner. Seine Jungs sollten nur aus Waechter rauskriegen, wo der Rest der angeblichen fünf Millionen wäre, mit denen dieser geprahlt hatte.
Westhoven hielt ihm die Inhalte der Telefonüberwachung vor. „Das klingt aber ganz und gar nicht danach. Wieso wurde Dr. Waechter in den Kofferraum Ihres Wagens gepfercht? Wieso hatten Ihre Mannen zufälligerweise einen Kübel und Schnellbeton dabei? Und was meinen Sie mit dem Rest von fünf Millionen?"
„Nun mal langsam, Herr Kommissar", unterbrach ihn Rechtsanwalt Ommer, „das sind doch alles Mutmaßungen. Mein Mandant hat doch eingeräumt, dass seine Leute den Mann befragen sollten. Was kann er denn dafür, wenn die den gleich umbringen? Vorausgesetzt, es war so. Das müssen Sie mir und dem Gericht mal erklären. Sie reimen sich hier was zusammen, nur um einen schnellen Erfolg zu feiern. Natürlich ist mein Mandant verärgert, dass er in der Zelle sitzen und sich vorher durchsuchen lassen musste. Er ist schließlich unschuldig!"
„Herr Ommer, vielen Dank für die Erklärung. Könnten Frau Steinmann und ich bitte trotzdem erfahren, was Sie mit fünf Millionen gemeint haben? Wie gehört das denn jetzt zusammen?" Westhoven wusste nur von drei Millionen, die das Trio beim KK 34 abgegeben hatte. Zu keinem Zeitpunkt war die Rede von fünf Millionen gewesen.
„Ach, was weiß ich denn. Drei, vier, fünf oder zehn Millionen.

Keine Ahnung", antwortete Fleischer.
„Müssen wir jetzt von jedem Satz Ihrer Aussage die Hälfte Wahrheit abziehen oder wie darf ich das verstehen?", fragte Westhoven.
„Ich darf doch sehr bitten, Herr Kommissar", sagte der Rechtsanwalt. „Haben Sie Beweise für Ihre Unterstellung? Selbstverständlich sagt mein Mandant hier die Wahrheit, aber was er nicht weiß, kann er auch nicht erzählen."
Dann wandte sich Ommer an Sarah Steinmann: „Sagen Sie doch auch mal was, so geht das nicht. Mein Mandant wird schlecht behandelt. Ich verlange, dass jemand anderes die Befragung fortsetzt. Ansonsten können Sie sich schon mal auf eine satte Beschwerde gefasst machen."
Sarah Steinmann erwiderte darauf nur, dass es ihm selbstverständlich freistehe, sich zu beschweren, ließ dann aber Westhoven gewähren. Ihr gefiel seine Art der Vernehmungsführung und offenbar brachte sie auch den Rechtsanwalt aus dem Konzept. Daran wollte sie nichts ändern.
Die Vernehmung wurde wenig später durch einen Anruf unterbrochen, auf den Westhoven schon gewartet hatte. Sigrid Stotzem-Randerath war zusammen mit D'Angelo dabei, den Fahrer zu vernehmen. Sie erzählte, dass der Fahrer soeben dabei war, ein umfassendes Geständnis abzulegen. Auf jeden Fall habe Hermann Fleischer sogar eigenhändig den Sack mit dem Schnellbeton in den Kofferraum geschmissen und höhnisch zu Dr. Waechter gesagt, dass er bald Fischfutter sei, wenn er nicht erzählen würde, wo das Geld sei. Allerdings sei Fleischer nicht mit am See gewesen.
„Na, das ist ja interessant. Als ob ich es geahnt hätte. Danke für die Information. Gute Arbeit." Westhoven sprach bewusst laut und hatte damit die volle Aufmerksamkeit von Fleischer und dessen Anwalt.

„Komm mal grad mit vor die Tür, ich muss dir dringend was sagen“, sagte Westhoven zu Sarah Steinmann. Hinter halb geschlossener Tür flüsterte er Sarah die Angaben des Fahrers ins Ohr.

***

Etwa zwei Stunden später

„Herr Fleischer, möchten Sie, dass wir noch jemanden informieren?“, fragte Sarah Steinmann, als sie und Westhoven ihn ins PGD brachte.

„Rutschen Sie mir den Buckel runter“, sagte Fleischer, als die schwere Stahltür hinter ihm ins Schloss fiel. Zwei weitere Stahlriegel wurden mit einem lauten, metallischen Geräusch in die Verankerung geschoben.

Westhoven schaute noch einmal durchs Guckloch. Fleischer ließ sich in der Zelle auf der Holzpritsche nieder und vergrub das Gesicht in seinen Händen.

Ein weiterer Fall, der unter Westhovens Leitung geklärt wurde.

„Klasse, Paul!“, sagte die Staatsanwältin. „Was genau haben eigentlich die beiden anderen ausgesagt?“

„Sie haben unabhängig voneinander, aber dennoch übereinstimmend, erklärt, dass Dr. Waechter durch sein Rumgezappel selbst schuld war, dass er in den See gefallen ist. Eigentlich haben Sie ihn nur erschrecken wollen, dann sei die Sache aber anders verlaufen und auf einmal sei unser Opfer unter Wasser gewesen.“

„*Natürlich*! Und ein Ei aus dem Konsum, wie meine Oma immer zu sagen pflegte. Die Aussagen lese ich mir in aller Ruhe durch. Kann ich nachher eine Kopie der Vernehmungen bekommen? Ich werde heute Abend schon mal anfangen, die Anklage vorzubereiten.“

„Du kannst die Zweitakte mitnehmen. Schwebt dir denn schon vor, was du hier gegen wen beantragen willst?"
„Muss ich mal sehen. Die Aussage des Fahrers ist ja schon eindeutig und lässt im Grunde nur den Rückschluss auf Mord zu. Von einem versehentlichen Ins-Wasser-Fallen und das dann auch noch zufällig mit den Füßen im Beton halte ich nicht wirklich was. Das wird ihnen auch das Gericht nicht abkaufen."
„Und was ist mit Fleischer?"
„Der klassische Anstifter. Vielleicht auch Mittäter. Immerhin soll er höchstpersönlich den Schnellbeton in den Kofferraum gepackt haben. Ohne ihn wäre Dr. Waechter ganz sicher noch am Leben. Für mich ist er ganz klar die Wurzel dieser schrecklichen Tat und, wenn man so will, der Kopf dieser Bande."

***

„Düres" Schmidt wollte gerade die Druckerei verlassen, als der braune Lieferwagen von UPS vor dem Haupteingang hielt. Der Fahrer, mittlerweile ein alter Bekannter, der seit Jahren in diesem Viertel für UPS auslieferte, kam herein. Zielstrebig ging er auf die Sackkarre zu, die wie immer neben dem Eingangstresen stand. Früher hatte es hier eine Empfangsdame gegeben, die Kunden, Zulieferer und Abholer begrüßte und weitervermittelte. Heute war diese Stelle, wie die meisten im Betrieb, abgeschafft worden. Seit die Firma übernommen worden war, wurde sie immer weiter „zurückentwickelt".
„Hallo, Herr Schmidt, ich nehme mir kurz Ihre Sackkarre, dann kann ich Ihnen die beiden Pakete, die ich für Sie habe, darauf lassen. Es handelt sich um eine Retoure."

„Es jot, isch wade.“[96]
Der braun gekleidete Lieferant ging mit der Karre nach draußen, um nach zwei Minuten mit zwei Paketen wieder hereinzukommen. Er bat Düres, den Empfang zu quittieren, eilte dann zur Tür und rief: „Tschö, bis zum nächsten Mal.“
Düres antwortete gar nicht, sondern widmete sich der Lieferung. Unter allen Paketformaten hätte Düres dieses hier mit verbundenen Augen erkannt: 56 cm x 40 cm x 12 cm. Ohne sie anzuheben wusste er, dass jedes Paket knapp unter zwanzig Kilogramm wog. Vor ihm lagen zwei Millionen Euro in 50-Euro-Scheinen. Als Adressat trugen beide Pakete die Anschrift: Clemens Moeck, Frasdorfer Straße 152, 81549 München. Aufkleber auf den Paketen dokumentierten, dass drei Zustellversuche fehlgeschlagen waren und auch die Benachrichtigung des Adressaten ohne Erfolg gewesen war.
Die Pakete wurden deshalb an den Absender auf dem Paketaufkleber zurückgesandt. Düres hatte die Pakete jedoch nicht verschickt. Jetzt erinnerte er sich aber daran, dass Clemens Moeck damals zwei Pakete mitgenommen hatte, um sie zu Hause in seinem Tresor einzuschließen. Er sprach von dezentraler Lagerung, was gar nicht so unvernünftig klang. Kurze Zeit später hatte die Nas sich von ihm zwei frankierte Paketaufkleber geben lassen. Angeblich für die Weihnachtsgeschenke an seine Neffen im nächsten Monat. Düres hatte als Großkunde bei UPS einen Vorteilstarif und immer vorgedruckte, frankierte Aufkleber vorrätig.
Da hat das Schlitzohr die Geldpakete an seine Münchener Zweitadresse geschickt, dachte Düres. Und weil er dann verschwunden ist, konnten sie nicht zugestellt werden und waren auf Grund der vor-

[96] *„Ist gut, ich warte.“*

gedruckten Absenderadresse jetzt wieder bei Düres gelandet. „Manchesmol kütt et anders, als mer denk"[97], murmelte Düres. Die Frage war jetzt, wohin mit dem Geld. Er musste unbedingt Wolle und Harry anrufen. Beide glaubten an einen schlechten Scherz, sagten aber sofort zu, noch am gleichen Abend in die Druckerei zu kommen.

***

Am Abend hielten die drei Kriegsrat. Mittlerweile war auch Harry eingetroffen und sie besprachen sich in Düres Büro.
„Am liebsten würde ich die Blüten einfach bei der Kripo abgeben", meinte Harry. „Das Problem ist, dass es offiziell keine Blüten gibt. Wir haben unterschrieben, dass wir nie mehr von den Blüten reden dürfen. Sonst kommen wir in den Knast. Allein dass wir hier darüber reden, könnte uns den Kopf kosten."
„Wir haben ein dickes Problem. Was machen wir mit zwei Millionen, die es offiziell nicht gibt? Ich hätte nie geglaubt, dass Geld zu haben ein Problem sein kann. Wir haben die Scheine hier und können nichts damit machen. Jetzt weiß ich, warum die ganzen Geldköppe reihenweise aus Angst zum Finanzamt laufen und sich wegen ihrer Kohle in der Schweiz oder in Lichtenstein selbst anzeigen", führte Wolle Harrys Gedanken fort. „Über 7.000 haben in diesem Jahr schon Selbstanzeige erstattet."
„Minsch, dat es doch die Lösung. Mir maachen en Selvanzeisch wäjen Schwatzjeld"[98], meldete sich Düres.
„So einfach ist das nicht. Als Erstes fragen die, wo wir das Geld her haben und dann stehen wir da. Das ist alles nicht so einfach.

[97] *„Manchmal kommt es anders, als man denkt."*

[98] *„Mensch, das ist doch die Lösung. Wir machen eine Selbstanzeige wegen Schwarzgeld."*

Wir müssen uns da erst einmal schlau machen. Nicht, dass wir uns durch einen Fehler selbst in die Pfanne hauen und am Ende dieser Riecke noch mal auftaucht und uns alle verhaften lässt."

„Dat es doch janit esu schwer. Do frooch mer eine, dä Ahnung hätt. Manchesmol es et doch jot, wann mr Famillisch hätt. Die Doochter vun minger Schwester Belinda, isch ben dä Patühm vun däm, die hätt studeet. Domols han isch ihr mansch Schingsche zojestoche. Die es bei su ner jroßen Firma als Weetschaftsjuristin. Die Frau Doktor hät et wirklisch dropp. Die rofen isch direk ens an. Isch han bei ihr ne decke Stein im Brett."[99]

Düres ging ins Nachbarzimmer, um zu telefonieren. Als er wieder hereinkam, verkündete er: „Se wor ze Hus. In ener halven Stund es se he."[100]

Als es nach 25 Minuten klingelte und Düres seine Nichte ins Büro brachte, blieb Harry und Wolle erst einmal die Luft weg. Mit allem hatten sie gerechnet, aber nicht damit, dass Frau Dr. Sofia Kleist nicht nur sehr klug war, sondern auch bei jedem Modelcasting eine gute Figur gemacht hätte.

„Hallo, meine Herren. Wo drückt der Schuh?" Sie hatte eine samtweiche Stimme.

Der Betrag von zwei Millionen, den Düres am Telefon genannt hatte, hatte sie keinesfalls beeindruckt. Solch ‚arme Mandanten' wurden normalerweise in der Kanzlei, für die sie arbeitete, nicht angenommen.

„Ich habe mir auf dem Weg hierher ein paar Gedanken gemacht.

[99] *„Das ist doch nicht schwer. Da fragt man jemanden, der Ahnung hat. Manchmal ist es gut, wenn man Familie hat. Die Tochter meiner Schwester Belinda, ich bin ihr Patenonkel, die hat studiert. Damals hab ich ihr manchen Schein zugesteckt. Die ist bei einer großen Firma als Wirtschaftsjuristin. Die Frau Doktor hat es wirklich drauf. Die rufe ich gleich mal an. Ich habe bei ihr einen dicken Stein im Brett."*

[100] *„Sie war zu Haus. In einer halben Stunde ist sie hier."*

Ich werde als erstes das Geld auf eins unserer Treuhandkonten einzahlen. Da fallen solche Beträge nicht auf. Dann dritteln wir die Summe. Und jeder von euch wird sich für ein Drittel verantworten. Zurzeit sind Beträge im sechsstelligen Bereich für die Ämter Peanuts. Ich werde mit der Behörde verhandeln. Vermutlich werde ich verhindern können, dass nach der Herkunft gefragt wird. Ihr werdet wahrscheinlich nur die Abgeltungssteuer nachzahlen müssen. Aber das alles werde ich euch morgen Mittag sagen können."
Am nächsten Tag rief Sofia ihren Onkel Düres an. Sie hatte gute Nachrichten. Mit der zuständigen Finanzbehörde hatte sie gesprochen und vereinbart, dass die Beträge nach der Tabelle mit 24,42 % versteuert werden müssten. Da blieben für jeden nach Steuer und Solidaritätsabschlag ca. 490.000 Euro. Nur Harry, der katholisch war, musste noch zusätzlich 14.652,28 Euro Kirchensteuer zahlen, was ihn maßlos ärgerte. Die Abwicklung würde noch einige Zeit dauern. Aber danach wäre das Geld sauber und könnte in jeder Steuererklärung auftauchen. Eine Rechnung schrieb sie nie.

Epilog

Sarah Steinmann klagte den Bauunternehmer Hermann Fleischer, den Fahrer und die beiden Bodyguards wegen Mordes beim Landgericht zur Schwurgerichtskammer an. Für sie war es erwiesen, dass Fleischer seine Mitarbeiter zu dieser Tat angestiftet hatte. Außerdem musste sie auch davon ausgehen, dass sie ihr Opfer in letzter Konsequenz auch tatsächlich töten wollten.

Über den wochenlangen Prozess wurde auch immer wieder in der Tagespresse berichtet. Während der Express noch immer vom „Mafia-Mord" berichtete, hielt sich der Kölner Stadtanzeiger in seiner Berichterstattung ausschließlich an die Fakten. Am Tag der Urteilsverkündung wurde auch auf Radio Köln 107,1 in den jeweiligen Nachrichtenblöcken über den Fall berichtet.

Fleischer und die beiden Bodyguards wurden von der 11. Großen Strafkammer zu lebenslangen Gesamtfreiheitsstrafen verurteilt. Die Verteidigung forderte jedoch einen Freispruch und kündigte Revision an – immerhin wäre Dr. Waechter doch sowieso an den schweren Kopfverletzungen gestorben, so stand es jedenfalls im rechtsmedizinischen Gutachten. Und ein Schlag auf den Kopf durch einen der Angeklagten sei nicht nachgewiesen worden.

Die Kammer indes hatte dies als überholende Kausalität[101] eingestuft und geurteilt, dass dies die Männer aber nicht gewusst haben und so gehandelt hätten, als wenn es diese Verletzung nicht gegeben hätte.

Dem Fahrer wurde letztlich zugutegehalten und bei der Urteilsfindung

[101] Bei der Form der überholenden Kausalität (auch abgebrochene Kausalität) handelt es sich um eine bereits gesetzte Bedingung (hier: Schlag auf den Kopf), die zwar zum Erfolg geführt hätte, aber vor diesem Erfolgseintritt bewirkte eine ganz andere Bedingung (hier: Versenken im See) diesen Erfolg. Bei der strafrechtlichen Würdigung ist dann nur die zweite Bedingung kausal für den nun eingetretenen Erfolg.

angerechnet, dass er umfangreich ausgesagt hatte. Er kam mit acht Jahren Freiheitsstrafe davon und hatte die Chance, nach zwei Dritteln der Strafe bei guter Prognose entlassen zu werden. Sarah Steinmann hatte zehn Jahre gefordert, akzeptierte jedoch das Urteil gegen den Fahrer und kündigte keine Berufung an.

***

Während Clemens Moeck, alias die Nas, noch immer als unbekannter Patient für unbestimmte Zeit im Koma lag, erfreuten sich Düres, Wolle und Harry an ihrer (Straf-)Freiheit und am Rest der nachversteuerten zwei Millionen Euro „Schwarz-/Falschgeld", die es offiziell nie gegeben hatte. Für den ermordeten Dr. Rodebrecht Waechter bestellten sie davon einen repräsentativen, hellgrauen Grabstein mit heller Inschrift, der später aufs Grab gestellt werden würde.

***

KK D'Angelo hatte so sehr Gefallen an der Ermittlungsarbeit bei der Mordkommission gefunden, dass er zum nächstmöglichen Termin ein Umsetzungsgesuch schreiben wollte.

***

KOKin Sigrid Stotzem-Randerath versah wieder ihren täglichen Dienst bei der Sitte. Ihre nächste Rufbereitschaft für die Mordkommission war planmäßig in einem halben Jahr.

***

KHKin Judith Schlowincyzk entschied sich letztendlich gegen eine künftige Verwendung beim KK 11. Die emotionale Verbindung zu Paul Westhoven ließ das einfach nicht zu. Durch personelle Umstrukturierungen konnte sie bei der Fortbildungsstelle vorerst für ein weiteres Jahr bleiben.

***

Am Wochenende nach Abschluss der „MK Beton" besuchten Paul und Anne Westhoven sowie Toni Krogmann und Laura die junge Familie Dember im Krankenhaus, um das Geschenk – einen blauen Strampelanzug und eine Winterjacke mit Fellbesatz – und die persönlichen Glückwünsche zu überbringen. Als es darum ging, das Baby zu halten, wollte jeder der Erste sein.

Die Narbe an Dembers Kinn war noch deutlich zu sehen, ebenso die kleinen Löcher, aus denen kürzlich die Fäden gezogen worden waren. Dember musste sich an diesem Abend etliche Sprüche wegen seiner Aktion anhören.

Die Heilung der Kaiserschnittnarbe bei Doris verlief ohne Komplikationen.

Der kleine Leon Heinz Dember war seinem Vater wie aus dem Gesicht geschnitten, was die Kollegen auch mit Sprüchen wie „Der sieht ja aus wie du, Heinz – der arme Kerl" quittierten. Doris, die lange mit sich gerungen hatte, einen heimlichen Vaterschaftstest machen zu lassen, hatte diesen Gedanken längst verworfen. Eigentlich wollte sie für sich Gewissheit haben, ob Heinz tatsächlich der biologische Vater war. Sie würde es nun wohl nie erfahren. Im Grunde spielte es auch keine Rolle mehr. Heinz würde ein guter Vater sein.

***

Toni Krogmann und Laura hatten sich in einem großen Sanitärbetrieb in Wuppertal beraten lassen und schließlich dazu entschlossen, in ihrem kleinen, aber geräumigen Badezimmer eine Sauna installieren zu lassen, genau nach dem Vorbild, wie Toni es in der Penthousewohnung fotografiert hatte. Nur etwas größer würde es werden. Die heißen Abende der beiden waren also vorprogrammiert.

***

Anne bekam von Paul ein ganz besonderes Geschenk zu Weihnachten. Schon seit Jahren sprach sie davon, noch mal den Prix d'Amérique in Paris zu besuchen – so wie früher, als sie das jahrelang mit ihren Eltern getan hatte. Dieses größte Trabrennspektakel über die Langstrecke mit den schnellsten Pferden und besten Fahrern der Welt fand immer am letzten Wochenende im Januar statt. Dem Sieger winkte eine Prämie von 500.000 EUR und die Beteiligung an den Einsatzgeldern. Westhoven hatte sich schlau gemacht, in welchem Hotel man gut in Rennbahnnähe unterkommen könnte, und sich für das 3-Sterne-Hotel de la Porte Dorée entschieden. Dieses war nur wenige U-Bahn-Stationen vom wichtigsten Fremdenverkehrszentrum der Stadt entfernt und nah am Bois de Vincennes gelegen, also nicht weit weg von der Rennbahn. Als besonderes Bonbon hatte Westhoven einen Tisch im angesagtesten Bistro am Platz reserviert. Im Bistrot de la Porte Dorée am Boulevard Soult musste man Monate im Voraus reservieren, um in den Genuss eines der 4-Gänge-Menüs zu kommen. Anne, die darüber außer sich vor Freude war, nahm Paul in den Arm und konnte nur noch eins zu ihm sagen:„Du bist zwar manchmal unausstehlich, aber du bist auch ein hoffnungsloser Romantiker. Ich liebe Dich!"

***

Am Tag zuvor hatte Dember schon die Babyschale eingebaut und mit vier an den PKW-Himmel geklebten Baumwollfäden getestet, ob es über dem Sitz während der Fahrt nicht zog, und alles für gut befunden. Außerdem hatte er etliche Male den Babysitz auf der Rückbank des Autos ein- und ausgebaut. Jeder Handgriff sollte sitzen, er wollte nichts dem Zufall überlassen. Hatte er bei den ersten Versuchen noch ein wenig Schwierigkeiten, die Sicherheitsgurte in den vorgesehenen Halterungen zu koordinieren, war er zum Schluss ein regelrechter Meister und stolz auf sich selbst. In weniger als einer Minute war der Babysitz sicher und vorschriftsmäßig verzurrt.
Danach hatte er noch die Wohnung aufgeräumt und zum dritten Mal durch das neu eingerichtete Kinderzimmer gesaugt. Das Kinderbett stand in ihrem Schlafzimmer, damit sie nachts auch immer für „Klein-Dember" da sein konnten. Jetzt fuhr der frischgebackene Vater frohgelaunt in Richtung Uniklinik. Heute sollten Doris und der neue Erdenbürger nach Hause kommen.
Nachdem er wenig später vor der Frauenklinik auf Anhieb einen Parkplatz gefunden hatte, ging er über das Treppenhaus zur Station und machte sich auf den Weg zu dem Zimmer, in dem seine Doris und das Baby in der letzten Woche die ersten gemeinsamen Tage verbracht hatten.
Drinnen saß Doris schon fertig angezogen auf dem Bett. Das Baby lag in seinem Bettchen und schlief. Der kleine Koffer stand an der Tür. Sie unterhielt sich angeregt mit einem jüngeren, ihr gegenüber sitzenden Arzt. „Universitätskliniken Köln, Dr. Daniel Bärmann" stand auf seinem Kittel. Doris Dember und Daniel Bärmann kannten sich seit der

Zeit, als sie zusammen den AiP[102] gemacht hatten.
„Daniel, schön, dass du mich besuchst. Seit Karneval haben wir uns ja nicht gesehen und auch vorher hast du dich immer rarer gemacht. Ich kann ja verstehen, dass du dich überfahren gefühlt hast, als ich damals vom Heiraten sprach. Aber ein Grund zur panischen Flucht war das doch nun wirklich nicht. Ich wollte dich doch nicht umgehend zum Altar schleppen! Ich hätte doch auch Rücksicht auf deine Karriere als Arzt genommen."
„Doris, ich muss dir was erklären. Es ging nicht um meine Karriere. Ich habe damals verstanden, was du gefühlt hast. Dein absoluter Herzenswunsch war aber doch, irgendwann ein Kind zu haben. Deshalb freue ich mich ja so über deinen kleinen Sohn. Ich will heute, genau wie damals, dass du glücklich wirst, und das wärst du mit mir nicht geworden."
Doris schaute ihn verständnislos an. Sie wollte eine Frage stellen, aber Daniel Bärmann ließ sie nicht zu Wort kommen.
„Doris, du bist doch auch Ärztin. Ich hatte mit achtzehn Jahren Mumps. Und mich hat's voll erwischt. Die Nachuntersuchung hat es dann bestätigt: Ich bin seitdem zeugungsunfähig. Mit mir wärst du nie Mutter geworden, mit mir hättest du auf das Glück, das du jetzt genießt, verzichten müssen."
Abrupt stand Daniel Bärmann auf und nahm Doris, die sich halb erhoben hatte, kurz in den Arm. „Tschüss Doris", sagte er leise, „werde glücklich!" Dann wandte er sich abrupt um und verließ das Zimmer.
In der Tür prallte Dr. Bärmann mit Heinz Dember zusammen. Beide murmelten eine Entschuldigung. Der Arzt eilte den langen Flur entlang.
„Dass Ärzte in Krankenhäusern es immer so eilig haben", war der ein-

[102] Arzt im Praktikum

zige Gedanke, den Heinz an diesen Vorfall verschwendete.
Doris verstand Daniels Erklärung erst jetzt in ihrer vollen Konsequenz. Sie fiel ihrem Mann um den Hals und begrüßte ihn mit dem Satz:
„Heinz, DEIN Sohn wartet schon auf dich."

Danksagung

Mein Dank gilt wieder unseren treuen Leserinnen und Lesern.
Ich danke den Kriminalkommissariaten 34 und 63 des Kölner Polizeipräsidiums für die fachkompetente Beratung in Detailfragen sowie meinem Bürokollegen Ralf Scherber, der dem Schifflechner den bayerischen Dialekt in den Mund gelegt hat.
Ebenso gilt mein Dank Gereon A. Thelen, Mark Klobukowski und unseren Zitatengebern.
Mein besonderer Dank gilt meiner Frau: „Danke Miriam, msghTuZP."
B. Hatterscheidt

Ich danke euch, meine Brüder.
Ludwig

Krimis von **Bernhard Hatterscheidt** und **Ludwig Kroner**

Mörderischer Fastelovend

266 Seiten, Softcover, 125 x 190 mm, **9,90 €**
ISBN 978-3-941557-69-7

Kriminalhauptkommissar Westhoven und seine Mitarbeiter stehen Karneval vor einem Mord ohne erkennbares Motiv...Werden Sie Zeuge eines spannenden Kriminalfalls und dessen realitätsnaher Aufklärung. Dieser Roman orientiert sich eng an der täglichen kriminalpolizeilichen Arbeit, denn Realität ist oft spannender als Fiktion.

Eiskalt in Nippes

192 Seiten, Softcover, 125 x 190 mm, **9,99 €**
ISBN-978-3-939284-14-7

Tadeuz Piontek ist Hausmeister und Mädchen für alles. Bei Umbauarbeiten im Keller des Hauses in der Viersener Straße findet er eine eingemauerte Tiefkühltruhe. Als er sie öffnet, blickt er in das vereiste Gesicht eines Toten: Tiefgekühlt seit Jahren. Deutlich ist die schwere Schädelverletzung zu erkennen. Eiskalt in Nippes ist ein neuer Fall für Kriminalhauptkommissar Westhoven und sein Ermittlungsteam.

Feuer in Rondorf

240 Seiten, 125 x 190 mm, Klappenbroschur, **9,99 €**
ISBN:978-3-939284-55-0

In einem ausgebrannten Haus findet die Polizei eine stark verkohlte Leiche. Die Obduktion ergibt, dass dem Verstorbenen kurz vor seinem Tod beide Hände gebrochen wurden. Wer ist dieser Mann? Und wer hat ihm dies angetan? Auch in ihrem dritten Fall stehen Kriminalhauptkommissar Westhoven und sein Team vor vielen ungelösten Fragen und müssen bis an ihre Grenzen gehen, um den Fall zu knacken…

Find us on Facebook

www.facebook.com/kriminalistenroman

www.kriminalistenroman.de
www.kriminalistenroman.com

Krimis von Inge Lempke

Der Teufel in uns

272 Seiten, 125 x 190 mm, Klappenbroschur,
ISBN 978-3-939284-26-0, 9,99 EUR

Zwei Mordserien, die auf den ersten Blick nichts miteinander zu tun haben, erschüttern die Stadt. Bei ihren Ermittlungen stoßen die Kommissare Andreas Montenar und Sascha Piel auf die neu gegründete Glaubensgemeinschaft des Predigers Jonas Kirch, der verkündet, er sei von Gott nach Bonn gesandt worden, um die Menschen aus den Fängen des Teufels zu retten. Ist Kirch in die Mordfälle verwickelt?

Mörderische Habgier

287 Seiten, 125 x 190 mm, Klappenbroschur,
ISBN 978-3-939908-85-2, 9,95 EUR

Irgendwie schien das Licht im Raum dunkler zu werden... Gott, sie fiel doch jetzt nicht in Ohnmacht!? Es war unheimlich still in der Bank, alles lief ab wie in einem Stummfilm ohne Klavierbegleitung... weder Gianfranco noch der Bankräuber gaben einen Laut von sich. Niemand hustete, niemand schrie. Ein Schuss fiel. Laut, unerwartet, schrecklich. Die Hauptkommissare Andreas Montenar und Sascha Piel von der Bonner Mordkommission haben einen kniffligen Fall zu lösen: Wie hängen ein Banküberfall, zwei ermordete Männer, zwei tote Frauen und eine Geiselnahme in der Bonner U-Bahn zusammen?

Alles hat seinen Preis

256 Seiten, 125 x 190 mm, Klappenbroschur,
ISBN 978-3-941557-73-4, 9,99 EUR

Ein 13jähriger Junge verschwindet spurlos aus einer Neubausiedlung in Beuel. Während den Ermittlungen stellen Andreas Montenar und Sascha Piel fest, dass die Kindesentführung nicht das einzige Verbrechen in dieser Siedlung ist...

Ein Mord zuviel

272 Seiten, 125 x 190 mm, Klappenbroschur,
ISBN 978-3-939908-84-5, 9,95 EUR

Hauptkommissar Andreas Montenar und sein Kollege Sascha Piel von der Bonner Mordkommission sollen den Mord an dem bekannten Arzt Dr. Horst Schneyder aufklären. Aber dabei stoßen sie auf erhebliche Schwierigkeiten, denn wie es scheint, hat sich der Chirurg nicht nur unter seinen Patienten, sondern auch in der eigenen Familie einige Feinde gemacht...

Pützchens Mord

264 Seiten, 125 x 190 mm, Klappenbroschur,
ISBN 978-3-943883-18-3, EUR 9,99

Auf Pützchens Markt wird eine ältere Frau ermordet aufgefunden. Weitere Morde folgen. Anfangs scheint keinerlei Verbindung zwischen den Fällen zu bestehen. Dann stoßen die Kommissare Andreas Montenar und Sascha Piel bei ihrem fünften Fall auf eine Spur: eine Tragödie, die das Leben mehr als einer Familie für immer veränderte, und auf einen schrecklichen Racheplan.

Krimis von Andreas Schnurbusch

Schleusermord

248 Seiten, 125 x 190 mm, Klappenbroschur,
ISBN 978-3-939284-88-8, 9,99 EUR

Eine Polizeistreife findet am Kronenburger See in der Eifel die Leiche eines jungen Mannes im Auflieger eines verunglückten Sattelzuges. Der Fahrer ist flüchtig. Nach Auswertung der Tatortspuren und Obduktion der Leiche steht fest, dass der Mann erwürgt wurde. Die Beamten der Mordkommission ‚Mama' gehen jeder Spur akribisch nach und kommen der Identifizierung des Mörders Schritt für Schritt näher. Die Ermittlungen führen über das Kölner Rotlichtmilieu zu einer international agierenden Schleuserbande.
Es handelt sich um den ersten Fall des Ermittlerduos Hubert Makele und André Moritz, genannt Fisch und Kid.

Schachtleichen

216 Seiten, 125 x 190 mm, Klappenbroschur,
ISBN 978-3-943883-20-6, 9,99 EUR

Nach einer Gasexplosion in der Severinstraße stoßen Arbeiter bei der Räumung auf einen unerwarteten Fund: In einem Schacht entdecken sie eine einbetonierte Leiche. Fisch und Kid von der Mordkommission Köln stehen vor einem Rätsel. Die Spur führt in die Eifel, wo sich vor mehr als 15 Jahren ein unfassbares Familiendrama abspielte...

Ebenfalls in der Edition Lempertz erschienen

Nachts in Kalk – Ein Peter Merzenich Krimi

224 Seiten, 125 x 190 mm, Klappenbroschur,
ISBN 978-3-939284-57-4, 9,99 EUR

Köln, im Sommer 1994: Der junge Polizeimeister Peter Merzenich, genannt Pitter, befreit eine Frau aus den Fängen des Zuhälters Jupp Opladen. Kurz darauf gerät ein Kollege, Michi Schmitz, auf einem einsamen Waldparkplatz in Höhenberg unter Beschuss und stirbt noch am Tatort. Pitter macht sich auf eigene Faust auf Täterjagd. Doch es fehlt ein Motiv. Hat Kalks Rotlichtmilieu eine Verbindung zu dem Fall? Es gibt noch einen unerwarteten Selbstmord, einen Drogentoten und eine weitere Frauenleiche bis es endlich Tag wird in Kalk.

Brennpunkt Rheinland – Raucher sterben früher

224 Seiten, 125 x 190 mm, Klappenbroschur,
ISBN 978-3-943883-19-0, 9,99 EUR

Unversteuerte Zigaretten der russischen Marke LENA überschwemmen den deutschen Markt. Die Kölner Zollfahndung tappt zunächst im Dunkeln. Wer steckt hinter dem Schmuggel, der einen Steuerschaden in Millionenhöhe verursacht? Das Team um Zollamtmann Andi Theveßen entdeckt eine erste heiße Spur zum unbekannten Drahtzieher der Bande. Zeitgleich erschüttern mehrere Morde in der deutsch-kasachischen Gemeinde im Rheinland die Öffentlichkeit. Die Kölner Mordkommission unter der Leitung von Kriminalhauptkommissarin Gabi Kreuzmann nimmt die Ermittlungen auf. Bald zeigen sich ungeahnte Parallelen zwischen beiden Verfahren.

Alle Krimis auch als E-Book erhältlich!